小西マサテル

名探偵じゃなくても

Even if you're not the great private detective

宝島社

［目次］

名探偵じゃなくても

装画
Re°（RED FLAGSHIP）

装幀
菊池 祐

第一章／サンタクロースを見た男

1

（赤は、とまれ。きいろも、とまれ。青は、すすめ——じゃなくて）

（すすんでもいいいいいい）

ベッドの中の少年は、今夜最初の眠る前の呪文を胸の内で呟《つぶや》いた。冬休みの間の宿題よ、必ず十回は唱えてね、と小学校の先生から厳命されていたからだ。

（赤は、とまれ。きいろも、とまれ。青は）

ええと。

（青は——）

そこで指を折る動作が自然と止まり、少年は天然パーマの髪をくしゃりと掻《か》いた。呪文の内容そのものが、ばかばかしくなってきたのだ。

（だって）

先生は、はっきりいっていたはずだ。街の中で一番見かけるのはこの三つの色だよ、と。

ところが——実際には、まるで違っていた。

（赤と白と、みどりじゃないか）

実のところ少年も心の片隅では、なぜ街のそこかしこで赤と白と緑がやたらと目立つのか、分かってはいた。それらは年に一度のあれにまつわる色であり光であり、世の中のほとんどの人は、あれが大好きなのだ。そしてつい一年前まで——〝ほいくえん〟にいた頃までは、彼もまた、あれが訪れるのを心待ちにしていたものだ。だが、今ではあれは思い浮かべるのも嫌なほどに自分とはまったく縁のないものとなっており、少年はその事実から目を背けることで自身を慰めようとしていたのだった。

「先生は、うそつきだ」

声に出してみると、なぜかこの呪文のほうがしっくりときた。マンションはしんと静まりかえっていて、自分の声だけが寂しく反響し、すぐに壁と天井に沁《し》み込んでいった。

だが――あれならではのいかにも楽しげな曲や歌やクラッカーの音がどこかから漏れ聞こえてくるよりは、よほどましだと思えた。

母親は彼が物心つく前に、いずこかへと姿を消していた。

そして、ここ最近、急に忙しくなった父親は、今夜も朝まで帰ってこられないのだという。

〝わかれた〟――らしい。

「先生は、うそつきだ」

また呪文を唱えて指を二本折ったところで、今度はとたんに悲しくなった。

本当は、その女性教師のことが大好きだったからだ。

「先生は、わるくない」

そういってまた指を新たに折り始めたところで、天井のモザイク模様がぼんやりと歪《ゆが》んだ。

眠気のせいか涙のせいか、自分でも分からなかった。

天然パーマの少年は、やがて指を折りたたんだまま眠ってしまった。

クリスマス・イブの夜は、そこだけが凍り付いたように静かだった。

何分――いや、何時間が経《た》ったのか。浅い眠りの奥で、鈴の音《ね》が響いたような気がした。

しゃん、しゃん、しゃん、しゃん。

徐々に近付いてくるその軽やかな響きで、ぼんやりと目が覚めた。そしてすぐに羽毛のようなふんわかとした感触が、少年の滑らかな頬を撫《な》でた。

(なんだろ)

寝ぼけ眼をこすりつつ薄く目を開けると――

そこに、白い髭《ひげ》に包まれた顔があった。

うわぁと悲鳴が飛び出そうになったが、こぶしを口にぶつけて我慢した。目深に被《かぶ》った赤い帽子と髭に埋もれたその顔の隙間から、優しげな笑みが覗《のぞ》いていたからだ。

するとすぐにまた、もこもことした毛皮が少年の頬をくすぐった。

くすぐったくて自然と口から笑い声が漏れるうち、何が起こっているのか分かった。

真っ赤な外套《がいとう》に身を包んだ太ったおじさんが、赤い毛皮のへりの白い袖口で少年の頬をすりすりしながら遊んでいたのだった。

少年は息を呑《の》んだ。

(サンタクロースだ)

ベッドの中で慌てて身を起こす。

すると枕元に、緑のリボンを巻かれた四角い箱が置いてあるのに気が付いた。

(しまった)

パジャマのボタンがひとつ外れているのがわかり、そそくさと留め直す。身だしなみをきちんとしておかないと、プレゼントを没収されそうな気がしたからだ。

だがそんな心配をよそに〝サンタクロース〟は髭一杯に笑みをたたえつつ、ベランダのほうをそっと指さした。

そして自身の体よりも大きい袋を背負ったまま、ベランダへと続く窓を開け——一度だけ少年のほうを振り向き、おいでおいでというように、ゆっくりと手招きをした。

吹き込んできた冷たい風が部屋を舞い、厚めの黒い遮光カーテンを躍らせる。

〝サンタクロース〟は、まるで舞台役者のように黒い幕の向こうへと姿を消した。

ベランダのほうからまた、しゃん——と鈴の音が響く。

「サンタさん」

天然パーマの少年は、すぐに鈴の音を追い、巻き付いてくるカーテンを払いのけ、靴下のままベランダへと飛び出した。

だがそこには——誰もいなかった。

父親とふたりきりの生活となってから、以前は殺風景な中にも申し訳程度に彩りを添えていた家庭菜園用のプランターさえなくなっており、地上十階のベランダは、ただ冬の風の住処《すみか》となり果てていた。

（サンタさんは——）

何もないがらんとしたベランダで、少年は思いついたばかりの呪文を唱えた。

（サンタさんは、とまれ）

見上げると、〝くろ〟の中に〝白いほし〟たちが、イルミネーションのように輝いていた。

風に乗ってどこからかかすかに――だが確実に鈴の音がちりん、と最後の音を立てた。

習ったばかりの〝ふゆの大三かく〟を形作る星々が頭上に輝く中、小さな流れ星がひとつ、夜空を斜めに落ちていく。

少年は急いで、今度は星に願った。

（サンタさんは、とまれ）

だが〝サンタクロース〟は、二度と姿を現すことはなかった。

そして――朝には帰るといっていたはずの父親もまた、姿を現すことはなかった。

本物のサンタクロースを見たという確信と引き換えに、少年は父親を失ったのだった。

2

「星がやたらと綺麗《きれい》なんだよな。この時季になると必ず夢で見るんだよ」

ジョッキを持った手をいったん宙で止めたまま、岩田《いわた》はいった。

正面に座っている楓《かえで》にいったのか、それとも斜め前の四季《しき》に向かっていったのか、あるいはふたりに向かっていったのか、判然としなかった。

ローブランドのグレーのポロシャツが似合う骨太な体軀《たいく》、その上に浮かぶ遠い目。

楓にはその眼差《まなざ》しが、ふんわりとした白い泡の中に溶け込んでいる何か――あるいは記憶の欠片《かけら》のようなもの――を捜しているように映った。

「どうせ信じてくれないだろうから誰にもいってこなかったんだ。そのうち俺自身も、あの出来事そのものが夢だったんだって思えるようになったしね。けどさ……けど夢にしては、やっぱり余りにリアルなんだ。本当にあったことだとしか思えないんだよ」

今度は明らかに楓のほうをちらりと見てから、ぐいとビールを呑むと、スタイリングいらずの天然パーマの髪をくしゃりと掻く。

酔っ払いの戯言《たわごと》だろうか。

いや、と楓は思い直した。

(お酒に弱い岩田先生でも、さすがに酔ってはいないはず。まだ二杯目だし、それに)

(ジョッキの置き方が優しいし)

いわゆる〝イブイブ〟——十二月二十三日の夜——碑文谷《ひもんや》の北側、目黒《めぐろ》通りを越えたところに佇《たたず》む古民家風の割烹《かっぽう》居酒屋『はる乃《の》』は、まだ陽《ひ》が落ちて間もない頃合いから、早くも満席となりつつあった。

暖簾《のれん》をくぐって右側には、ようやく五人ほどが座れる長さのカウンターが奥の厨房《ちゅうぼう》に向かって延びており、左側には四人掛けの木製テーブルが手前にひとつ、奥にひとつと遠慮がちに鎮座しているという、ごくごく小規模の居酒屋ではあるが、最近では近辺きっての人気店のひとつとなっている。

繁盛の秘訣《ひけつ》は、割烹居酒屋という少々格調高い看板とは裏腹な、ジーンズ姿の女将《おかみ》が醸し出すカジュアルな雰囲気に加え、名物のもつ煮込みに代表される手料理の美味《おい》しさ——あるいはやはり、楓たちの年頃でも暖簾をくぐりやすい良心的な料金といったところにあるのだろう。

「楓ちゃんたち、まだお代わりは大丈夫なのかな」

入口側を右手に座る楓と四季、その対面《といめん》にいる岩田の三人へ、カウンター越しに女将が笑顔で声を掛けてくる。

大きな声を出すのが苦手な楓の代わりに岩田が、いま大事な話してるとこなんで大丈夫でぇす、あとでいっぺんに十杯頼みますけど、と返す。

ベタなレトリックに厳しい四季はまったくの無表情だが、店内はそれなりのほんわかした笑いに包まれた。

そんな様子を見るにつけ楓は、女将さん頑張ったなぁ、と心の底から思う。

いつだったか——この店は俗にいう〝居酒屋の密室〟事件の舞台となったのだが、幸いにもさほど悪評が広まることはなく、以前同様の——いや、それ以上の賑《にぎ》わいぶりを見せていた。まだ混まないうちに楓と岩田が顔を出せたのは、ふたりが共に小学校教諭であるからこそ利用できる冬休みというシステムのおかげといえよう。

もちろん、子供たちの顔がしばらく見られないというのは寂しい限りだったが。

そして四季もまた、小劇団の座長という比較的自由な時間が取れる仕事の役得により、やはり開店時間に合わせて来ることができたのだった。

「だからもう一度いうけどさ。どうしても夢だとは思えないんだよ」

岩田が〝大事な話〟に水を向けたその刹那《せつな》、和風の店にも意外に合うクリスマスソングのピアノの調べが、すっとフェード・アウトした。

その束《つか》の間の静寂の〝劇的効果〟を狙っていたのだろう。

楓の隣に座っている四季が、顎のラインに合わせ毛先が揃《そろ》った長い髪を掻きあげながら、岩田の不思議議な話をばっさりと斬った。

「夢ですよ、それは。話題を変えましょう」

高い鼻、長い睫毛《まつげ》。真っ赤でタイトなハイネックのセーターがまったく嫌味に映らない。

「おい、勝手に終わらせんな」

岩田が二学年先輩としての威厳を示さんとする。

「もし夢の話だったとしてもいいじゃないか。消えたサンタクロースだぜ。面白い話だろ」

高校時代、ふたりは野球部でバッテリーを組んでいたのだそうだ。

だが四季はまったく臆することなく、冷酷とも取れる口調で返す。

「夢の話をされても周囲は面白くもなんともありませんよ。僕はあいにくと〝笑える夢を見たんだけどさー〟から始まる話で本当に笑えたことが、ただの一度もありません。なぜなら夢はなんでもありだからです。どんな設定でも成り立ってしまうからです。たとえば、ですよ。『きのう宇宙人が出てくる夢を見たんだけどさ。そいつ本当に〝ワレワレハ、ウチュウジンダー〟っていったんだよ！』どうです。これが笑えますか」

わはは、と岩田がビールを噴いた。

「面白いじゃないか」

「正気ですか」

四季はそっと周囲を見回してから声を潜《ひそ》めた。

「いや先輩、本気でやめてください。例を出したこっちが恥ずかしくなるんで」

楓がふたりのやりとりに釣り込まれて笑いそうになったとき――

入口の引き戸が遠慮がちにがら、がら、と開く音がして、笑う機会を失った。

四十過ぎとおぼしき男性客が、ひとりなんですけど、と厨房の女将に声を掛ける。

「カウンターへどうぞ。おひとり様忘年会、大歓迎ですよ」

端正な顔立ちの男性客は、オールバックの髪を両手で丁寧に撫でつけながら楓たちのすぐそばの入口近くのカウンター席に腰を下ろし、着ていたコートをこれまた丁寧に畳んでから膝の上に置いた。

「いつもごめんなさいね。狭くてお預かりする場所がなくて」

「いえいえ、お気遣いなく」

最近になって通い始めた常連客なのだろう。

今度はカウンターの遠くの席から、僕のことなんていいのに、という声が響いた。

優しい常連客が集うお店の温かみ――その対極にあるような四季の冷たい言葉が続く。

「――なぜ夢の話が面白くならないのか。話法の問題じゃない。夢が持つ構造上の問題に起因しているんです。要するにですね、夢の話というのは客観性がまるでないんですよ」

「またおまえは難しいことをいうなぁ」

「じゃあ分かりやすくいいましょう。先輩は本当に消えるサンタの夢を見たんでしょうか。本当に見たのかどうか、どこの誰にも証明できないじゃないですか。夢の内容以前に、その夢を見たという事実さえ担保できていない。そんな話、まともに付き合えませんね」

「おい」

岩田の目が一瞬すっと細くなった。

「それは、俺が嘘《うそ》をついてるという意味か」

「そういうことじゃないですよ。夢の話は酒の肴《さかな》にもならない、といっているんです」

「まぁまぁ。ちょい四季くん、いいすぎだよ」

見かねて楓が割って入る。

ふたりの議論や口喧嘩《くちげんか》はいつもプロレスであり、本当に険悪なムードになることはけしてないのだが――今夜の四季は、さすがに攻撃的すぎるような気がする。

わたしは面白くない話だとは思わないな、と楓はいった。

「仮に岩田先生の夢が実体験だったということにしてみない？　だとしたら」

楓は祖父の話し方を真似《まね》て、肝心な台詞《せりふ》の前でいったん言葉を切った。

「これは人間消失の謎を超える〝サンタクロース消失〟の謎ってことになるじゃない」

そしてのちのち祖父に〝物語〟を聴かせるためにテーブルの真ん中にスマートフォンを置き、そっとボイスメモのアイコンを押した。


またカウンター席の奥のほうから、僕のことなんていいのに、という声がした。

店内はほぼ満員の活況を呈してはいたが、楓たち以外はおひとり様の客ばかりであり、みな黙々と杯を重ねている。うっすらと流れるクリスマスソングのピアノの調べが心地よい酔いを誘ってはいたが、ボイスメモの邪魔になるほどではなかった。

三人は会話が首尾よく録音できるよう、自然とスマートフォンに顔を近付ける。

――どきり。

楓は吐息を感じ、瞬間、右手で胸を押さえて目を閉じた。

まだ彼に想《おも》いを告げていない――いや、告げることができていなかった。

三人でいる空気が壊れるのが怖いというのもあったが、それ以上にまだ、恋愛という思念――あるいはそれに伴う能動的な行為のようなもの――が怖かった。

明確な理由がある。

母親は楓を身ごもったまま大きなおなかを抱え、森の中の教会で結婚式を挙げたという。そして祖父と腕を組んでヴァージン・ロードを歩もうとしたとたん、森から飛び出してきたストーカーに胸を刺され、帝王切開での出産直後に世を去ったのだった。

声にはならなかったが、かすかな口の動きから見て取れた最後の言葉は〝あかちゃん〟だったらしい。

ビニール袋の中の血染めのウエディングドレスが警察から遺品として返ってきた日のことだ。人一倍おとなしい赤ん坊だった楓が、突然火が付いたように泣き始めたという。

そのさまを見た二人組の刑事の若いほうが、背中を震わせつつ後ろを向いたそうだ。すると年配のほうの刑事が、泣くんじゃない馬鹿野郎、ご家族が我慢されてるんだぞ、とたしなめながら――やはり目頭を押さえて俯《うつむ》いたのだそうだ。

これらはすべて、楓が十代半ばだった頃、癌《がん》で逝《い》く直前の病床の父から聞いた話だ。

以来楓は、二十代も後半にさしかかったつい最近まで、ウエディングドレスを想起させるような明るい色合いの服が着られなくなっていた。そして恋愛はおろか、異性の大人との人付き合いさえ不得手となっていたのだった。

ミステリに関してもそうだ。

楓は、大好きな祖父の書斎のあらゆる蔵書――とくに海外のクラシカルなミステリ――を読み漁《あさ》るのを唯一の趣味としていたが、母の死の原因を知らされてからの数年間は、いっさいのミステリに食指が動かなかったほどだ。

でも――

時間が少しずつ、弱かった楓を変えていった。

祖父がいうように、世の中のすべての出来事は〝物語〟なのだ。

そしてミステリもまた、物語に過ぎない。

ミステリは、作りごとだからこそ美しい。

そう思えるようになったとき、ようやくまた愛《いと》おしいミステリの世界に戻ることができたのだ。

（それなのに――）

母を殺したまま行方をくらませた男は、二十年以上経ったあと、今度は楓の前に現れた。言語聴覚士を装い、祖父の家に堂々と出入りしつつ、二代続けて〝栗色《くりいろ》がかった髪の女性〟をストーキングし続けていたのだ。

「娘の髪は抜群に綺麗でしてね」

祖父と四季と岩田の活躍で逮捕されたものの、今でも楓の耳の奥には、やたらと娘の髪を褒めていた初老の男――通称〝親バカさん〟――の、ぬめりとした口癖がこびりついている。彼には娘などいなかった。楓の髪を褒めていたに過ぎなかったのだ。昔の楓であれば、きっと心が壊れきってしまったことだろう。もはや、物語の力に身を委ねることさえできなくなっていたに違いない。でも――かってない想いが、今の楓をふんわりと優しく支えるようになっていた。

そうなのだ。

自分で自分の感情に驚く。

（初戀《はつこい》――）

今ここにいるふたりは、こんなにも情けない自分に対して多少なりとも好意を持ってくれている――らしい。

（そして、ふたりとも）

自分が少しだけ明るめの服が着られるようになっただけで。ただそれだけのことで――

（大喜びしてくれた）

でも、まだとても告白はできそうにない。

（広い踊り場まで、もう一段――）

駄目だ。本題に戻らなきゃ。

楓は努めて明るい声で、岩田先生、と切り出した。

「そのサンタの話、改めてもっと詳しく教えてほしいんだけど」

「えーとですね」

岩田はチャーミングな天然パーマの髪にまた手をやった。

「舞台は、十二階建てマンションの十階の一室です。間取りは2ＬＤＫだったかな。でもその頃は親父《おやじ》とふたり暮らしだったし、親父はたいてい明け方まで帰ってこなかったから、子供部屋でひとりで寝るのはどうにも心細くて――リビングのソファベッドを使っていた覚えがあります。で、テレビのつまんない番組を見ながら眠くなるのを待つ、という」

　ひとりっ子の楓にはその行動の意図がよく分かる。だが正確にいえば、テレビをつけるのは眠気を誘うためではない。寂しさを振り払うためなのだ。

「で、眠くなってきたところでテレビを消す。真っ暗なのは嫌なんで、キッチンのダウンライトだけは点《つ》けたまんま、肩まで布団に入り込む。そして目をつぶって――さっきもいったように、眠る前の呪文を唱え始めたんです」

「それがルーティンだったわけね」

「はい。小学校に入って初めての冬休みでしたから、そこまでははっきり覚えてます」

「そして岩田先生は、一度眠りについた――問題はここからよね」

「そう、そこから先が夢か現実なのか、どうにもはっきりしないんです。鈴の音と共にいきなりサンタが現れて、僕をベランダへと手招きした――付いていくと、ベランダには誰もいなかった。ほんの十秒足らずの間に、サンタはふっと消えてしまったんです。そのあと僕はベッドに戻って二度寝してしまいました。ですから四季のいうとおり、結局はサンタの記憶そのものが、夢の一部だったのかもしれません。でもですね――それにしては〝夢〟の記憶が余りにも鮮明すぎるんですよ」

　イブの夜空に、サンタは消えた。

　鈴の音をひとつ残して。

（なんて）

なんて蠱惑的《こわくてき》な謎——。

だが、なぜか隣の四季は尖《とが》った顎に手を添えて黙したままだ。

構わず楓が尋ねる。

「まず訊《き》くけど、隣のビルの屋上かどこか——飛び移れるような場所はなかったのかな」

「そこがまさにミステリなんですよ、楓先生」

以前の岩田はまるでミステリに興味を示さなかったが、今では楓の祖父からクラシカルなそれを借りるようになっていて、徐々にその魅力に気付き始めているらしい。

「今はどうだか知りませんが、当時はその近辺じゃ高い建物はうちのマンションだけで、幼心《おさなごころ》にもそれがちょっぴり自慢でした。飛び移れるような場所はなかったと断言できます」

「ベランダの両脇はどんな感じだったの？」

「部屋からベランダに出ますよね。まず左手には分厚いコンクリートの壁がのっぺりと立ってるだけでした。うちは角部屋だったんですよ」

「——じゃあ右手側は？」

「お隣の部屋のベランダとの間が仕切られていたんですが、上半分はやはりコンクリートの壁が天井まで聳《そび》え立っていました。下半分には——そうですね、だいたい一メートル四方の仕切り壁が設けられていて、非常時はここを蹴り破って隣のベランダに避難できるようになっていました。でもね、試しに何度も蹴り上げてみましたけど、小学一年生男子のキック力じゃびくともしない。ひびさえ入らないほどに強靭《きょうじん》な造りだったんです」

じゃあ、と楓は選択肢を潰すために尋ねた。

「外壁をつたって上の部屋によじ登ったとか、下の部屋に飛び下りたっていうのはどうかな」

うーん、と岩田は首を捻《ひね》った。

「外の壁は上も下も部屋までたっぷり二メートルから三メートルはあるような、つるんとした、いわば〝ザ・壁〟って感じのやつでね。つまり左は壁、右も壁、上下も壁。要するにですね、サンタが消えていった場所は目の前に広がっていた夜空しかなかったんです」

しばしの静寂。

また楓の脳裏に、童謡のような節回しを伴う詩が自然と浮かんできた。

昔日のミステリ作家たちが好んで題材としたマザー・グースの、余りにロマンティックで余りに怖い唄のようだった。


（だれが　こまどり　ころしたの？）

（わたしと　すずめがいいました）

（のこされたひとりが　くびをつった）

（そして　だれもいなくなった）

　そして――

（イブのよぞらに　サンタはきえた）

（すずのねを　ひとつのこして）

脳裏の即興詩の余韻が消えてから、じゃあ訊いてもいいかな、と楓はまた尋ねた。ひとつの〝物語〟――仮説を思いついたからだ。

「岩田先生は夜中のことだと思っているかもしれない。でもその不思議な出来事が、まだ夕方頃だったって可能性はない？　この季節なら夕方でも充分暗いもの」

岩田は訝《いぶか》しそうに首を傾《かし》げた。

「なんでそんなこと訊くんですか」

「たとえばだよ。あくまでたとえば、なんだけど……サンタはベランダに出るなり、外壁によじ登ってベランダの向こうに飛び降りたんじゃないのかな」

「待ってくださいよ」

岩田はくしゃっと顔全体で苦笑した。

「地上十階なんですよ。それじゃサンタは即死じゃないですか」

「ううん、サンタは死なないわ。ベランダの外壁の向こうには逃げ場があったのよ」

「どういうことでしょう」

理由はさておいて、と楓はいった。

「サンタの正体は、窓ふきのおじさんだったの。外壁の向こうには窓を拭くためのリフトがあったのよ。幼かった頃の岩田先生には壁の向こうが見えなかったというわけ。まだ明るいうちに疲れて眠ってしまった岩田少年は、夕方に目が覚めたの。そしたら暗かったから、夜だと思い込んでしまったのね。そして夕方なら、一日の作業を終えた窓ふきのリフトがまだマンションの外にあってもおかしくないもの」

するとーー

それまで黙っていた四季が薄い唇からくっくっと、小さな笑い声を漏らした。

「まるで〝まどふき先生〟ですね」

楓先生のおじいさんじゃないんだから、と四季は楓を見ようともせず髪を掻きあげた。

楓の祖父はかつて小学校の校長職を長らく務めていたのだが、入学式などの式典を除けば、誰ひとりとしてそのスーツ姿を見たことがなかったという。

ワイシャツの袖をまくりつつ、いつも校内のあらゆる窓を拭いていたところから〝まどふき先生〟の異名をとっていたのだった。

四季は相変わらず冷淡な調子で続けた。

「先輩の代わりに答えます。夕方ってことは絶対にあり得ません」

「なんでそういい切れるの。この時季だと夕方からでも星が見え始めるんじゃないかな」

「この間たまたま、天文台を舞台とした芝居を打ったんでいい切れるんです。いいですかーー先輩は頭の上に冬の大三角が見えた、といってます。大三角を形作る星のひとつ、ベテルギウスが地平線の上に顔を出すのは夕方の五時過ぎ。他のふたつ、シリウスとプロキオンが見えてくるのは夜の七時過ぎ。頭上に三つの星が輝くのは、夜の十一時頃のことです。必然的にサンタクロースが現れたのは深夜ということになる。そんな時間に窓ふき用のリフトが置きっぱなしになっているなんて事態は、まず考えられませんね」

「うーん、そうだな。夢の中の出来事だったのかもしれないけど」と岩田。

「冬の大三角が見えたことは、はっきりと覚えてるんだよな」

楓としてはひと言もない。

じゃあ四季くんは、と水を向ける。

「サンタが消えたトリックについて、何か考えはあるの」

すると――四季の口から、思いもかけない言葉が飛び出した。

「そもそもトリックなんてなかったんです。彼は本物のサンタクロースであり、トナカイが引っ張る橇《そり》に乗って冬の夜空へと消えていったんですよ」

「えっ」

楓は耳を疑った。

まさか――酒に強いはずの四季が、もう酔っているのだろうか。

だが四季は至極真面目な面持ちのまま、

「岩田少年は一度眠りについてからサンタクロースに起こされた――そしてサンタの姿を追いかけてベランダに出たものの、なぜかサンタは消えていた。傷心の岩田少年はベッドに戻り、いつしか再び寝始めたってわけでしょ」

「そのとおり」

「だとすると可能性はふたつしかない。ひとつは、さっきもいったようにサンタに起こされたこと以降の話は、単なる夢だったという可能性です。だいたい自分でも夢だかどうだか分からないと先輩自身がいっている。ならば話題にするにも馬鹿馬鹿しい話です。ところがその可能性が気に食わないのであれば、残る可能性はひとつだけです。これだけの不可能状況の中、消えてしまったんですから――彼は本物のサンタクロースだった、というわけです」

岩田がまた遠い目になった。

「じゃあ結局は、夢かおとぎ話だったということか」

「いいんじゃないですか、それで」と四季。

「サンタクロースの正体を探ってみたところで、なんの得もありませんよ。もうこの話はやめにしましょう」

そういうと四季は、これで打ち切りの合図というように、残りのチューハイを呷《あお》った。

持って生まれた性格ではあるのだろう。

四季の態度にはときに、ひどく冷徹に映る部分がほの見えることがある。

それでも今夜の物言いには、理屈が付かない奇妙な違和感があった。

（あっ――）

楓は激しく自身を恥じた。

（そういうことか）

なぜ四季がことのほか岩田に冷たく当たっているのか、そのわけに思い当たったからだ。

そのときだった。

カウンター席のアラフォー男性――さっき来たばかりの紳士然とした人物が、ちょっといいですか、と遠慮がちに話し掛けてきた。

ワックスで綺麗に撫でつけられたオールバックの髪が天井の明かりを反射した。

膝の上の丁寧に畳まれた明らかに仕立てのいいコートに、仕立てのいいスーツ。どちらもデザインはいくぶん古いようだが、いいものを大事に着続けているように見える。その隙のない佇まいは、イタリア系の彫りの深いハリウッド俳優を想起させた。

「お話が耳に入っちゃいましてね。〝まどふき先生〟と関係がおありの方々とお見受けしましたので、これはご挨拶しておかないと失礼だな、と思いまして」

「えっ」

オールバックの男性は破顔した。

「私、まどふき先生の教え子なんです」

3

楓がリアクションを取る前に、岩田がそりゃ奇遇ですね、と顔全体の笑みで返す。

「唐揚げが余っちゃってるんで良ければどうっすか」

こういうときの岩田は強烈に社交的だ。

まっすぐな明るさ、人懐こさ——このあたりが児童たちから「岩田」の「岩」を音読みした渾名《あだな》、〝ガンちゃん先生〟と呼ばれ慕われ、圧倒的な人気を誇る秘訣なのだろう。

「いえ、そんなつもりじゃ」

「まぁそう仰《おつしや》らず。なんならこちらへどうぞ。どうぞどうぞ」

岩田が四人掛けのテーブル席のひとつ——自分の隣の椅子をずらして男性を誘《いざな》う。

「じゃあお言葉に甘えて少しだけ」

カウンター席から立ち上がった男性は長身だが、そのことで威圧感を与えないよう、わざとゆっくりと動いているように見えた。

（うわー。出た）

楓は心の中で苦笑した。

（思いっきり美咲《みさき》のタイプだ）

大学の教育学部時代からの楓の唯一の女ともだち、「美咲」――楓とは対照的に気の強い彼女が、なんで誘わなかったのよーとふくれる顔が、今のうちから目に浮かぶ。

あ、でも。

（左の薬指に指輪――）

「何ボーッとしてるんですか楓先生。ほら、ジョッキ持って！」

岩田が四人揃っての乾杯の音頭を取ろうとしているようだ。

「それでは新たな出会いを祝しまして……ちょっと早いですけど、メリー・クリスマス！」

すると四季が、「カット」と手で制した。

「やめてください先輩」

「なんなんだよ」

「『メリー・クリスマス』って、愛している人にしかいっちゃいけない言葉じゃないかな」

四季はテーブルの上に両肘を突いて手の甲に顎を乗せた。

「いわば『I Love You』と同義です。もう少し言葉を大切にしてくださいよ」

「おまえはいちいちうるさいなぁ……いいじゃねぇか、こういう場でいったって」

「そういう態度が言語を果てしなく堕落させるんです」

「分かったよ。じゃあ改めて……メリー・クリスマス、イブイブー！」

「最悪だ。堕落の極みだ」

四季が軽く首を振るのと同時に、長身の紳士が口元を押さえて上品に笑った。

ごく普通の乾杯が終わり、若い三人からまず自己紹介したあと、岩田が尋ねる。

「で、お兄さんのことはなんてお呼びすればいいですか」

すると男性は、ごめんなさい名刺を切らしてまして、とスーツのポケットから鈍い光沢を放つ古ぼけたボールペンをぱっと出し、手慣れた様子でコースターに「我妻」と書き付けた。

「我妻《あがつま》さん――」

「〝あがつま〟と読みます」

楓は声に出して苗字《みようじ》を読んでから、

「祖父のことを覚えてくださっているんですね。ありがとうございます」

我妻はオールバックの髪を撫でつけながら、記憶を辿《たど》るように宙を見た。

「まどふき先生……大好きでした。私の人生の一部といってもいい」

燗酒《かんざけ》がこぼれないよう、お猪口《ちよこ》をそっと口に運ぶ。

大人だ。

「そういえば顔だけはうちの親父に少し似てるかもしれません。あ、これは余計なことで」

我妻は感慨深そうに、ふうと軽く息をついてから、

「一杯面白い本を教えてもらったな。ちょうどこの時季にいただいた本がありますよ。なんだっけな。そう、『サンタクロース殺人事件』」

（し、渋い）

楓はまた、心の内で苦笑した。

（おじいちゃんらしいチョイス）

ピエール・ヴェリーの『サンタクロース殺人事件』は、イブの夜にフランスのおもちゃ作りの町でサンタが殺されるという、知る人ぞ知るいっぷう変わったミステリだ。

おもちゃ作りの町が舞台というあたりが、なんともファンタジックではないか。

「へぇ。我妻さんもミステリがお好きなんですか」と岩田。

「ええ、まぁ」

すると岩田の口調は、同志を得たかのようににわかに熱を帯びた。

「じゃあ我妻さんも聞いてくださいよ。四季、おまえもようく聞け」

「なんですか」

「実はな、サンタが消えたって話は単なる前フリなんだよ。今日はサンタとミステリに関する画期的な説を唱えるためにここに来たんだ」

四季がぱっちりとした目の中で、あーあ、と黒い瞳を上に上げた。

「我妻さん。人生でもっとも無駄な時間がやってきましたよ」

「おい」

岩田は四季を睨《にら》んだが、それでもひるまずいった。

「題して、『サンタクロース＝名探偵説』」

「我妻さん。もう一度いいますけど人生でもっとも無駄な時間が」

「誰かこいつを黙らせろ」

我妻があはは、と声をあげて笑った。

「いや、興味があります。ぜひ伺いたいですね」

（うんうん）

楓も少しばかり――いや、おおいに興味が湧いた。

サンタクロースが「被害者」ならば、『サンタクロース殺人事件』がある。

サンタクロースの正体が「犯人」という例もミステリの世界では珍しくもない。

豪邸に勝手に出入りしようが誰も不思議と思わない上に、死体を移動させるための恰好《かっこう》のツール――大きな袋――を背負っているからだ。

だが、サンタクロースと名探偵が〝イコール〟という例は余り聞いたことがない。

「聞きたいな、岩田先生」

「でしょう？　いいですか――『サンタクロース＝名探偵説』の根拠は山ほどあります」

岩田はいったんチューハイで口を湿らせた。

「まず、極めつきの根拠からいこうか。サンタクロースは実在しませんよね。同様に、警察に請われて難事件を解決する名探偵という存在も、現実には存在しません」

「弱いな」と四季。

「ま、いいや。先を聞かせてください」

「あと、どちらも髭のイメージが強い……気がします」

「気がしますってなんですか。先輩の主観じゃないですか」

「うるさいな、まだあるんだよ。これがもっとも強い根拠じゃないかな。いいか？　名探偵ってさ、なんだか浮世離れしてるだろ」

「まぁ、そうかもですね」

「だろ？　そもそも名探偵そのものが、現代社会にはそぐわない存在なんだよ。いわば、激しくスベっているわけだ」

「だからなんだっていうんですか」

岩田は得意気に続けた。

「サンタクロースもおんなじだ。橇で激しく滑ってるじゃないか」

三人の表情が固まった。

ちょうどいいタイミングで、店内のクリスマスソングがフェード・アウトした。

我妻が小さな声で「あれっ」といった。

「ちょっと我妻さん。いま、あれっていいましたか」

岩田が憤慨する。

「まるで俺がスベったみたいじゃないですか」

「スベっているんです」と四季。

「まるでの使い方がまるで間違えてる」と楓。

「集中砲火か」

拗《す》ねる岩田をよそに、あのですね、と四季が嘆息した。

「先輩の珍説は最初の段階から成立していません。なぜなら——名探偵はさておき、サンタクロースのほうは明確に実在するからです」

「なんだって」岩田がわめいた。

「証拠はあるのか。情報源《ソース》はどこだ」

「まぁ落ち着いてください。いいですか。ソースは二十世紀初頭の一流紙、『ニューヨーク・サン』の主筆が書いた、今なお〝世界で一番有名なコラム〟とされる記事です。タイトルは——『サンタクロースはいるんだ』」

楓もその話は知らなかった。

「このコラムは、八歳のヴァージニアという少女から我がサン新聞に投書が届いた、という報告から始まります。『友だちが〝サンタクロースなんかいないよ〟というんです。パパに尋ねてみたら、〝サン新聞に訊いてみるといい〟といわれました。どうか本当のことを教えてください、サン新聞さん。サンタクロースは、いるのでしょうか?』」

「——それで」

興味を惹《ひ》かれたのか、岩田はジョッキを置いて身を乗り出した。

「主筆はヴァージニアのこの質問に対して、迷いもなくはっきりと答えます」

四季はすでに役者の顔になっている。

「『ヴァージニア、あなたの友だちは間違っている。サンタクロースなんかいない、だって? とんでもない! そうだよ、ヴァージニア。サンタクロースはいるんだよ』」

さらに四季はよく通るバリトン声で、原文らしき言葉を繰り返した。

「〝Yes, Virginia, there is a Santa Claus.〟」

「ヴァージニアか」

岩田はぽつりと、かわいい名前だな、と呟いた。

「ちなみにこの〝Yes, Virginia〟から始まるフレーズは、〝信じられないかもしれないがたしかに存在している〟という意味のいい回しとして今も使われているんですけどね」

「今もなのか」

「はい。コラムはさらに続きます。『サンタクロースがいなかったら、この世はとてつもなく侘《わび》しいものになるだろう。そうだな……ヴァージニアが存在しないのと同じくらいに侘しくなってしまうじゃないか』」

「――うん」

岩田はすでに涙声だ。

「〝世界で一番有名なコラム〟は、こう締めくくられて終わります。『信じる心、想像力、ポエムや歌や愛……そしてロマンス。世の中でこれほど確かなものは他にないんだ、ヴァージニア。サンタクロースは本当にいる。永遠に生き続けている。今から千年、いや、一万年の十倍の時間が経ったとしても、サンタクロースは、ずっとずっと、子どもたちを喜ばせ続けるんだ』――」

「ヴァージニアは喜んだろうな」

「しかもこれには後日談がありましてね。成長したヴァージニアは教職に就き、晩年は校長を務めたんです。そして、同じ質問を子供たちから受けると、そのすべてにサン新聞の社説のコピーをプレゼントしていたんですよ。いわば彼女自身がサンタになったというわけです」

四季は、楓を意味ありげな目付きで一瞬だけ、ちら、と見た。

「さらにヴァージニア校長は、自分の教え子たち全員の名前と顔をしっかりと覚えていたことでも有名だったんだそうですよ」

まるで祖父そのものだ。

そうか、と感に堪えたように岩田がいった。

「俺が間違えてたよ。新聞の主筆が認めたんなら、間違いなくサンタはいるな」

「そうですね。サンタは実在するということですね」と我妻も合わせる。

「でもやっぱり――」

ウェットな空気を変えようとしたのか、我妻は笑いを誘うような口調で続けた。

「名探偵などというものは、現実にはいないものですよね」

でもその声にはなぜか、少しだけ寂寥感《せきりょうかん》が滲《にじ》んでいた。

「うちの父もよくいってましたよ。おまえ、いつまでミステリなんていう絵空事の本ばかり読んでいるんだ、と。名探偵なんてものは世の中に存在しないんだ、と」

その言葉を聞き、楓は思った。

（えーと）

心の内でくすっと笑う。

（実は、結構な近くにいるんだけどな）

4

　岩田はアパートの自室に入るなり、シンクの水道の栓を全開にして、顔を洗いながら水をごくごくと音を鳴らしながら飲んだ。悪酔いはなかなか醒《さ》めそうになかった。居酒屋では、４ショットの自撮り写真を撮るほどに盛り上がり、おおいにはしゃいで、楽しく呑んだ——ように見せてはいたが、それは演技だったのだ。

　サンタが消えた話は〝前フリ〟などではなく本題だったし——それに——

（それに四季も楓先生も、気付いていたんだ）

　サンタの話は、絶対に夢ではない。証拠として、枕元にプレゼントが残っていたからだ。

　中身は、特撮ヒーローのジグソー・パズルと二通ばかりの手紙だった。

　パズルをはめ込みながら眠くなり、二度寝した記憶が確実にある。

　だが、四季も楓先生も、プレゼントの話にまではあえて深入りしなかった。

　その話になると必然的に、消えた父親にも話が及ばざるを得なくなるからだ。

　消えたサンタの正体が、同じ夜に失踪した父親であったことは疑いようもない。

　ダウンライトの薄明かりのもと、髭に包まれた顔はよく見えなかったが——遠い記憶の残滓《ざんし》を辿ってみると、父親に似ていたような気もする。それにきっと服の下に詰め物をして、より大きな体に見せていたのだろう。

　親きょうだいがなく、児童養護施設出身であることに、なんの引け目も感じてはいない。

だが――四季と楓先生は、やはり自分に辛《つら》い思いをさせたくなかったのだ。

タオルで顔を丹念に拭く。

すると薄皮を剝がすかのように、幼い頃の記憶が蘇《よみがえ》ってきた。

それらは断片的であり、時系列も定かではない。

――フラッシュバック。


マンションは〝しゃたく〟であり、かつてはどの部屋にも家族が住んでいて、随分と賑やかだった覚えがある。

なのに、なぜか次々と他の家族たちがマンションから消えていった。

そのことに気付き、慄然とした「あの日」。


父親の書斎に入ると、そこには山のように積まれた金色に輝く〝えほん〟があった。

「おとうさん。えほん、よんで」

頼み込むと、「触るんじゃない」と優しい父親から初めて叱《しか》られた――そんな「あの日」。


サンタと父親が消え、ひとりぼっちになったあと――

プレゼントと一緒に、大人への手紙と、自分への手紙が置いてあったこと。

「さびしいけれど、おとうさんはさむいところへいかなければならない」などと書かれてあり、それが幼心にも身勝手に思えて読むのさえ嫌になり、くしゃくしゃに丸めて床へ投げ捨ててしまった「あの日」。

児童相談所の女性に手をひかれ、身を固くしながら歩いた「あの日」。

施設の子供たちに囲まれて「おなまえはー？」と訊かれても、ただ悲しくてひと言も発することができなかった、「あの日」。

〝かけっこ〟で自分も驚くほどのぶっちぎりでゴールテープを切ったとき、生まれて初めての拍手と歓声を浴びた、「あの日」。

物の道理が分かってきて、父親はもうこの世にいないのだ、と自分の中で踏ん切りをつけた、「あの日」。

（そして――）

そして、施設の先生に憧れ、教職をとろうと決意した「あの日」――。

いつの間にか、酔いは完全に醒めていた。

消えたサンタクロースの謎を、どうしても解きたかった。

ふたりの気持ちは死ぬほどにありがたい。

（でも今の俺なら、どんな〝真相〟であろうと受け止めることができるはずだ）

そんなすがりつくような決意めいたものが胸中をよぎった。

楓先生への想いを巡っては、四季と不可侵条約を結んでいた。

抜け駆けはしない、ということ。

何よりも楓先生自身の気持ちを優先する、ということ。

この二項目は絶対に守る、という取り決めだった。

酒を呑んだあと楓先生に電話をするのは条約違反に当たるかもしれない。

でも——と思う。

やはり楓先生にすべてを話し、あの〝名探偵〟に解決してもらうべき事件ではないのか。

（真相を知らない限り、俺は前に進めない）

岩田はすぐに四季に電話をかけ、「これは抜け駆けじゃないからな」——といった。

5

翌日、クリスマス・イブの昼下がり——

楓は〝名探偵〟のもとを訪れた。

「それじゃあ碑文谷《ひもんや》さん。お風呂のお掃除、させていただきますね」

楓が勝手知ったる祖父の家に入るのと同時に、訪問介護ヘルパーのどこか遠慮がちな声が聞こえてきた。名人と謳《うた》われた昭和の噺家《はなしか》たちが、その住んでいる場所に合わせて黒門町《くろもんちょう》、稲荷町《いなりちょう》、あるいは目白《めじろ》などと呼ばれていたように、祖父は自分の〝碑文谷〟という渾名がいたくお気に入りだ。

だが——ヘルパーの暗い声を耳にした楓は、直感的に思った。

(おじいちゃん……今のヘルパーさんの声に気付いてないかも)

嫌な直感は当たっていた。

玄関からまっすぐ奥へと延びる廊下の奥まったところにある書斎から馴染《なじ》みの女性ヘルパーが出てきて、あら楓先生、と囁《ささや》くような声で眉根を寄せた。

「今日の祖父はどうなんですか」

「それが余り具合が宜《よろ》しくなくて」

祖父が親愛の情を込めて〝おかっぱさん〟と呼んでいる四十代とおぼしきヘルパーが、軽く頭を振った。ぱつんと揃えた前髪が同時に揺れる。

「さっきからずっと、楓先生とお話をされてて」

「えっ」

「あ、ごめんなさい。正確にいうとね、子供の頃の楓先生と会話されているの」

幻視《げんし》だ。

祖父は今、幼い頃の自分の幻覚を見ているのだ。

「傾眠《けいみん》状態みたい。でもあと少しお眠りになれば調子を戻されるかも」

「ですよね」

相槌《あいづち》を打ったものの、暗澹《あんたん》たる気持ちになる。

七十過ぎの祖父は、三大認知症のひとつ、「レビー小体型認知症」――〝Dementia with Lewy Bodies〟の頭文字をとり、DLBとも呼ばれる――の患者だった。

DLB患者の脳や脳幹には、決まって、小さな目玉焼きのような深紅色の構造物――その名のとおり「レビー小体」――が見られるという。

兆候としてはまず、「運動緩慢」であったり、手が震える「振戦《しんせん》」であったり、あるいは日中から何度も眠気に襲われる「傾眠」といったパーキンソン症状が現れることが多い。

さらに進行すると、DLB最大の特徴であり、他の「アルツハイマー型認知症」や「血管性認知症」などでは見られない独特の症状――すなわち「幻視」を訴えるようになる。

患者によってモノクロであったりカラーであったりとその見え方はさまざまではあるが、共通するのは「まざまざと」「はっきりとした」幻覚が見える――という事実だ。

手の甲をずるりと這《は》いまわり、眼前で静脈の中へと入っていく小さな百足《むかで》。

部屋の中を我が物顔で歩く、見知らぬ異国の男たち。

あるいは、皿の上で踊りおどける小さなピエロ。

哀《かな》しいことに、面影が少し似ているというだけで、家族をまったくの別人と見間違えてしまうこともある。

そうした幻視の訴えは、ときに周囲の誤解を招きがちだ。

「とても正気の沙汰ではない」「認知症がさらに悪化したのだ」というように。

だが祖父の場合、調子がいいときには、たとえ幻視を見たとしても、それが現実ではなく幻視であることを、はっきりと自覚できているのだった。実際、DLB患者の中には、毎朝目覚めるたびに現れる奇妙な幻視を自覚的に楽しみにしており、あとでそのスケッチを描くことを趣味にしているという極めてポジティブな人も存在するという。

調合が非常に難しいのだが、ドーパ剤を始めとする各種薬剤が絶妙に働いたときには、霧が晴れたかのようにぱっと幻視が消えるケースもけして少なくない。さらに、若年性レビー小体型認知症であることをカミングアウトした、ある元患者は、著書の中ではっきりとこう主張する。

DLBとは、単に〝脳の誤作動〟に過ぎないのだ、と。

（けれど――）

調子が悪いときの祖父は、幻視を幻視と自覚することができない。

たとえばつい最近も祖父は「エアコンの排気口からリスの群れが入っていくのをこの目で見た」「すぐに分解してリスたちを助けてやってほしい」とおかっぱさんに訴えて、とことん困らせたことがある。

そして今の祖父の状態は、明らかに後者に当たるのだった。


楓は書斎の扉を小さくノックしながら、おじいちゃん、楓だよ、と声を掛けた。

だが、やはり返事はない。

建て付けの悪いスライド式の扉をなるべく音を立てないようにゆっくりと少しだけ開け、そっと中の様子を窺《うかが》う。

すると祖父は、ガウンに包まれた長身痩軀の体を電動式のリクライニング・チェアーに預け、宙を見つめたまま、何やらぶつぶつと呟いていた。

半ば眠りながら、祖父は目の前に見えているのであろう何者かに話し掛けていた。

扉の陰でそっと耳を澄ます。

「あはは、それはまた読めって顔だな。じゃあもう一度だけだよ」

とろんとした目付き——その顔にかすかな笑みが浮かんだ。

どうやら祖父は、何かの本を、ただひとりの孫——幼い楓に読み聞かせているらしい。

「『きたの はての うつくしい もりの なかに、おおぜいの サンタがなかよく　くらしています』」

楓は、はっとして口を押さえた。

大好きだった絵本の冒頭の一節だったからだ。

（『あのね、サンタの国ではね…』だ！）

嘉納純子《かのうじゅんこ》のユーモラスな名文と、毛糸の編み物の柄のように優しい黒井健《くろいけん》の絵で知られる『あのね、サンタの国ではね…』は、サンタの国の一年の出来事を描いた有名な絵本だ。

まだ文字も読めなかった頃の自分が、すぐそこにいる。

（〝おじいちゃん〟）

（〝あのねのえほん、もういちどよんで〟）

絵本よりも大好きな祖父に思いっきり甘えている自分が、すぐそばにいる。

そしてあの頃の祖父は——誰よりも元気で。

あぁ。

泣くな。

弱すぎる。

クリスマス・イブだぞ、しっかりしろ。

「『いちばん　おおきくて、りっぱな　おひげを　はやしたサンタは、グランサンタと　よばれ、みんなから　とっても』――」

そこで言葉が途切れ、祖父はチェアーのヘッドレストに頭を預けて寝てしまった。

（あのね、おじいちゃん。その続きはね）

楓はそうっと書斎に入り、祖父に近付いた。

（『みんなから　とっても　あいされています』だよ）

そしてはだけたガウンの胸元を直し、ブランケットを首元まで掛け直した。

6

書斎の空き缶用の屑籠《くずかご》からは、しわくちゃになった今朝の新聞が顔を覗かせていた。ときに祖父は、ごみの分別がまるでできなくなってしまう――どころか、ごみかどうかの判断さえ付かなくなってしまうのだった。つまり、この新聞はまだ未読なのだ。

破れないように慎重に取り出し、書斎から居間のほうへと移る。

ペットボトル用の屑籠を見やると、山ほどの空き缶が溢《あふ》れていた。

哀しいことではあるが、楓はこれも調子を測る尺度のひとつと考えるようにしていた。

「そっち任せちゃってごめんなさいねぇ、楓先生」

「いえいえ」

お風呂場を掃除しているおかっぱさんの明るい声に力と元気を貰《もら》う。

新聞にアイロンをかけていると、不思議と気持ちが晴れやかになってきた。新聞紙は古紙パルプでできているので吸湿性が高く、アイロンを使うと思いのほかバリッと蘇るのだ。

おかっぱさんを見送り、キッチンの洗い物をしていると、瞬く間に一時間近く経っていた。

すると書斎から「楓かい」という、はっきりとした祖父の声が響いてきた。

DLB患者の病状は、わずかな時間で目まぐるしく好転したり、すぐに増悪《ぞうあく》したりする。

(少し眠って良くなったかも)

「そうだよおじいちゃん、楓だよ」と書斎に入って祖父を見ると、先ほどとは別人のように目をしっかりと見開いている。

それでも慎重に、その体調を推し量る。

声の張り――OK。

顔色、OK。

髪の毛の乱れや着こなしなどの身だしなみは――これも病状を見極める大事なポイントのひとつだ――これもOK。

自分である程度は乱れを整えてから楓に声を掛けたのだろう。

(よかった)

楓は何日もかけて選んだ真珠色の珈琲《コーヒー》カップをクリスマスプレゼントだよ、と手渡した。

少しこだわりがある。赤川次郎《あかがわじろう》の『真珠色のコーヒーカップ』は、主人公が読者と共に幾年にもわたり年齢を重ねていくという〝杉原爽香《すぎはらさやか》シリーズ〟の一篇《いっぺん》だ。どの作品にも、題名に独特の旋律が流れている。

『象牙色《ぞうげいろ》のクローゼット』

『うぐいす色の旅行鞄《かばん》』

あるいは――『桜色のハーフコート』。

（来年の春には、真新しい桜色のハーフコートが着られる気分になっているかも）

楓はそんなことを思いながら――そして、真新しくなった新聞をテーブルに置きながら、

「今日は久しぶりに事件の相談に乗ってほしいんだ」といった。


ボイスメモと岩田の電話の内容を興味深そうに聞いていた祖父は、淹《い》れたての珈琲が入った真新しいカップに口をつけてから、まずは「我妻くんか」と呟いた。

そしてガウンのポケットから出した老眼鏡を掛け、居酒屋で撮った4ショットの写真の我妻の顔をアップにして微笑《ほほえ》んだ。

「懐かしいな。面影が充分に残っているね」

「覚えてるの？　我妻さんのことを」

「もちろんさ。彼は、五年生と六年生の二年間で、ぼくが薦めたミステリやSFを五十冊以上は読破したはずだよ」

「そうなんだ」

（嘘。わたしのときより多いじゃん）

ちょっぴり嫉妬のような思いがよぎる。

（じゃあ）

意地が悪いかもしれないけど、訊いてみよう。

さすがに忘れているかも。

「ちなみに我妻さんの子供の頃の夢はなんだったのかな」

校長を務めていた頃の祖父は、児童たちの名前をすべて覚えているばかりではなく、彼ら、彼女らの将来の夢までをも把握していたという。

祖父は長い人差し指をこめかみに当ててから答えた。

「我妻くんの夢はね……名探偵になることだったのだよ」

「えっ」

名探偵などというものは、現実にはいないものですよね――そう呟いたときの、我妻の名状しがたい複雑な表情が思い出された。

「でも嬉《うれ》しいじゃないか」と祖父は続けた。

「彼は名探偵とはいかずとも、夢の一端は叶《かな》えたというわけだ」

（夢の一端――）

「どういうこと？」

「彼の顔をいま一度アップにしてごらん」

いわれるがままに楓はスマートフォンの写真の一部を拡大してみたが、彫りの深い端正な顔立ちと丁寧に撫でつけられたオールバックの髪型しか目に入ってこない。

「うーん」

「分からないかね」

　祖父は笑みを浮かべた。

「よく見てみたまえ。額の部分に面ずれの痕があるだろう。彼は、四十の坂を越えた今も剣道の稽古を欠かさない実直で生真面目な男なのだ。小学生の頃となんら変わりがない。だがその一方で、自分のほうから楓たちに話し掛けておきながら、名刺を切らしてまして――などとうそぶいている。紳士然としたキャラクターと矛盾しているじゃないか」

「ごめん、おじいちゃん。それが何を意味するのか、まるで分かんないんだけど」

　さらにだね、と祖父。

「キャラクターの矛盾点はまだある。我妻くんはお酒に口をつけるなり、ぼくの風貌についてこういっている――『うちの親父に少し似てるかもしれません』とね。どうだい、おかしいじゃないか。彼ほどの紳士が、初対面の若者たちを相手に自分の父親のことをいきなり〝親父〟呼ばわりするだろうか。実際、その後の彼はご尊父のことを〝うちの父〟と呼んでいる。『うちの父もよくいってましたよ。おまえ、いつまでミステリなんていう絵空事の本ばかり読んでいるんだ』などとね」

「ほんとだ……呼び方が変わってる。どうしてだろ」

「理由はひとつしかない。最初の〝うちの親父〟とは、彼のご尊父のことではないのだ」

「えっ」

「まとめてみよう。剣道の稽古に余念がなく、それでいておいそれとは自分の素性を明かさない。ペンをさっと出し、メモすることを厭《いと》わない。さらに決定的なのは、〝うちの親父〟というあの言葉だ。〝親父〟とは、署長を意味する警察用語なのだ。となると職業は明白じゃないか。彼は現職の刑事なのだよ」

（刑事――）

誘蛾灯《ゆうがとう》に蛾が惹きつけられるように、名探偵は難事件を招く。

そしてまた名探偵は――不可思議な縁で刑事を招く。

（馬鹿な）

楓は栗色がかった長い髪を誰かのように額から掻きあげ、奇妙な考えを振り払った。

「でも、ミステリやSFが好きな刑事さんって本当にいるものなのね」

「当然じゃないかな。ぼくは前から不思議に思っているのだがね――なぜ警察もののドラマには、刑事がミステリを読んでいるシーンが一切出てこないのだろう。刑事の趣味が読書でもいいじゃないか。世の医師たちが医学ものの小説を好むのと同じことだよ。我妻くんだけじゃないさ。ミステリを愛読している刑事は、星の数ほどいるはずだ」

「いわれればそうかも――」

「さて、星といえば冬の夜空だよ。そろそろ本題に入るとしようかね」

祖父は美しく話を繋《つな》いだ。

「岩田くんが子供の頃に見た、〝消えたサンタクロース〟の謎ときだ。まず大前提として、彼は一切嘘をいっておらず、さらにその出来事は夢ではなく現実だった――さらにサンタの正体は彼の父親だった、ということで話を進めようじゃないか。ここまではいいかね」

「うん。サンタと岩田先生のお父さんが同時に消えるなんてこと、あり得ないものね」

「そのとおりだね。さて——」

緊張感で楓の喉がごくりと鳴った。

「楓としては、どんな物語を紡ぐかね」


——やはり、ここで来た。

「正直いって、お父さんが消えた理由は見当もつかないな。だから、〝サンタクロースが消えた方法〟に絞って物語を作ってみたんだけどいいかしら」

うむ、と祖父は優しく相槌を打った。

「いわゆるハウ・ダニット——どうやってやったか、という謎ときだね。まずはそこからで充分ではないかな」

楓は、ひとつ息をついてから、「物語、一」といった。

「『窓を開けてベランダに出たサンタは、ベランダの柵の一部に縄を引っかけて、さらに自分の首に巻いた——』」

我ながら、なんて嫌な物語だろう。

「『そしてそのまま、ベランダの柵を飛び越えて首を吊《つ》ったのだ。幼い岩田少年は、ベランダの外壁の向こう側を覗き見ることができなかった。その後に他の誰か——たとえば下の階の住人によって遺体が発見された。そしてその亡骸《なきがら》は、岩田少年が知ることもないまま、知らされることもないままに、警察によって粛々と運ばれていったのだ』」

「あり得ないね」と祖父はゆっくり首を振った。

――良かった。

「いったい〝その後〟というのはいつのことだね。縊死《いし》を遂げた直後に遺体が発見されたのであれば、岩田少年がその騒ぎに気付かないはずがない。百歩譲って岩田少年が二度寝したあと、夜が明けた頃に遺体が発見されたと仮定してみよう。ならば、まだ眠っている岩田少年に周囲が気を遣い、静謐《せいひつ》の中で遺体の移動が行われたのだ――と考えられなくもない。だが、それもまたおかしな話だよ。何時間もの間、マンションの外壁にサンタがぶら下がっていたことになる。こともあろうにサンタクロースがクリスマス・イブの夜、マンション十階のベランダから身を投げて首を吊った――鵜《う》の目鷹《たか》の目のマスコミにとって、こんな好餌《こうじ》はないはずだ。だが実際には、そんな事件などまるで報じられていないじゃないか」

「考えてみればたしかにそうね。『サンタクロース殺人事件』ならぬ『サンタクロース自殺事件』として大々的に報道されたはずだわ」

じゃあ、と楓は内心で胸を撫でおろしながら、ふたつめの物語へと移った。

こちらのほうがいくぶん自信がある。

「物語、二。『窓を開けてベランダに入ったサンタは、背中に背負った大きな袋から、あるものを取り出した――』」

祖父の目が光ったような気がした。

「いい線だね。それで」

「『そのあるものとはハンモックだったのだ。サンタはハンモックの鉤状《かぎじょう》になっている金具をべランダ外壁の柵に引っかけた上でハンモックに入り、外側へと飛び込んだのだ』」

「うむ――物語一よりは、はるかに筋がいい」と祖父はいった。

「だが、やはり矛盾は否めない。単純に時間の問題だ。サンタが手招きをしつつベランダに出てから、岩田少年がベランダに出るまで、ほんの十秒足らずしか経ってないのだよ。そんなわずかの間に袋からハンモックを出し、金具をどこかに引っかけてからハンモックに身を隠し、さらにベランダの外壁を越える――そんな芸当はとてもじゃないが無理だ。しかもそのあとサンタは、どうやってベランダまで戻ってきたのかね。ハンモックの中でそのまま朝を迎えるしかないじゃないか」


楓としては、抗弁する言葉がひとつも見つからない。

祖父はまた珈琲をひと口だけ啜《すす》ってから、ずばりといった。

「つまりは物語一も物語二も、ストーリーが破綻しているということだ。これ以外の物語Xが存在するのだ」

そして――

楓がカップと一緒にカートンで買ってきたもうひとつのクリスマスプレゼント、ゴロワーズの青い箱のほうを見やってから、あの言葉を口にした。

「楓。煙草《たばこ》を一本くれないか」

祖父はフランスの煙草、ゴロワーズを嗜《たしな》むのが好きだった。

とはいえ元気だった昔から週に数本ほど喫《の》むのがせいぜいであり、楓としてはそれくらいの愉《たの》しみは残しておいてあげたいと思う。

口にくわえた煙草の先端に楓が火を点けると、クリスマス・キャンドルのような光が灯《とも》る。

楓は煙草の匂いが書棚の本に付かないよう、書斎の窓を少しだけ開ける。

すると庭から、クリスマスローズの柑橘《かんきつ》系の香りがふんわり漂ってきた。

煙の輪をふっと口から漏らすと同時に、祖父の双眸《そうぼう》が光った。

ゴロワーズを吸う——すると祖父は紫煙のスクリーンの中に真相を幻視するのだった。

祖父はかっと目を見開き、窓際に漂う煙の中を凝視する。

そしてほどなく、楓のほうを見た。

「絵が見えたよ」


「さて最初に、岩田少年の父親がサンタに扮《ふん》して姿を消した動機から考察してみよう」

「うん。そこが不思議」

「さまざまな事実が父親の失踪の理由を示唆《しさ》している。まず、マンションはファミリー向けの社宅だったそうだね。ところがある時期を境として、次々と周りの家族たちはマンションから出ていったという——つまりその会社は経営が左前となり、潰れかけていたのだ」

「そういうことだったのね」

「ここで岩田少年が父親の書斎を覗き込み、金色に輝く〝えほん〟に触ろうとしたら、こっぴどく叱られた——という不思議な想い出に着目してほしい。なぜ父親は、〝えほん〟に触られたくなかったのだろうか。忙しさの余り読んではあげられなかったとしても、別に触るくらいのことで怒らなくともいいじゃないか」

「たしかに――」

「ぼくには見える。今すぐそこで、山のように積まれた金色の〝えほん〟の前に立ちはだかる父親の姿がね。彼は、息子にだけは〝えほん〟を見られたくなかったのだよ」

「分からないな。どんな〝えほん〟だったの」

「夢を見せるという意味では、たしかにそれは〝えほん〟と呼ぶべきものだっただろう。だが対象としていた読者層は、子供たちではない。ぼくのような年寄りたちだ。その〝えほん〟とは、金の延べ棒を売りつけるためのパンフレットだったのだよ」

そういえば、と楓はとある事件を思い出した。

そう遠くない昔、金にまつわる大規模な金融詐欺事件が列島を揺るがせたという。

資産運用に最適ですよ、金の価値ほど絶対的なものはありませんよ――そんな甘言を弄し、存在さえしない金の延べ棒をお年寄りたちに売りつけ、暴利を貪ったという大事件だ。

「詐欺事案だったことが明るみになり、社長は非業の死を遂げた。幹部たちは逮捕され、事件は解決したかのように見えた。だがその陰で多くの社員たちは困惑していた。彼らは本当に金の価値を信じ込まされており、詐欺に加担しているなどとは思いもしないまま、真摯《しんし》に金塊を販売していたのだ。敵を欺くにはまず味方から――つまり、洗脳されていたのだね」

「そっか。岩田先生のお父さんも、洗脳されて善意で働いていたというわけね」

「そのとおりだ。あるいは社長からさまざまな罪をなすりつけられていた可能性もあるね。社宅の他の社員たちは、蜘蛛《くも》の子を散らすように逃げ出した――金融詐欺はたとえ初犯であろうとも実刑が充分にあり得る重罪だからね。だが良心の呵責《かしやく》に苛《さいな》まれた彼は、しばらくの間、逮捕覚悟でマンションにとどまった。逃げずに働き、少しでも被害者への弁済に充てるためだ。妻には愛想を尽かされて離縁の憂き目に遭った。それでも夜を徹してアルバイトに精を出し、爪に火を点《とも》すような生活の中、かつてのお得意様たちになけなしのお金を返していたのだよ。だがそうした行為にも……とうとう限界が訪れたのだ」

「それが、あのクリスマス・イブの夜だった――」

「そうだ」

祖父の目に、憐憫《れんびん》の色が宿った。

「彼は愛する息子に、せめて想い出に残る今生の別れを演出しようとしたのだよ。ぼくには見える――サンタクロースに扮し、万感の想いを抱えながらベッドの息子のすべすべの頬を撫でる父親の姿が。付け髭に隠れたその笑顔の目には、ぶわりと涙が溢れている。そして彼は、ひとり自首する決心を固め、岩田少年の前から〝消失〟したのだよ。手紙に書かれていた〝さむいところ〟とは――刑務所のことだったのだ」

(消失)

楓の胸に、またあのマザー・グースのような自作の歌詞が浮かんだ。

(イブのよぞらに　サンタはきえた)

(すずのねを　ひとつのこして――)

我に返った楓は、じゃあ、と尋ねる。

「サンタはどうやって消えたの？」

「まずはあの夜の異常なまでの静けさを思い返してほしい。家族向けの社宅で、しかもイブだったにもかかわらず、なぜか『クリスマス・イブの夜は、そこだけが凍り付いたように静かだった』のだという。つまり彼らの部屋の隣室は、すでに空き部屋だったのだよ」

「うん、頷《うなず》ける」

「そのことを知っていた父親は、サンタに扮して岩田少年を起こし、ベランダに続く窓へと向かいながら、〝おいでおいで〟と手招きをする。当然、岩田少年は追いかけてくるはずだ。ここから、サンタ消失の一瞬のトリック劇が幕を開けることとなる」

楓はまたごくりと唾を飲み込んだ。

「どんなトリックだったの」

「父親は、自室のベランダと隣室のベランダとを隔てている約一メートル四方の仕切り壁を、あらかじめ取り外しておいたのだ。〝壁〟とはいえ、所詮はプラスティック製の代物だ。大人の男性がその気になって工具を使えばなんの造作もない準備作業といえよう。そしてサンタに扮した彼は、ベランダに出るなり、野球でいうところのスライディングで足から一気に穴へと滑り込み、隣室のベランダへと姿を隠したのだよ。おそらくここまで五秒とかからなかったはずだ」

「でもさ、おじいちゃん」

楓は首を捻った。

「仕切り壁のパネルを外しておいて隣のベランダに滑り込んだというところまでは分かるわ。でもそれじゃあ岩田少年からすると、隣への穴が丸見えじゃないの」

「そうだね」祖父はあっさりと認めた。

「だから父親は、あるものを使ったのだ。さっき楓は、サンタがあるもの――ハンモックを使ったといっていたね。ぼくがいい線だと判断した理由はそこにある。だが、そのあるものとは、ハンモックではなかったのだ」

「ひょっとして――」

「気付いたようだね。そう、あらかじめ彼は、外套の背中に仕切り壁を貼り付けていたのだ。服の中には綿を詰め込んで巨体のサンタに見せかけていたのだが、この変装もトリックの一部だよ。パネルの横幅はせいぜい背中の幅をわずかにはみ出すくらいのサイズ感であり、たとえ岩田少年にその後ろ姿を見られたとしても、気付かれるはずはないね」

うーん、と楓は小首を傾げた。

「仕切り壁のパネルって、『非常の際は、ここを破って隣戸へ避難してください』とかなんとか、目立つように書かれているわよね。背中にそんな文字が躍っていたとしたら、さすがに気付かれると思うんだけど――」

そこまで喋《しゃべ》ったところで、楓は「あ」と口を押さえた。

「分かった！」

我知らず大きな声が出た。

「お父さんはサンタの大きな袋で背中のパネルを隠していたのね。そしてその袋の中も、ふわふわの綿だった――」

「ご名答」

　祖父は相好を崩した。

「さらに、彼が背中に仕切り壁を貼り付けていた、という事実を示唆する状況証拠もある。岩田少年は仕切り壁を何度も蹴り付けたが、びくともしなかったばかりではなく、わずかなひびさえ入れられなかったという。だが、こんなおかしな話はない。思い返してみてほしい。岩田少年は、施設のかけっこで大歓声を浴びるほどの脚力を誇っていたのだよ。彼ならば蹴破れないまでも、せめてひびを生じさせたり凹《へこ》ませるくらいのことはできたはずだ。そもそもある程度は脆弱《ぜいじゃく》じゃないと、避難のための仕切り壁の意味がないじゃないか。ではなぜ、彼がいくら全力で蹴ってもびくともしなかったのだろうか。楓にも分かるはずだ。そう――ベランダの向こうでは、傍らに袋と鈴を置いた父親が、座った姿勢のまま床に手を突いて踏ん張りながら、背中でぐっと仕切り壁を押さえつけていたからなのだ」

　祖父は眉間に辛そうに皺《しわ》を寄せた。

「どん、どんと背中に感じる振動――それは息子との最後の触れ合いだ。どん、と押されるたびに、きっと熱いものが込み上げていたことだろう」

「――うん」

「彼は、毎年のように口癖の如《ごと》くサンタに会いたかった、今年もまた会えなかった、としょんぼりしていた息子に、どうしてもサンタの姿を見せてあげたかったのだ。うむ――ぼくには、彼が岩田少年に託した手紙が見える。たとえくしゃくしゃに丸められたとしても、児童相談所の方がそれに気付かないはずがない。もちろん捨てるはずもない。つまりその手紙は、岩田くん自身に読む決心がつくまで、今も養護施設の職員室の机の引き出しの中に眠っているのだよ」

祖父はさらにぐっ、ぐっ、と目を凝らした。

（まさか）

いや、そのまさかだ。

祖父は、幻視の中に手紙の文面を見ているのだ。

「あはは。ニューヨーク・サンのヴァージニアへの返事に似ているね。『わかっただろう？　サンタはいるんだ』という書き出しだ。『きみのおとうさんは、どうしてもやらなければいけないことがあって、きみの前からしばらくいなくなる。すこしだけさむいところへいくことになったんだ。でも、かならずりっぱなおとうさんになって、またかえってくるはずだ。おとうさんは、せかいでいちばん、きみのことをあいしている。さいごにおとうさんのことばをつたえよう』」

そこで祖父は、いったん言葉を切ってからいった。

「『メリー・クリスマス』」


また外から、冬の風がクリスマスローズのかすかな香りを運んできた。

花言葉はたしか――「わたしを離さないで」だったはずだ。

（サンタさんは、とまれ）

岩田少年は星に向かってそう呟いたという。

だが、胸の奥底で無意識のうちに、彼はこう願っていたのではないだろうか。

（おとうさんは、とまれ）

（おとうさん。ぼくを、はなさないで）と。

ややあって、楓は祖父に尋ねた。

「でもおじいちゃん。この物語を岩田先生に伝えていいものかな」

「うむ、思案のしどころだ。彼にとっては余りに酷な話かもしれないね」

祖父は少し震える手で、ゴロワーズの吸殻を灰皿に押し付けた。

「実はだね、楓。もうひとつだけ、可能性としては外せない物語があるのだ。そしてその可能性を誰ひとりとして否定できないはずだよ」

「えっ。まだ別の物語があるの」

「うむ。それはだね」

祖父は楓を見つめ、真顔で最後の物語を紡ぎ始めた。

7

自宅マンションに戻った夕刻前――窓の外に、みぞれ交じりの雪が降り始めた。

楓は勇気を振り絞り、岩田に電話をかけた。

電話の向こうで〈あちっ〉と岩田は小さく叫んだ。

〈ごめんなさい、楓先生。ちょうど焼き菓子を作っていたところで〉

「ううん。バタバタしてるところに電話しちゃって、こちらこそごめんなさい」

〈とんでもない。で……おじいさんは、どんな話をしてましたか〉

楓は、祖父が紡いだ第一の物語――岩田の父親がかつて我知らずのうちに金融犯罪に加担しており、被害者にできうる限りの弁済をしていたもののやがてそれもかなわなくなったこと――そしてそれを苦にして、幼き日の岩田少年と離れることに決めたという物語をすべて話した。

「でもね、岩田先生」

楓は断言した。

「お父さんは、必ずどこかで元気に暮らしていると思う」

〈――ふうん。ですかねぇ〉

岩田の声はどこかぶっきらぼうに聞こえた。

「実はね、岩田先生。もうひとつ、祖父が紡いでいた物語があるの」

楓は祖父と同じく、大真面目に最後の物語を語り始めた。

それは――

彼が見た人物が、本物のサンタクロースだった、という物語だ。

岩田先生の父親の職業は、サンタクロースだったのだ。

金色の絵本は、世界中の子供たちに配るための大切なプレゼントだったのだ。

彼が行かなければならなかった〝さむいところ〟とは、断じて刑務所ではない。

そこは北欧の国、フィンランドにあるといわれるサンタクロースの村のことだったのだ。

そして、岩田先生たちが住んでいたマンションは、サンタクロースの日本支部だったのだ。

だが、みんな急に忙しくなり、一斉に世界中に散らばっていったのだ。

〈はは、そんな〉

電話越しに岩田がどこか寂しげに笑った。

〈だってサンタがそんなに忙しいわけないでしょう。年に一度しか働かないんだから〉

「それが違うんです」

楓は、『あのね、サンタの国ではね…』に出てくるサンタの一年をかいつまんで話した。

たとえば二月は、子供たちからのお礼の手紙を読むのに大わらわ。

三月にはプレゼント作りが始まる。

大変なのは五月だ。

サンタたちは一斉に体重や胴回りの測定を始めるのだという。

なにしろ、余りに体重が増えすぎると、トナカイに負担がかかるからだ。

サンタクロースは、みな一年中忙しい。

そして——岩田先生の父親もまたそうだ。

彼はいまだに、サンタクロースを続けているのだ。

いつか忙殺の日々から解放され、岩田先生に会う日を心待ちにしながら——。

ややあって、岩田が尋ねた。

〈それ、本当におじいさんがいったんですか〉

「うん。真顔でね」

〈そうですか〉

「――うん」

電話の向こうで、ぐっ――と岩田が泣き始めたのが分かった。

そして、絞り出すような声で、こう告げた。

〈ありがとう、楓先生〉


電話を切ったとたん、すぐさまスマートフォンが鳴った。

画面を見ると――四季だ。

うしろがやたらと騒がしい。

〈劇団の連中とカラオケ中なんで、手短に用件を伝えます〉

「うん」

〈不可侵条約があるんで、僕からメリー・クリスマスとはいいません。でもね〉

「うん」

〈今年だけは特別です。岩田先輩に電話をしてあげてくれませんか〉

「えっ」

〈そして、メリー・クリスマスといってやってください。あ、一応念のためもう一度いっておきますけど……今年だけですよ〉

「――うん」

〈待てよおい！　次は俺だ！　あ、ごめんなさい。切ります〉

四季は無理に明るい声を出すよう努めているように思えた。

楓はそれから小一時間もの間、再び岩田に電話をかけるかどうか思案し続けた。

8

夜空――冬の大三角を形作る星々は雲の中に隠れていた。

だが、養護施設の窓から外を眺めていた子供たちからは、大きな歓声があがった。

今年は五年ぶりのホワイト・クリスマスらしい。

飾り付けられた食堂にクリスマスソングが流れ始め、そこかしこでクラッカーが鳴る。

するとそこへ――

おもちゃや焼き菓子が入った大きな袋を背負ったサンタクロースがおどけながら現れた。

職員室の方向からやってきたサンタは、なぜか目を真っ赤に腫らしていた。

子供たちから、また大歓声があがる。

「メリー・クリスマス、ガンちゃんお兄ちゃん！」

「しー。それいっちゃダメだよ！」

サンタは顔一杯に、くしゃっとした笑みをたたえていた。

その赤い外套のポケットの中で、マナーモードにしたままのスマートフォンが震える。

だが――その若いサンタクロースは、まるで気付いていない様子だった。

そして、心から楽しそうに歌い踊り、いつまでもおどけ続けていた。

第二章／死を操る男

1

僕は死ぬ、とフランソワはいった。

会議やイベント用に貸し出されている地下の一室に、少女たちのすすり泣く声が響いた。

「やめてよフランソワ」

「私たちがついてるよ。いいたい奴にはいわせとけばいいじゃない」

「また舞台に上がってよ。映画に出てよ、フランソワ」

パイプ椅子以外には何もない殺風景な部屋ではあったが、天井に据え付けられたプロジェクターが発する眩《まばゆ》いまでの光が、この場を一種異様な空間に変身させていた。二十人ほどの少女たちの背中側に位置するスクリーンには、まだ何の映像も映し出されてはいない。

光の向こう側の〝フランソワ〟と呼ばれている美貌の男は、すべてを諦めているような力ない声で、ごめんねみんな、と声を震わせた。

「こんなかたちで告白するときがくるなんて思いもしなかったよ。でも、もう決めたんだ」

光の中で、影が小刻みに揺れた。

あるいは彼も泣いているのか。

「いいかい、もう一度いっておく。よく聞いていていてほしい」

少女たちの悲嘆の声が、また大きくなった。

「僕は死ぬ。これほどの汚名を背負わされて耐えられる人間なんて世の中にいるだろうか。僕は死ぬ。ごく近い将来――僕は死ぬ」

　舞台俳優とファンが笑顔で触れ合うはずだったファン・ミーティングは、いつの間にか、そこかしこから嗚咽《おえつ》が漏れる愁嘆場《しゅうたんば》と化していた。だが、構わずフランソワは「僕は死ぬ」ともう一度いってから、苦しそうに続けた。

「みんなには謝る。でも、もう舞台に上がるのが怖くて仕方がないんだ。いや、それだけじゃない。正直、こうしてみんなの前に出るだけで……ただそれだけで、まるで断崖の上に置き去りにされたみたいに怖いんだ。ひどいめまいに襲われて、立ってさえいられないんだ」

　光の中のフランソワ――逆光に浮かぶその影が、明らかに一瞬よろけた。

　だがその表情を少女たちはまるで読み取れない。

　闇の中で光を浴びると人は酔う、ということを、意識しているのか。

　やがてフランソワは、打って変わって優しい声音《こわね》で語りかけた。

「でもね、みんな――絶対に僕の真似だけはしないでね。それだけは約束だよ」

　そしていつものファン・ミーティングどおり、自分自身が映っている作品を上映するため、プロジェクターを操作し始めた。

2

　横浜《よこはま》中華街は、ゴールデンウィークのさなかとあって大変な賑わいを見せていた。

　道行く人々が思いのほか若いことに、楓は少し驚いている。

中華飯店の窓から見える女性のふたり連れやカップルたちは、そのほとんどが十代か二十代前半の若者に思えた。店先で買える小籠包や肉まんはもちろんのこと、ワンハンドスタイルの北京ダックや、顔よりも大きな台湾唐揚げなどなど、この界隈《かいわい》ならではの気軽な食べ歩きグルメが若年層に浸透したということなのだろう。

（昔、おじいちゃんと来たときとはまるで違う街みたい。でも……これはこれでいいな）

中国茶を一口飲んでから、目の前の美咲に水を向ける。

「ね、このあとどうしよっか。ブランチの腹ごなしに山下《やました》公園まで歩く？」

「彼氏か」

美咲は、杏仁《あんにん》豆腐を頬張る口を手で覆いながら笑った。

「山下公園はカップルで行くとこだよ。それより元町《もとまち》で爆買いだね」

小さくて細い指の先には、桜色のネイルが隙なく施されている。

そういえば学生のときから爪の手入れが大好きだったな、と楓は思う。

スプーンを口に運ぶたび、美咲の可愛《かわい》い八重歯が覗いた。両親からは何度も矯正を勧められたのだが、八重歯が大のお気に入りだった彼女は、頑として聞き入れなかったのだという。

しっかりと自分を持っていて、お洒落《しゃれ》で可愛く、隙がなく。

（やっぱりわたしとは大違い）

と、思ったら――

（おっと。隙、みっけ）

楓はテーブル越しに手を伸ばし、美咲の頬に付いたマンゴーの切れ端を取った。

「美咲にもこういうとこあるんだね」

「彼氏か」

また美咲がころころと笑うと、最近伸ばし始めたという髪が肩の上でふわりと揺れた。

小柄なところも手伝ってのことか、学生の頃とまったく――いや、あの頃よりもむしろ若くさえ見える。現在は楓とは別の小学校に勤めているのだが、さぞ児童たちとは気が合うことだろう。

ふと店の外に目をやると、明らかに小学校中学年程度とおぼしきショートカットの女子ふたりがスマートフォンと周囲の風景をしきりに見比べながら歩いている。若い観光客が増えたとはいえ、頭ひとつ以上も小さい彼女たちはさすがに周囲から浮き上がって見えた。

「やだ、ウチの学校の子たちだ」と美咲。

「歩きスマホ、指導しないと！　ま、今は動けないから見逃すけど」

女子たちも一瞬、店の中の美咲に気付いたかのように見えたが、会釈を送ってくることもなく、また歩きスマホで去っていく。

無視はいかんね、と美咲は苦笑した。

「見逃し撤回。追加ドリル決定だな」

「だね」

「それよりもさ」

点心セットを締めくくる杏仁豆腐を綺麗に平らげたところで、美咲が直球を投げてきた。

「最近、〝彼〟とはどうなの」

うーん、と楓。

「正直いうと、まだ三人でいるほうが楽しいんだよね」

「なんじゃそれ、ヘンなの」

「ま、いいじゃない。そういえば『はる乃』が復活してね。そのときの写真なんだけど」

「ふうん」

美咲は気乗りしない様子でテーブルに肘を突きながら、楓のスマートフォンの4ショットの写真をちら、と見たあと――分かりやすく顔を近付け思いっきり二度見した。

「え、え、え！　ちょっと……これ誰！」

そして楓の手からスマートフォンをもぎ取り、我妻の顔だけを拡大した。

「それでは審査員の皆さん、点数をどうぞ！　十点、十点、十点、十点、十点、十点、十点、十点！……えっと」

「あとひとり」

「……十点！　合計は……百点です！　いや待ちなさい。いったいどういうわけなのよ」

楓は、我妻の職業が刑事だという祖父の〝物語〟だけは伏せ、四人で意気投合したことや、連絡先を交換したことを告げた。

「でかした」

美咲は画面に見入ったまま、今度紹介しなさい、いいよね、と強めの口調で呟いた。

しまった。

(指輪をしてたってこと、完全にいいそびれた)

美咲は我妻のすぐ横で微笑んでいる男性の顔をアップにして八重歯の口元をほころばせながら、

また肘をテーブルに乗せた。

「そっか。楓はこっちを好きになったかぁ」

「ちょっと」

「そうかぁ。うん、分かる気はするけどな。そっかそっかぁ」

「ちょっと、返してったら」

楓は顔が赤くなっているのをはっきりと自覚しつつ、照れ隠しもあり、まるきり別の方向に舵《かじ》を切った。

「それよりさ、美咲。最近はミステリ的なことってないの」

すると美咲は急に真顔になり、声を潜めた。

「――それがあるのよ」

「えっ」

驚く楓を尻目に賑やかな店内をそっと見渡し、美咲は顔を近付けた。

「店の中じゃ話しにくいな。いいや、山下公園に行こっか」


中華街の青を基調とした東門を背にまっすぐ海の方向へ向かうと、すぐに横浜港に面した山下公園が見えてくる。爽《さわ》やかな薫風が運ぶ潮の香りが、楓の鼻腔《びこう》をくすぐった。

左に行くと赤レンガ倉庫。右に行けば、港の見える丘公園。

そのちょうど中央あたりに鎮座する山下公園の噴水周りには、色とりどりのパンジーやクロッカスが一斉に花を咲かせていた。

さらに海岸のほうへ歩くと、瀟洒《しょうしゃ》なデザインの二人掛けのベンチがずらりと海の方向に向かって並んでいる。すべてがオーシャンビューとなるベンチは、いずれもカップルで占められていた。

ここが関東有数のデートスポットと呼ばれる所以《ゆえん》のひとつに違いない。

もっとも中華街のメインストリートとは違って若者たちの姿がことさら目立つというほどではなく、家族連れであったり、老夫婦であったりと、人々の姿には濃淡があった。

「ラッキー。楓、空いたよ」

若いカップルがベンチから離れた。港に係留されている観光船のほうへと向かうようだ。

楓と美咲は、並んでベンチに腰掛け、ひと息ついた。

いつの間にか美咲は、ネイルに合わせた桜色のフレームのサングラスをかけている。

そのとき——海面すれすれに飛んできたカモメが、目の前の柵のてっぺんに停《と》まった。

「でかっ」大き目のサングラスを押さえながら美咲が笑う。

想像以上の大きさに楓も内心で苦笑いする。だが、眼前にカモメが出現するという事象こそが、まさにこの地を非日常空間たらしめているのであり、魅力のひとつとなっているのだ。

まず楓は、ねぇ美咲、と先ほどから気になっていたことを尋ねた。

「ミステリの話に行く前に訊いておきたいんだけどさ。ここだって人が多いのは一緒じゃない？なんで店の中じゃなくてわざわざ山下公園まで来たのかな」

「んー。楓なら分かると思うんだけどな。たとえばさ。〝モンペ〟の話題とかって、職員室の中だと、逆に持ち出しにくいじゃん。目の前の廊下を児童が歩いているかもしれないし」

「うんうん」

〝モンペ〟というのは、モンスター・ペアレントの略語だ。

「だからうちの学校ではね、あえて大勢の児童たちがいる運動会の練習のときとかに、教師用テントの中で難しい会議をしたりするのよ。児童たちからすると、運動会の打ち合わせにしか見えないからね。まさかモンペの話をしているとは夢にも思わないというわけ。もちろん教師として、議題にはみんな真剣に向き合うんだけどね」

「なるほどね。聞かれたらNGの話を、あえて人が多い屋外でするのって意外と盲点かも」

うちでも提案してみようかな――

そういおうとして、はっとした。

これってチェスタトンが生んだ名探偵、ブラウン神父の台詞から生まれた、あの名言そのものではないか。

（『木を隠すなら森の中』――）

してみるとミステリの名言は、人知れず一般社会の中にもしっかりと息づいているということなのだ。

「じゃ、本題に入るね」と美咲。

楓はそっと周りを見渡したが、目の前は海だ。カモメ以外に話を聞かれる気遣いはない。

お願いといってから、楓はベンチ上のスマートフォンのボイスメモのアイコンを押した。

それを見届けてから、美咲はぽつりといった。

「ついひと月前のこと……ひとりの若い俳優さんが、奇妙で不思議な自殺を遂げたのよ」

3

（奇妙で不思議――）

陽光のもと、美咲は顔を曇らせた。

「亡くなった彼は、私と同じでこの横浜出身。フリーの舞台俳優として、プロアマ問わず、このあたりの主な劇団のお芝居にはほとんど出ていたそうよ」

「どんな男性だったの」

「ちょっと待ってね」

美咲は、小柄な体に似合う大き目のトートバッグからスマートフォンを出した。

「ええと、まだ二十五歳になったばかりだったかな。芸名はね――〝フランソワ〟」

「フランソワ？」

「そう。実際にヨーロッパの血が入っていたのかどうかは分からないけど、整った顔立ちや気品ある仕草、金髪に染めた長い髪にぴったりの名前だって評判だったみたい。だからギリシャ神話や古代ローマ、フランス革命なんかが舞台の芝居となると、もう引っ張りだこだったそうよ。そうだ、画像があるわ。モノクロの宣材写真だけど」

美咲はスマートフォンの画面をしばらくスワイプしてから、そっと写真を見せてきた。

（きれいな人）

バストアップの画角の中で、金髪の見目麗《うるわ》しい男性が少し斜め前を向いて、こちらをきりっと真顔で見つめている。柔らかで繊細そうな顔立ちだ。

でも――と思った。

もっと笑顔でいいのに、どうして。

(どうしてこんなに――ええと)

ぴったりの言葉が浮かばない。

(なんていうんだろ。「つまんなそうな顔」というか――「退屈そうな顔」というか)

少なくとも宣材写真としてふさわしい写真にはとても思えない。

何かの闇を抱えていそうな――どこか見る者の不安を掻きたてるような感じがあった。

ことによるとこの写真を撮った頃、すでに自死を考えていたのだろうか。

「ね。正直、見惚《みと》れちゃうでしょ」

「そんなわけじゃないよ」

「なんかもったいないよね。絶対にもっと売れたと思うし」

「――そうね」

楓の目にも、いかにも将来がありそうな俳優には見えた。

「仕事のほうは舞台が中心で、あとは映画にも何本か出てるんだけど、まだどれもが脇役……というか、チョイ役ばかりでね。本当、これからが楽しみな人だったんだよね」

「ちょっと待って、美咲。なんでフランソワについてそんなに詳しいの」

「やっぱり楓には隠せないか。実はね……ちょっとだけ個人的にも推してたんだ」

「――そっか」

「年下の推しの俳優さんが先に逝くなんてこと、生まれて初めて」

美咲は片手でサングラスを押さえた。

「ま、チョイ役ばかりっていうのも悪いことだけじゃなくてさ。そのぶん、数をこなせるってことでもあるのよ。それに彼を推す子たちにとっては今後が楽しみになるじゃない」

「うん」

「だからフランくん――あ」

「いいよ、〝フランくん〟で」

「だからフランくんには私以上に熱狂的なファンが何人かついてて、時にはファン・ミーティングみたいなこともやってたらしいんだけどね」

「ファン・ミーティング――っていうのは、ファンとの集《つど》いみたいなこと？」

「昭和か」

美咲はわざと手でサングラスをずり落としてみせてから、また手で押さえた。

「楓、合ってるよ。合ってはいるけど友人としていう。今後、〝ファンとの集い〟という言葉はけして使わないように。いかなる理由があろうと令和の女子が集っちゃダメです」

「分かったよ」

サングラスをずり落とすリアクションのほうがよっぽど昭和じゃない――そういおうとして、ふと思う。ことによると美咲は、感情を気取られにくくするためにサングラスをかけているのかもしれない。いつも以上に明るく振る舞っているように見えるのも――

（そんな理由があるのかも）

美咲は美咲で辛いのだ。

「でね。問題はここからなの」

美咲はまた周りの様子を窺ってから横並びに座る楓に身を近付け、今度は手帳を取り出した。

「ちょうどひと月前――マイナーなニュースサイトに、彼の自殺にまつわる記事が出たの。『〝謎めく現場〟新進の舞台俳優　自宅マンションで自殺未遂か』って」

「未遂――」

「そう、その時点ではね」

そののち、亡くなったということか。

「まず、前日のファン・ミーティングで、彼は何度もはっきりと自殺を仄《ほの》めかしていたそうよ。そして……その予告どおり、自宅兼事務所のマンションの一室で自殺を図ったというわけ」

「どんな状況だったの」

「それが不思議なの」美咲は唇を舐《な》めた。

「彼は、脱法ドラッグを大量に摂取して死のうとしたんだけど……途中で苦しくなって吐いちゃって、一度目が覚めたのね。で、苦しい息の中、一一九番に電話したのよ。『死のうと思ったんですけどやっぱり無理です……助けてください』って。でも救急隊員たちが駆けつけたとき、すでにフランくん――いや、フランソワは、ぐったりとしていて意識がなかったそうなの」

「うーん」楓は首を捻った。

「かわいそうで胸が痛むけど……それのどこが不思議なのかな」

「まず、フランソワは仰向《あおむ》けになって床に倒れていた――。その右手は、自宅電話の受話器に向かってまっすぐに伸びていたの。一一九番はこの電話からかけられていたのよね。ここまではいい？」

「うん。事務所を兼ねていたから自宅にも電話を引いていたというわけね」

「そのとおり。でもね……彼は、左手にしっかりとスマホを握っていたのよ。ね、不思議でしょう。手元にスマホがあったにもかかわらず、なぜフランソワは、わざわざ自宅の電話から救急車を呼んだのかな」

（――たしかに）

たしかにこれは奇妙かつ不思議な謎と思わざるを得ない。

「まさかスマホの充電が切れてたってことはないよね」

「うーん。記事はそこまで言及していなかったけど、それならそう書くんじゃないかな。だいたいそれなら、そもそも〝謎めく現場〟って見出しを打たないと思う」

これもたしかに、だ。コンプライアンスに厳しいこの時代、いくらマイナーなニュースサイトだとしても、基本的な事実を違《たが》えてまで煽情的《せんじょうてき》な記事をアップするとは思えない。

基本的な事実――

「じゃあ基本的なことを訊くけどさ。フランソワは、なぜ死のうとしたの？」

「自殺を図った理由は明らかよ。数か月前からフランソワは、SNSでひどい誹謗《ひぼう》中傷の嵐に見舞われていたの。『主役より目立とうとすんな！』とか、『セリフもないのにチョロチョロ出すぎなんだよ！』とか……。でもこんなのはましなほうでさ。中には、まるででっちあげのスキャンダルを撒《ま》き散らす人もいたそうよ」

「ひどい」

「完全なネットリンチね。何百、何千という根拠のない悪口が加速度的に広まっていく……。しかも、こんなことになった土壌には、皮肉にも」

美咲は言葉を切って唇を噛《か》んだ。

「皮肉にも、本当にフランソワが主役を食うほどの演技力とビジュアルを兼ね備えていたところにあったのかもしれないわ。でもさ。人間って、自分の実力を信じきることなんて、なかなかできるものじゃないよね。人一倍繊細な彼は、堪えることができなかったのよ」

(許せない)

フランソワのことは知らないが、怒りや悲しみ――さまざまな感情が一杯に湧いてくる。いつからこんなにも不寛容な時代になったのだろう。

そのとき――港に係留されている観光船から、毎日正午ちょうどに鳴る汽笛が、ぼう、と音をひきながら澄み切った空に響き渡った。

船のほうを見ると、ちょうど視線の延長上――ベンチと船の間にある噴水の前あたりに、ふたりの女の子たちの姿が見えた。

(さっき、歩きスマホをしてた子たちだ)

汽笛の音に合わせ、交互に可愛くジャンプを繰り返している。

長い汽笛が鳴りやむと、また歩きスマホをしながら、船のほうへ歩いていく。

「あの子たちったら」

ベンチを立とうとする美咲を、楓は、まぁまぁ、と押しとどめる。

今は感情を露《あら》わにしないほうがいいと思ったからだ。

美咲がいま子供たちを叱ると、ふさわしくない言葉をぶつけてしまうのではないか。

それは、もはや〝注意〟ではない。加速度的に増す〝怒り〟だ。

「それより美咲。続きを聞かせてくれない？」

「うん」

美咲はふう、と息をひとつついてから、またベンチに腰を下ろした。

「でね。記事が出て、わずか数時間後のことだったんだけど……彼の個人事務所がSNSで、こう発表したのよ。『弊社所属の俳優、フランソワは、先ほど搬送先の病院にて急逝いたしました』って」

刹那、横浜の港が音を失《な》くした。

カモメが鳴いたのを機に、美咲が口を開く。

「関係者たちが騒ぎになることを恐れたのか、アカウントはすぐに消えたわ。例のネット記事も、ほどなく消えた。でも、事件はそれで終わらなかったのよ」

「やだ」

「そう。やっぱりというか……〝後追い〟が出たの」

4

強くなってきた潮風を避けるため、ふたりは観光船の右舷《うげん》の陰に来た。

昭和初期から、ここ横浜とシアトルの間を幾度となく行き来してきたという巨大な客船は、係留されっぱなしの観光船となった今もなお、堂々たるその威容の船首を水平線に向けていた。

見上げると、船体の中央あたりに、救命艇の精巧なレプリカが取り付けられている。

楓たちからは見えない海側——左舷《さげん》側にも、もう一隻救命艇があり、海鳥たちが羽を休める恰好の場所となっているのだそうだ。

（救命——）

楓は嫌な連想を振り払いながら、おそるおそる美咲に尋ねる。

「後追いって……フランソワのファンたちが？」

「そうなのよ。実はまだこの界隈の学校や教育委員会で噂《うわさ》になってるだけで、表沙汰にはなってないんだけどね」

「うん」

「最初は女子大生だったわ。まだ十九歳だよ」

十九歳。そんな若い子が。

「ご家族が、お風呂で倒れている彼女を発見したそうなの。やっぱりクスリ——導眠剤を大量に摂取していたみたい。幸い救命措置が功を奏して、なんとか助かったんだけどね」

「——良かった」

「でも、これもまた、状況が妙なの。彼女は前日に美容院に行っててね。背中まであった長い髪をばっさりとカットしたばかりなの」

「えっ」

「普通、ヘアカットした次の日に自殺しようとするかな。ね、おかしいでしょ」

「そうね」

思いついた物語をすぐに話す。

「フランソワの髪型に合わせたってことは考えられないかな。憧れの人に近付いてから逝こうとしたっていう」

うーん、と美咲は小首を傾げた。

「フランソワはロン毛だったから、その理屈だと余計に離れちゃう感じかな。女子大生の子は耳が見えるほどの短さにまでカットしてたらしいから」

「そうなんだ」

自死の前に髪型や身なりを綺麗に整える、というメンタリティは理解できなくもない。

だが——わざわざショートカットにする意味があるだろうか。

「でもね、楓。ふたりめはもっと不思議なのよ」

「他にもいたの？　後追いしたファンが」

「そうなの。ふたりめは十六歳の女子高生」

「若すぎるわ」

「彼女もやっぱり、導眠剤を大量に摂取していたそうよ。自宅の和室の布団の中でぐったりしているところをお父様が見つけたんだけどね」

「うん」

「枕元に嘔吐物《おうと》があったというから、そのおかげで助かったのかも。でもね……彼女は長い縄を丸めて両手に持っていたっていうのよ。不思議じゃない？」

「長い縄――」

「倉庫に置いてたしっかりとした縄だって。なら、縄を欄間《らんま》に掛ければ……ね、分かるよね」

小さく頷く。

美咲は、「首を吊るのは簡単だったはず」という言葉を飲み込んだのだ。

「ふたりとも一命はとりとめたものの、まだ入院中で、詳しく話ができる状態じゃないの。いま分かっているのは、ふたりがフランソワの熱狂的なファンだったってことだけなのよ」

「そっか。じゃあ、まだ後追いが出るかもしれないっていうことね」

美咲は小さく「えっ」と叫んでサングラスを外し、大きな瞳を楓に向けた。

その可能性に思い至っていなかったようだ。

「うわ……楓のいうとおりだね。私、ふたりとも助かったってことで、てっきりこれで終わりだと思ってたよ」

美咲はサングラスの蔓《つる》の部分を口にくわえ、少し経ってから口を開いた。

「フランくんたちに何があったのかな。そして」

風がいっそう強くなり、カモメが一斉に鳴いた。

「またこんなことが起こっちゃうのかな」

スマートフォンを持つ手に汗が滲む。

なぜフランソワは、スマートフォンを持っていたのに自宅電話から救急車を呼んだのか。

なぜ女子大生は、美容院に行って髪を綺麗に整えた翌日に死のうとしたのか。

なぜ女子高生は縊死《いし》を選ばず、不確実な服毒自殺を遂げようとしたのか。

いわば「ホワイ・ダニット（なぜそうしたのか）」の自殺版だ。

答えが出る前に、次なる〝犠牲者〟がまた現れる可能性もある。

（急いで、焦らず――）

楓は五月の風の中、そっとボイスメモのアイコンを押して録音を止めた。

そして、我妻の連絡先を探し始めた。

5

あくる日はゴールデンウィークの最終日だった。

楓が祖父の家の上がり框《かまち》でシューズの紐《ひも》を解《ほど》いているとき、タイミングよく背後からインターフォンの音が響いた。踵《きびす》を返して玄関のドアを小さく開けると、その隙間のほとんど天井の部分に、端正な我妻の顔があった。一連の事件が起こった土地――横浜市のN地区が我妻の担当区域だったということもあり、聞き込みというかたちで来てもらったのだ。

おはようございます、と我妻はすぐに長い体を折りたたんでいくらか目線を下げた。

こういう自然な配慮が身に付いている人なのだろう。

「少し遅れましたかね」

「いえいえ。この前もですけど、時間ぴったりです。わざわざすいません」

「いいんですよ。まどふき先生には……いや碑文谷さんには、何かしら理由を付けて何度でもお目にかかりたいですし」

我妻は照れくさそうに微笑んだ。

以前、年始の挨拶を理由に我妻がここに来たときには、幸い祖父の体調も良く、おおいに昔話で盛り上がったものだ。そして、我妻の職業がやはり刑事だったということが分かり、楓は改めて祖父の推理力に舌を巻いたのだった。

「で、楓さん。今日はもうひとり紹介したい人物がいましてね。頼りになる、僕の相棒です」

我妻がドアの隙間から体をずらすと、派手なチェック柄のダブルのスーツに身を包んだ小太りの男性が立っているのが見えた。

「はじめまして、楓さん」

「あ——はじめまして」

「城之内《じょうのうち》といいます。ジョーって呼んでください」

楓と同じく二十代後半か、あるいはいくつか年下にも見える城之内は、いきなり分厚い両手で握手を求めてきた。すべての指が柔らかく、着ぐるみのように太い。

大統領候補みたい、と思いながらも、自然な動作に釣り込まれ、楓も両手で握り返す。

黒縁の眼鏡の中の目が、応援ありがとうございますとでもいう風に垂れ下がった。

おい、と我妻が苦笑する。

「いつまで握っている」

「あ、すいませんっ」と楓が慌てて手を離す。

「いや、楓さんにいったんじゃないですよ。城之内に失礼があったならお詫《わ》びします」

「いえ、そんな」

「でもこう見えて彼は帰国子女でしてね。五か国語を操る語学の天才なんです」

「こう見えては余計ですよ」

なるほど。

だから、仕草がどことなく――いや、思いっきり欧風なのだ。

なのに、ダブルのスーツに〝着られている〟感があり、そこがユーモラスに映る。

「そんなことより、早く我妻さんがいうところの〝名探偵〟にお会いしたいですね」

「あ、ごめんなさい、なんか立ち話になっちゃって。でもまずお茶でも出しますから」

すると城之内はダブルのスーツには不釣り合いな黒いリュックを肩から外しながら、

「お茶は結構です。それならＷｉ‐Ｆｉをいただけますか」――といった。

6

改めて玄関の上がり框に足を掛けたとき、我妻が問う。

「岩田先生と四季くんはいらっしゃらないんですか」

「今日は大黒埠頭《だいこくふとう》で草野球らしいですよ」

「へぇ、横浜で野球かぁ。この陽気だとさぞや気持ちがいいでしょうね」

我妻は羨ましそうに伸びをしながら、

「そういえばあのふたりは野球部でバッテリーを組んでいたのですよね」

「そうなんですよ。ほんと、仲がいいんだか悪いんだか」

わけあって大好きなはずの野球に背を向けていた四季だが、ようやくその軛《くびき》から解き放たれたらしい。

世の中の出来事は、そのすべてが物語――そして物語とはハッピーエンドであるべきで、そう思い込むべきだというのが祖父の口癖だ。

（わたしが少しだけ明るい色の服が着られるようになったのと同じことなのかも）

一本道の廊下――その途中の左手が居間であり、祖父が一日中いる書斎は、一番奥まったところの右手に位置していた。

家の中は誰も住んでいないかのように静まり返っている。

なるべく祖父がひとりきりにならないよう、複数のヘルパーに入ってもらってはいるのだが、すべての時間帯をカバーするのは現実的には無理だ。今はそんな隙間の時間なのだろう。

左手の居間の前を通り過ぎようとしたとき、中からぎっ――という、金属が軋《きし》む音がした。

楓は歩みを止め、すぐ後ろの我妻に囁いた。

「祖父ですが……今日は余りよくないかもしれません」

「えっ」

調子がいいときの祖父は、ほぼ例外なく、この奥の書斎のリクライニング・チェアーに座っている。そして用を足しに行くときは、杖《つえ》を使って立ち上がり、誰の助けも借りずに動く。

歩いてトイレに行くのも大事なリハビリのひとつだからだ。

だが――今、祖父は、書斎ではなく居間にいる。そしてそこから聞こえてきた金属音は、紛れもなく車椅子の音だ。つまり——直前までいたヘルパーさんは、祖父の状態を見て、リクライニング・チェアーに座らせたまま家を出るのは危険だと考えたのだ。祖父が杖を使うと転倒の恐れあり、と判断したのだ。それで、居間から車椅子を持ってきてチェアーから車椅子に移らせたあと、比較的自由に動けるだけのスペースがある居間に車椅子を押してきたのだろう。車椅子ならば、もしも祖父が用を足そうとしたとしても、転倒のリスクはほぼなくなるからだ。

「おじいちゃん」

居間のスライド式の扉をノックする。

「楓だよ。我妻さんも一緒だよ」

だが、返事はない。扉をスライドさせていく——と、やはり悪い予感は当たったようだ。扉の隙間に見えた屑籠だけで、祖父の体調がすぐれないことが分かる。

ヘルパーさんは長身の祖父を移動させるのに精一杯で、細かい掃除まで手が回らなかったのだろう。可燃物専用の屑籠なのに、水が残ったままのペットボトルが入っている。

今日の祖父はまるで分別ができていない——となると、書斎のほうの屑籠の状態も推して知るべしだ。あとでまた、朝刊にアイロンをかけることとなるだろう。

ゆっくりと扉を開いていき、居間の中の様子を窺うと——

祖父は車椅子の背もたれに体を預けたまま、頭を少し右に傾けていた。

表情はまるでない。DLB特有の症状、仮面様顔貌だ。

楓はそっと近付いていき、手の甲で呼吸を確かめる。

（大丈夫）

そして、ダイニングテーブルのウエットティッシュ入れからティッシュをさっと取って、顎のあたりの涎《よだれ》の痕を丹念に拭う。

もう一枚取るとき、テーブル上の「申し送りノート」にぱっと目を通す。

『断続的に傾眠』『起床時もふらつき多』『車椅子に移す』『状態……C』――

「あのぉ」扉口から城之内が顔を覗かせた。

「大丈夫ですか、おじいさん。その、だいぶ具合が」

楓は城之内に口の動きで「待って」と伝えてから、さらに祖父の様子を窺う。

祖父は糸のように細くなった目で、ただ宙をじっと見つめている。

どんな夢を見ているのか。あるいはなんの夢も見ておらず、昏々《こんこん》と眠っているのだろうか。

ぎっ、とまた車椅子が軋む音がした。

車椅子のアームレストに添えた右手が、ときに弱く、ときに強く、ぶるぶると震えている。

パーキンソニズムの典型的症状、振戦か。

(いや――これは)

「あのぉ」また城之内が遠慮がちにいった。

「出直しましょうか」

楓はじっと祖父の右手の指を見る。

(ミレドーレ　ミラソ)

(「やねより　たかい」)

(ミミミー　レドレ)

（「こいのぼり」）

祖父の顔を見る。

瞬間、片方の口角が、かすかに上がった。

耳を近付けると、小さな声が漏れ聞こえてきた。

かなえ。

おんなのこなのに。

ほんとにこいのぼりがすきなんだね。

（おじいちゃん――）

「ごめんなさい、楓さん。この際はっきり言いますけど、今日は少しご無理なんじゃ――」

楓は振り向いた。

「大丈夫です、城之内さん」

「えっ」

「祖父は今、幼い頃の母と一緒に――亡くなったひとり娘と一緒に」

言葉が詰まった。

「なんですか」

「ピアノで『こいのぼり』を弾いているんです。そういう夢を見ているんです」

いつの間にかピアノは壊れた。

（でもおじいちゃんは、まだ――）

「わたしと連弾するときもそうでしたが、練習はせいぜい三回でした。だから間もなくこちらに帰ってくると思います」

「帰ってくる……ですって」

「はい。そして」

これまでの経験から、楓は確信をもって城之内にいった。

「ミステリな話をすれば、祖父はもっと元気になると思います」

7

車椅子の祖父を見守りつつ、三人はダイニングテーブルに自分の椅子を寄せた。

祖父の右手はまだぶるぶると震えていた――いや、まだ鍵盤を叩《たた》いていた。

やがてその動きが、アームレストの上でぴたっ、と止まった。

「おじいちゃん、楓だよ。ね……なかなかのミステリな話があるんだけどさ。ちょっと相談に乗ってくれるかな」

祖父はまったくの無表情のままだ。

だが、構わず楓は喋り始めた。

中華街での美咲との会話。山下公園での会話。そして――フランソワに端を発する『連続自殺〝未遂〟事件』にまつわるボイスメモを何度かに分け、丁寧に聴かせていく。

だが、祖父の目は、一貫して固く閉じられたままのように見えた。

「眠ってらっしゃるんですよ、きっと」

痺《しび》れを切らしたように城之内がいう。

「起こしちゃ悪いし時間の無駄です。我妻さん、そろそろお暇《いとま》しましょうよ」

「まぁそういうな。これも聞き込みの一環だと思ってほしい」

「聞き込み」

城之内の顔色が変わった。

「いいですか。当該事件は我々の所轄、横浜方面で起こっているんですよ。なのに遠く離れた目黒の碑文谷にまで足を運んで、外出もできない老人に――失礼、お年寄りに話を訊くのが聞き込みなんですか」

「落ち着け。碑文谷さんが聞いていていらっしゃるんだ」

「ははは。聞いてるかどうかさえ怪しいもんですよ」

城之内はあきれたように肩をすくめた。

「こんなの意味があるのかな。警察庁にいたときからの僕の信念なんですけど……聞き込みには明確な意味《い》がなければなりません」

「だから落ち着け」

「外国人犯罪が多発する中、日本の警察は語学研修により注力すべきだというのが僕の持論です。在留外国人に接触して積極的に聞き込みを行うという行為には、おおいに意味《い》があるからです。なのに――事件の関係者でもない方に話を訊くのが聞き込みなんですか。これに意味があるっていうんですか」

「そうだ。すべておまえのいうとおりだよ」

「えっ」

「意味があるからこそ、こうして聞き込みをやっているんじゃないか」

我妻は笑みを浮かべつつ、突っかかってくる若い相棒を頼もしそうに見た。

そして今度は、車椅子で固まったままの祖父に向かって話し始めた。

「碑文谷さん、聞こえてらっしゃるのでしょう。本名を非公開としていた関係からか詳しい素性はまだ明らかとなっていないのですが、まずはこれまでに摑《つか》み得た情報をお話しします。フランソワという名前はもちろん芸名に過ぎません。どうやら彼は生粋の日本人らしいのですが、ここでは便宜上、フランソワと呼称しましょう。さてここでお伝えしたいのは、彼が自殺を図る前日、ファンたちの前で語ったとされる言葉です。ショックを受けた女性ファンのひとりが、彼の話をブログにアップしていたんです」

我妻は楓にも見覚えのある黒革の手帳を取り出し、〝フランソワの言葉〟を読み上げ始めた。


「『こんなかたちで告白するときがくるなんて思いもしなかったよ。でも、もう決めたんだ』」

「『これほどの汚名を背負わされて耐えられる人間なんて世の中にいるだろうか』」

「『もう舞台に上がるのが怖くて仕方がないんだ。いや、それだけじゃない。正直、こうしてみんなの前に出るだけで……ただそれだけで、まるで断崖の上に置き去りにされたみたいに怖いんだ。ひどいめまいに襲われて、立ってさえいられないんだ』」

「『でもね、みんな――絶対に僕の真似だけはしないでね。それだけは約束だよ』――」

そこまで読むと、我妻はぱたんと手帳を閉じた。

「女性ファンはこのあと気分が悪くなり、恒例となっている映写会が始まる直前にファン・ミーティングの会場を後にしたそうです。幸いにも後追いを図るほどの熱烈なファンではなかった、ということでしょうか。でも――今のところ分かっている事実は、これだけです。なぜフランソワは手の中のスマホを使わず、自宅の電話から救急車を呼んだのでしょうか。なぜ女子大生は、美容院で髪を短く綺麗にカットした翌日に、死のうとしたのでしょうか。なぜ女子高生は、確実な縊死を選ばず、不確実な服毒自殺を遂げようとしたのでしょうか。〝なぜ〟〝なぜ〟〝なぜ〟です。現場の状況が余りに不可解で物の道理に合わないのです。そしてさらにいえば、ファンたちが後追いしようとした理由もはっきりしていないのです」

「ええと」と楓。

「後追いの理由だけははっきりしているんじゃないでしょうか。彼女たちは狂信的なまでのフランソワのファンだった――だからこそ、その後を追って死のうとしたんだわ」

「分かります。でもね、楓さん。フランソワはファンに向かってこう頼み込んでいるんです。『絶対に僕の真似だけはしないでね。それだけは約束だよ』と」

「そういえば――」

「たしかにフランソワの願いを無視して彼女たちが勝手に暴走した、という事態も考えられなくはありません。でも、直接フランソワから『僕の真似だけはしないでね』と懇願されている以上、それを無視してすぐに自殺に及ぶというのは余りに短絡的な気がするのです」

だったら、としばらく黙していた城之内が口を開いた。

「こんなところで油を売ってないで、彼女たちが入院している病院に行って証言が取れる状態になるのを待つほうが得策じゃないですかね」

城之内はテーブルの下であからさまに膝を細かく揺らせている。

もはや彼は祖父に何ひとつ期待していないのだろう。


気まずい空気が居間に漂った――そのときだった。

祖父が小さい声で、もごもご、と何かを呟いた。

「何？　今なんていったの、おじいちゃん」

それまでほとんど閉じていた祖父の目が、ゆっくりと開いていく。

慌てて楓は、自分の耳を祖父の口元に近付ける。

すると祖父は――はっきりと三人に聞こえるほどのボリュームで、明瞭にいった。

「『舞台恐怖症』一九五〇年」

8

楓がプレゼントした真珠色のカップで二杯目の珈琲に口をつけた頃、祖父の調子はすっかりいつもどおりに戻っていた。

「話はすべて聞いていたよ。さて、何から説明するとしようかね」

祖父は、楓と我妻と城之内の顔をゆっくりと見回した。

「やはりまずは、フランソワと彼のファンたちとの関係性から話を起こすべきだろうね。フランソワと彼女たちは、〝演者とそのファン〟という単純な間柄ではなかったのだ。フランソワは、あるひとりの伝説的な偉人を神のように崇拝していたのだよ。自然とフランソワの行動様式は、徹底的にその〝神〟をなぞらえたものになっていく。そしてファンたちもまたフランソワの洗脳下、その〝神〟を無心に愛するようになったのだ」

「じゃあ――その〝神〟の正体こそが、事件の共通項《キーワード》なのね。いったい誰なの？」

祖父は即答する代わりにまた珈琲に口をつけた。

「〝神〟を示唆するクロスワードの鍵は、無尽蔵といっていいほどに飛び出していた。まず、フランソワの出演パターンを思い出してほしい。彼は、充分に主役を演じるだけのビジュアルと演技力を兼ね備えていたそうだね。にもかかわらず、あえて脇役しか演《や》らなかったのだという。いったいなぜだろう」

「数をこなして稼ぎたかったんじゃないかな」

「家庭教師ではないのだよ」

城之内が眼鏡を押さえながらくくっ、と笑った。

少しむっとする――が、思い直した。彼もいつの間にか祖父の話に聞き入っているのだ。

「いいかい楓。フランソワは役者なのだ。しかも将来が嘱望されている新進気鋭の若い役者なのだ。たとえ少しでも大きな役を欲しがるというのが、役者という人種ならではの美しいメンタリティではないのかな」

「たしかに——」

「それでもなおフランソワはあえて脇役にこだわった。台詞がないような小さな役を演じることに固執し、執念を燃やしていたのだ。となると理由はひとつしかない。彼が信奉していた〝神〟もまた、脇役しか演じたことがなかったのだよ」

（あ……！）

ある有名な人物のモノクロームの顔が、楓の脳裏に像を結びつつあった。

「まとめてみよう」と祖父はいった。

「映画史において文字どおり神格化されているその〝神〟は——自身の監督作品に、必ずといっていいほど顔を出す。だが絶対に主役ではない。どの作品においても脇役中の脇役だ。台詞も何もない端役なのだ。だが、その〝カメオ出演〟という手法はいつしか名物となり、彼の作品群に類いまれなる個性をもたらしたのだ。ときにはただの通行人。あるときは楽器を抱えて列車に乗り込もうとする音楽家。そしてまたあるときは、窓に映る横顔のシルエット。小太りでユーモラスな風貌の彼がスクリーンに現れると、観客は決まってどっと笑う。だが——これもまた、彼一流の計算の産物なのだ。すべては演出のためなのだ。なぜなら、彼は自分のユーモラスな風貌で笑いを取ったその直後、確実に観客を恐怖のどん底へと叩き落とすからだ。笑いと恐怖は表裏一体だよ。笑ったあとの恐怖は、よりいっそう背筋を凍らせる。〝神〟は、そのことを誰よりも知っていたのだよ」

「うん」

「もう楓にも分かったはずだね。そう、その〝神〟とは——」

祖父は人差し指を目の前に立てた。

「〝サスペンスの巨匠〟アルフレッド・ヒッチコックだ」


「ヒッチコック——ですか」

知らないな、と城之内が二重顎に手をやった。

（残念。ちょっと似てるのに）と、不謹慎にも楓は思う。

アルフレッド・ヒッチコックといえば、楓のようなクラシカルなミステリ好きにとっては、その名を聞くだけで胸躍り心ときめく存在だ。一九二〇年代の昔から約半世紀にわたり、ほぼミステリのみをテーマとしてただひたすらサスペンス映画を撮り続けた異色の映画監督だ。

そんなある種偏屈な姿勢——楓にとっては愛すべき姿勢——が再評価されており、二〇〇七年に『トータル・フィルム』誌が発表した『百人の偉大な映画監督』では、堂々の一位にランクされている。

（たしか）

廊下の奥の祖父の書斎には、全五十三作品のＤＶＤはもちろんのこと、ミステリファンだったヒッチコックが長らく編集を務めた『ヒッチコックマガジン』も、全巻揃っていたはずだ。

祖父は、若い城之内に笑みを向けた。

「君が知らないのも無理はない。だが、ヒッチコックというフィルターを通せば、フランソワの謎めいた行動の数々がすべて腑《ふ》に落ちていくのだよ」

「すべてが、ですか」城之内が訝しそうな目を向けた。

まだ祖父の〝能力〟を疑っているのだろう。

「たとえば――なぜ彼は生粋の日本人でありながら、芸名をフランソワとしたのだろうか。ヒッチコックの一番の理解者であり親友だったフランスの名監督、フランソワ・トリュフォーに憧れていたからなのだ。彼は、亡きトリュフォーの代わりに、誰よりもヒッチコックの理解者であろうとしたのだよ」

フランスヌーヴェル・バーグの旗手と謳われた、フランソワ・トリュフォー。

代表作は『大人は判《わか》ってくれない』。まるで、硝子《がらす》細工のように脆《もろ》くて繊細だったフランソワとそのファンたちの心の紐帯《ちゅうたい》を象徴しているようなタイトルではないか。

「フランソワがヒッチコックを神格化していたという証左はまだある。彼の宣材写真だよ。たしか楓は、フランソワの写真を見たとき、妙な違和感を感じたのじゃなかったのかい」

「うん」楓は頷いた。

「彼はヒッチコックの宣材写真の真似をしていたのだよ。唇をひん曲げ、不愛想この上ない表情でカメラのほうを睨みつけるという、お得意の仏頂面《ぶっちょうづら》――〝ヒッチ・ポーズ〟のね」

（そうか……！）

聞いたあとだとたしかにすっと腑に落ちる。

あの表情は――他にどうにも形容しようがない。まさしく「仏頂面」だ。

つるんとした卵のような頭部と、背は低いものの百キロを優に超えた巨体をよいしょとばかりカメラに向けたヒッチのイメージが去来する。

さて我妻くん、と祖父は車椅子の中で臀部《でんぶ》をゆっくりとずらした。

「君ならばヒッチコックの主要作品のタイトルくらいは耳にしたことがあるはずだ」

「もちろんです」

「では、君が調べてくれた最後のファン・ミーティングにおける、フランソワの台詞をもう一度繰り返してもらえるかね」

「は——はい」

我妻は慌てて手帳をめくった。

「『こんなかたちで告白するときがくるなんて思いもしなかったよ。でも、もう決めたんだ』」

祖父は即座にいった。

「『私は告白する』一九五四年」

「『これほどの汚名を背負わされて耐えられる人間なんて世の中にいるだろうか』」

「『汚名』一九四九年」

「『もう舞台に上がるのが怖くて仕方がないんだ。いや、それだけじゃない。正直、こうしてみんなの前に出るだけで……ただそれだけで、まるで断崖の上に置き去りにされたみたいに怖いんだ。ひどいめまいに襲われて、立ってさえいられないんだ』」

「『舞台恐怖症』一九五〇年。『断崖』一九四七年。『めまい』一九五八年」

城之内が椅子から立ち上がった。

「我妻さん。この人っていったい——」

「だからいっただろう」我妻の片方の眉が上がった。

「これほど有意義な聞き込みは他にそうないんだよ。君も覚えておくがいい」

「驚いたな」

城之内は、もう一度「驚いたな」と呟いてから、椅子に腰を下ろした。

「これらはすべて、ヒッチコックの有名作品のタイトルだね。だが、我妻くん。もっと肝心なのは、フランソワの最後の言葉だ。なんといったのだったたっけね」

「『でもね、みんな──絶対に僕の真似だけはしないでね。それだけは約束だよ』」

「どうだね、楓。この言葉の意味はなんだろう」

「うーん。それはやっぱり……〝僕の後を追わないでね〟〝変な真似をしないでね〟っていう意味なんじゃないのかな」

「うむ、正面から捉えればそういう意味にしか思えない。だが、もしもこの言葉にまったく違うメッセージが込められていたのだとしたら。別の物語が潜んでいたのだとしたら──」

えっ。

別の物語？

「じゃあやっぱりヒッチコック作品のタイトルかしら。でも、『真似』とか『約束』とか……そんな映画はなかったと思うんだけど」

「では、もうひとつの恐ろしい物語を紡ぐとしよう」

そして、ぎっと音を立て細身の体を車椅子の背に預けてから、その前に、と祖父はいった。

「楓。煙草を一本くれないか」

居間の窓を少し開けると、すぐにコンクリートの古い壁だ。

祖父は、ゴロワーズの紫煙をふう、と壁に向かってゆっくりと吹いた。

そして――

灰褐色の壁の前に浮かぶ煙の中を、じっと凝視してから、見えたよ、といった。

「――見えた？」

城之内が眼鏡の奥の目を丸くする。

「見えたって何がですか。そこ、壁しかないじゃないですか」

「まぁ落ち着けよ」と我妻が囁く。

具合がいいときの祖父は、半ば意識的に、紫煙の中に真相を幻視することができるのだ。

祖父はやおら、こめかみに指を当てた。

「ファン・ミーティングでは、毎回のように映画が上映されていたという。だがそれはもちろん、フランソワの出演作品ではない――皆が愛すべきヒッチコックの作品群だったのだ」

「でもさ、おじいちゃん。これはそもそもの話になるんだけど……フランソワのような今どきの若い美貌の男性が、どうしてヒッチコックという昔の映画監督に傾倒したのかしら」

「たしかに一見不自然に思えるね。しかも彼はヒッチコックに心酔していながら、なぜかサスペンスものとは無縁のギリシャ神話やフランス革命を題材とした芝居に出演していたのだという。とすると、こういう物語が成り立つんじゃないだろうか。ヒッチコックは、自在に死を操る男だ。

サスペンス映画という枠の中で、人間の生と死を描き続けてきた男だ。となるとフランソワは、ヒッチコックの作品の中に、人の世の儚《はかな》さや孤独――いわば人生の真理のようなものを見出《みいだ》していたのではないかな。実際、ヒッチの作品群をそうした目線で捉える評論家たちも少なからず存在したからね」

「なんか嫌だ――」

「そう、嫌だね。実に嫌な目線だ。彼らははっきりと間違えている」

祖父は明確にいいきった。

「ヒッチコックは、そんな凡庸な映画作家ではない」

楓もまったく同感だった。

昔、祖父の隣で何度も観た、数多《あまた》のヒッチコック作品――そこに人生の真理だの人の世の儚さだのといった芸術的なテーマを汲《く》み取ろうとするのは如何《いかが》なものか。

たとえば、楓が好きな『疑惑の影』という映画がある。

この作品には、田舎町の屋敷でミステリ好きの男たちが口角泡を飛ばしつつ、完全犯罪の手段についてミステリ談義を交わすシーンが出てくる。家人たちは物騒この上ない、と食傷気味だ。

一方、そこに居合わせたハンサムでスタイリッシュな紳士は、その場にあった新聞紙であっという間に〝紙のおうち〟を作り、子供たちを喜ばせようとする。

だが――実はこの紳士の正体は、ニューヨークから逃げてきた連続殺人犯《シリアル・キラー》だったのだ。

この日の新聞には、事件の詳細な記事が掲載されていた――。

その見出しに気付いた彼は、咄嗟《とっさ》に記事の部分を破って〝紙のおうち〟を作り、家人の目に触れぬようにしたのだ。ミステリ談義をしていた男たちは虫も殺せないような善人であり、本当の悪人は〝紙のおうち〟を作る優しげな男だったのだ。

晩年の傑作『フレンジー』の冒頭では、テムズ川のほとりで政治家が得意気に演説をぶつ。

「私の努力により、この川は水質が格段に改善しました。どうですか、綺麗でしょう」

するとその川に――死体が流れてくるのである。

ここには、恐怖がある。

奇妙な笑いがある。

ミステリファンを喜ばせずにはおかない、企《たくら》みがある。

（そして）

そして――楓にとってみれば、この人を食ったような演出こそが、まさにヒッチコックの真骨頂なのだ。

少しだけ怒りのような感情が湧いてくる。

もしもフランソワがヒッチコックを芸術家肌の人生の師と捉えているならば、それは大きな間違いだ、とはっきり思う。ヒッチコックは職人肌の映画人だ。ただただ、観客を喜ばせ、サービスに徹していただけだ。その本質を見誤って神格化するのは逆に失礼だ。誰かが真似をしたらどうする、とホラーや笑いをしたり顔で否定する行為と似ている、とさえ思う。それはエンターテイメントの否定であり――ひいてはヒッチコックの否定ではないか。

（四季くんなら、どう思うだろう）

ちらっと四季の顔が浮かんだとき。

また祖父が、窓際の紫煙の輪の中を覗き込んだ。

「ぼくには見える。彼が恍惚《こうこつ》の表情を浮かべながらプロジェクターのスイッチを押す姿が。そして彼は時折、スクリーンに自分の影を映し出すのだ――。そう、まるでヒッチコックがカメオ出演するかのように。ファンたちはそのさまを見て、フランソワとヒッチコックをさらに同一視し、神格化していったのだよ。闇と光の中で」


誰かがごくりと喉を鳴らす音が聞こえた。

「そして迎えた最後のファン・ミーティングにおいて、例の〝最後の言葉〟が飛び出した。『みんな――絶対に僕の真似だけはしないでね。それだけは約束だよ』。彼はすでに死ぬと宣言しているのだ。とすると……この言葉は『絶対に僕の死に方の真似だけはしないでね』とも解釈できるじゃないか」

「あ――」

楓は口で手を押さえた。

祖父のいう恐ろしい物語の一端が、ようやく胸をよぎったからだ。

「もちろんこの時点ではさすがの彼のファンたちも、まさかフランソワがあんな奇妙な死を遂げようとするとは思ってもいなかっただろう。だが、その思わぬ事態が現出したのだ」

「フランソワは、ヒッチコックの有名作品をモチーフとしたのね」

「そうだ。一九五四年公開、『ダイヤルMを廻《まわ》せ！』――この作品のポスターでは、絶世の美女、グレース・ケリーが仰向けに倒れたまま、上に伸《の》し掛かっている暴漢に絞め殺されんとしている。

そして彼女の右手は――手前側の黒電話にまっすぐに伸びているのだ」

城之内が呻《うめ》いた。

「自殺の状況そのままだ」

ぼくには見える、とさらに祖父はいった。

「そもそも彼が長い髪を金色に染め上げているのは、ヒッチコックが好んでヒロインに起用したグレース・ケリーを始めとするブロンドの女優を模していたからだ。絶対の〝神〟であるアルフレッド・ヒッチコック――フランソワにとっては、その周囲の人物たちすべてが憧れの対象となっていたのだね」

祖父は紫煙の中をじっ、と見つめる。

「今――フランソワが、憧れのグレース・ケリーそのままの姿で死のうとしている。スマートフォンを持っているにもかかわらず、グレースのように自宅の電話に美しく手を伸ばしながら、もうひとつの〝ダイヤルM〟を作ろうとしている――」

祖父は紫煙から顔を背けた。

そして一度ゴロワーズを灰皿に置き、珈琲を口にした。

「フランソワのファンたちは、現場の状況を報じたニュースを目にして、すぐに彼の行為が『ダイヤルMを廻せ！』を模したものだと気付いたはずだ。そしてその後、フランソワが病院で急逝したとの事務所の発表に驚き、即座に後追いを決意したのだ。つまり一連の事件は、本格ミステリでいうところの〝見立て殺人〟の変化形だったのだよ」

（見立て殺人――）

またもやマザー・グースの童謡の詞が楓の脳裏をかすめた。

（だれが　こまどり　ころしたの？　わたしと　すずめがいいました）

（わたしのゆみやでわたしがころした）

S・S・ヴァン・ダインの『僧正殺人事件』では、『誰が駒鳥《コック・ロビン》を殺したか』の唄どおり、コクレーン・ロビンという名の男が胸に矢の刺さった状態で発見され、同時に英語で雀《すずめ》を意味するスパークリングという名の男が姿を消す。そしてその後も、唄に見立てた不気味な殺人が重ねられていく――というストーリーだ。

（のこされたひとりが　くびをつった　そして　だれもいなくなった）

アガサ・クリスティの『そして誰もいなくなった』も、このパターンの古典的名作だ。

（十人の兵隊の少年たちが食事にでかけた　ひとりがのどをつまらせ九人になった）

そんなフレーズから始まる唄に見立てたかのように、登場人物たちが次々と死んでいく。

では、今回のケースは――

「――いわば〝見立て自殺〟だ」と祖父はいった。

「だが見立てて死のうにも、彼女たちはフランソワから、『僕の真似だけはしないでね』と釘《くぎ》を刺されていた。当然、その自殺は『ダイヤルMを廻せ！』以外の作品をモチーフとしたものになるはずだ。さらにいえば、最後のファン・ミーティングでフランソワが口にした作品もモチーフの対象からは除外されるだろうね。『私は告白する』『汚名』『舞台恐怖症』『断崖』『めまい』――。それらのポスターや名場面を模するのは、やはり厳密には〝真似〟となってしまうからだ。フランソワは会話の中に作品のタイトルを忍び込ませることによって、言外にこう伝えようとしたのだよ。『〝大人は判ってくれない〟よね』『でも、僕のことを愛してくれている君たちなら、当然分かってくれるよね』『これは愛の暗号なんだ』『僕が言葉の端々で伝えた映画を使うのは駄目だよ』『ヒッチコックと僕に対する冒瀆《ぼうとく》だよ』――とね」

なんて奴だ、と城之内が吐き捨てるようにいった。

「じゃあこれは……事実上の拡大自殺じゃないか」

楓の胸にも同じ四字熟語がよぎっていた。「拡大自殺」とは、自分だけでなく周囲の他人を巻き込んで自殺するという、なんともやるせない自殺手段のことだ。

自分ひとりで死ぬのは怖い。

だからせめて、他人と共に。

(悪い――そして怖い)

(まるで〝ヒルダ〟だわ)

アンドリュウ・ガーヴの代表作『ヒルダよ眠れ』では、いつも明るく前向きな美貌の女性、ヒルダが殺害される。だがその後、薄皮を剝がすように、生前の彼女の奇怪で邪悪な人間性が明らかとなってくる。ヒルダはとてつもない悪女だったのだ。

フランソワもそうだ。

〝被害者〟ではあるが、悪い。とてつもなく悪い。

彼は自在に、人の死を操る男だったのだ――。

窓の外の枝の葉を優しく揺らしていた風が、突然、びう、と大きな音を立てた。

祖父が続ける。

「そして――実際、女性たちが実行した〝自殺〟は、実に奇怪なかたちをとっていく。まず女子大生のケースから振り返ってみよう。彼女は、腰まであった髪を耳が見えるほどのショートカットに切り揃え、浴室で死のうとした――。さて、彼女が念頭に置いていたヒッチコック作品とはなんだったのだろう。我妻くん、もう分かるね」

「『サイコ』ですね」

「そうだ。ジャネット・リー演じるショートカットのヒロインは、なんの前触れもなくシャワールームで惨殺されてしまう。女子大生は、あの有名な〝シャワールームの絶叫〟を再現しようとしたのだね」

いっときの低迷期《スランプ》を脱し、ヒッチコックが華麗なる復活を遂げた代表作、『サイコ』。公開された一九六〇年当時、ジャネット・リーはハリウッドを代表する看板女優だったという。ショートカットの美女を好んで起用したヒッチコックにとっては相性ぴったりのヒロインだ。当然観客は、彼女が主役を演じるはずだと思い込む。ところが……そんな彼女が殺される。いわばヒッチコックが観客に仕掛けた〝キャスト・トリック〟だ。当時の観客たちのショックは大変なものだっただろう――と楓は思う。

祖父が苦い顔で「次は女子高生のケースだ」と続けた。

「彼女は頑丈な縄を手に持っていた。現場は欄間のある和室だったという。縊死を遂げるには恰好の道具を持っていたわけだ。ところが……彼女もまた、不確実な薬物による自殺を選んだ。つまりこれまた、頑丈な縄は、あるヒッチコック作品を示す道具立てに過ぎなかったというわけだ。楓、分かるね。一九六二年公開のあれだよ」

「『ロープ』ね」

「そのとおり。殺人者らしき人物が、ただ片手にロープを持っているという実にシンプルなポスターが、見る者の心をざらりと掻き乱す――。彼女もまた、あえて縄を手に握りしめることで、名作『ロープ』を表現しようとしたのだ」


近所の竹林から飛んできたのだろう。窓の外のコンクリート塀に、雀が二羽とまった。

祖父は雀たちに優しい視線を投げてから、もうぬるくなっているであろう珈琲を啜った。

「まさに禍福《かふく》は糾《あざな》える縄の如しだね。何より幸いなことに、彼女たちの自殺は未遂に終わった――首尾よく洗脳から解き放たれて、前向きに人生が歩めれば良いのだが」

でも、と我妻が眉間に皺を寄せた。

「碑文谷さん。まだ事件は終わっていないのですよ」

そうなのだ。

「なぜなら――まだこれからも、ファンの後追いが続く可能性があるわけですから」

「そのとおりだ」

祖父は認めた。

「そして、さらなる後追いを確実に防ぐ方法はひとつしかない」

「えっ」

我妻が椅子から腰を浮かせた。

「後追いを防ぐ方法があるというのですか。どんな方法ですか」

それはだね、と祖父はずばりといった。

「他ならぬフランソワ自身に止めてもらうという方法だ」

今度は城之内が、馬鹿な——と腰を浮かせた。

「だってフランソワはもう死んでいるじゃないですか」

「違うね。フランソワは、まだ生きているのさ」


死のような静寂があたりを包んだ。

やがて楓がおそるおそる口を開いた。

「おじいちゃん——フランソワがまだ生きてるってどういうこと？」

「思い出してみてほしい。彼が死んだという証拠は実に脆弱なものに過ぎん。まずはマイナーなニュースサイトで、彼の不可解な自殺未遂の状況が伝えられた——そして程なく彼の個人事務所から、ごく短いショッキングな発表がなされた。『弊社所属の俳優、フランソワは、先ほど搬送先の病院にて急逝いたしました』とね。彼の死にまつわる情報はたったこれだけなのだ。しかも、自殺未遂のニュースも事務所からのコメントも、すぐさま削除されてしまったのだよ。どうだい。

引っかからないかね」

うーん、と楓。

「そんなにおかしいとは思わないな。だってさ、有名人の自殺報道そのものが後追い自殺のきっかけになりかねないってことで、最近ではメディアのほうもそうした報道には随分と慎重になっているって聞くわ。炎上を恐れて早々に削除したってことじゃないのかな」

「うむ、楓の言い分にも一理ある」

祖父は高い鼻筋に手をやった。

「だがね——彼はそもそも、それほどの有名人なのかね」

「えっ」

「いいかい。フランソワは所詮、プロとアマのボーダーラインを泳いでいる一介の若手俳優に過ぎなかったのだよ。そんな彼が、果たして個人事務所を構えることができるだろうか」

なるほど、と城之内が着ぐるみのような太い指を顎に添えた。

「〝絵師さん〟のケースに似てるかもしれないな」

「エシサンってなんだ」我妻が尋ねる。

「絵を描く師匠と書いて絵師です。彼らはネットを中心に活躍する一流のイラストレーターなんですけどね——中には〝個人事務所を構えていてマネージャーもいる〟っていう体《てい》で活動している人たちも多いらしいですよ。実際には自分ひとりで仕事もマネジメントも請け負っているんですけどね」

「なんでそんな面倒なことをするんだ」

「間にワンクッション入れたほうが、今は何かとスムーズにことが運ぶんですよ。たとえばメールでのギャラ交渉ひとつとっても、マネージャーと名乗ったほうが格段に話が早くなる。今の時代ならではのセルフプロデュースといえるんじゃないでしょうか」

そんなことになっているのか、と感に堪えたように我妻が呟いた。

そして祖父のほうを向き、

「では、フランソワの場合も――」

「そうだね。希死念慮――すなわち自殺願望に取り憑《つ》かれた彼は、予告どおり、ヒッチコックの映画をモチーフとして死のうとした。だが、死にきれなかった。ここでやめておけばよかったのだが、彼は拡大自殺の夢を捨てきれなかったのだね。そこでまずは病院から〝個人事務所のマネージャー〟として、旧知のマイナーなニュースサイトに連絡をとり、奇妙な自殺を図って病院に搬送された、とのネタをリークしたのだ」

「じゃあ、おじいちゃん。『弊社所属の俳優、フランソワは、先ほど搬送先の病院にて急逝いたしました』という、例の事務所からの発表も――」

「むろん、フランソワが自分自身で発表したのだね。そして、先のニュースサイトのほうには『後追いに繋がるとご迷惑がかかりますので』などと連絡をとって削除を要請し、SNSのコメントのほうも自ら消したのだ。何しろ彼にとってニュースとコメントは、ファンの目にさえ留まればよかったのだからね」

でも――と楓は目を落とした。

「なんだか、フランソワに同情したくなるところはあるわよね」

「なぜだね」

「だってそうじゃない。フランソワはSNSで大変な誹謗中傷の嵐に見舞われていたんでしょう。数えきれないほどの」

「果たしてそうかな」

「えっ」

「どうにも疑わしいね。さっきもいったように、フランソワは横浜を拠点としたマイナーな役者に過ぎないのだ。そんな彼に、何百、何千という悪罵が集まるものだろうか」

楓は言葉を失った。

「この間、デイサービス先にあった週刊誌で知った言葉なのだがね。今、〝デジタル自傷行為〟というものが社会的問題になりつつあるのだそうだ」

「デジタル自傷行為――」

「いわゆる〝リストカット〟は、肉体的な自傷行為だ。対してデジタル自傷行為とは、SNSで自分自身への罵詈《ばり》雑言《ぞうごん》をあえて書き込むという行為のことをさすのだそうだ。この場合、心の闇はさらに深いといってもいいかもしれない」

「じゃあ、フランソワへの誹謗中傷は――」楓は喘《あえ》いだ。

我妻が正面を睨みつつ、腕を組んだままの体勢でいった。

「ジョー。出番だ」

すでに立ち上がっていた城之内は、碑文谷さん、と初めてニックネームで呼んでから、重そうなリュックの取っ手を持った。

「機材を広げたいんで書斎をお借りしてもいいですか」

9

居間の柱時計が十時を告げたとき、昂奮《こうふん》した面持ちの城之内が戻ってきた。

「やはり碑文谷さんの仰るとおりでした」

直立したまま祖父に報告する。

まるで祖父が直属の上司のようだ。

「僕だけじゃなく、専門部署《サイバー・ユニット》も裏が取れました。フランソワへの二千を超える悪罵の数々――それらの書き込みの主はたったひとり。すべて、フランソワ本人の裏アカウントでした」

「まさに『サイコ』じゃないか。自分だけが被害者だと思い込み、悪いのはすべて周りなのだと信じ込む。いつも自分こそが正義であり、他人の異論は許さない。もしも非難されたとしたら、彼はこういうことだろう。『僕はこんなにひどい目に遭っているんです。そんな僕に文句を付けるなんて、あなたはどうかしているんじゃないですか』とね――」

祖父の目は、珍しく怒りの色を帯びた。

「もはやこれは、拡大自殺ではない。れっきとした連続殺人未遂事件だ」

「由々しき事態ですね」我妻が端正な顔の下半分を右手で覆った。

「もっと早く気付くべきでした。だいたいもしも彼がすでに自殺を遂げていたとしたなら、変死扱いとなって検視に回されたはずですし、すぐさま本名を始めとする情報も上がってきたはずですからね。これ以上の〝殺人〟を食い止めるには、碑文谷さんの仰るとおり、フランソワの身柄を押さえた上で『もう自殺はやめて』といわせるほかはない。でも……彼はいったいどこにいるんでしょうか」

うむ、と祖父はまた椅子の背もたれに体を預けてから、細い指を顎に当てた。

「自殺し損ねた彼が、人知れず身を潜めるのに恰好の場所といえば——刑務所を除くとするなら、やはり病院だろう。なんといっても病院には、守秘義務というものがあるからね。だが熱烈なファンにかかれば、搬送先の病院だとすぐに突き止められてしまうに違いない。となると——彼が今いるであろう場所は、必然的に絞られてくるように思うのだがね」

（あぁ）

閃《ひらめ》くものがあった。

「その様子だと楓にも分かったようだね。そう——ヒッチコック・マニアの彼が、身を隠すためにあえて入院したくなる病院——そこは自宅兼事務所にほど近く、入院設備が整っている病院だ。ならばその病院の種類とは？」

祖父は、楓に水を向けた。

「整形外科病院ね」

余りに意外だったのか、城之内が変に高いトーンで叫んだ。

「せ……せいけいげか？」

構わず楓は続けた。

「フランソワが今回モチーフにしたのは、『裏窓』だったのね」

我妻があぁそうか、と呻いた。

祖父が満足そうに頷く。

「さすが楓だね。代表作のひとつ『裏窓』では、足を骨折した主人公が病室で暇を持て余したあげく、趣味のカメラのズーム機能を使って隣のアパートのさまざまな部屋を覗き込む。すると図らずも、殺人の端緒となる光景を目撃してしまう——というストーリーだ。ヒッチコックを神格化しているフランソワのことだ。足をわざと〝自傷〟し、病室に身を隠しつつ、後追い自殺の行方を覗き込みながら、ほくそ笑んでいるのではないだろうか」

窓際のカーテンが風に揺れた。

あるいはフランソワも、病室のカーテンの陰に身を隠しているのか。

「行くぞ、ジョー」

我妻が立ち上がった。そして、「奴の居場所が分かり次第連絡します」と告げるやいなや、急ぎ、碑文谷の祖父の家から去っていった。

10

一時間も経たないうちに我妻から電話があった。

関係各所に動いてもらったところ、やはり祖父の推理どおりフランソワは自宅近くの整形外科病院に入院していたことが分かったという。

だが、事情を聴くべく女性警察官が病室を訪れたとき、異変を察知したのか――彼はすでに何処《いずこ》かへ消えていたのだそうだ。

（どこまでもずるくて汚いひと――）

楓の脳裏に、金髪をなびかせ姿をくらませるフランソワの妖しい面影が浮かんだ。

ことによるとヒッチコックの『第３逃亡者』を気取っているのかもしれない。

幸い、明日にも警察がフランソワなる俳優は生存しているのでファンの方々は自死を思いとどまってほしい、との発表を行うという。

これでファンたちの後追いはなくなるはずだ。

ほっとしたのだろう。祖父が珈琲を所望した。

一説に、ＤＬＢ患者にとって珈琲は体にいいという。だが、さすがに飲みすぎだと判断した楓は、こっちでいいかな、と日本茶を淹れて別のマグカップに注《つ》いだ。

少し前までは湯呑みを使ってもらっていたが、手の震えが顕著になってきた今では、取っ手がないと火傷《やけど》する恐れがあったからだ。

認めたくはない――が、ほんの少しずつだが、祖父の病状は確実に悪化しつつあった。

楓はあえて笑顔を作り、ねぇおじいちゃん、と話し掛けた。

「まだ疲れてなかったら、だけどさ。久しぶりに一緒にヒッチの映画を観ない？」

「いいね」祖父は相好を崩した。

「何を観るとするかな――そうだ、楓がお気に入りの『救命艇』はどうかね」

「わ！　嬉しい！」

一九四四年公開の『救命艇』は、その名のとおり、海上に漂う八人乗りの救命艇の中だけで繰り広げられる一種の密室劇だ。本編ももちろんスリリングなのだが、むしろ有名なのはヒッチコック名物、恒例のカメオ出演シーンである。いつもは通行人や群衆のひとりとして顔を出すのだが、何しろこの作品には八人しか人物が出てこない。

では——ヒッチはいかにしてカメオ出演を果たしたのか。

救命艇の底に、古新聞が落ちている。そこには、痩せ薬の広告が掲載されている。

当時、ヒッチコックはダイエットを続けていて、実に五十キロに及ぶ減量に成功していた。

そこで広告の中で、減量前と減量後の——とはいえ百五十キロが百キロになっただけだったのだが——ビフォー・アフター写真として、見事にカメオ出演を果たしたのだ。

ヒッチコック自身、のちに「あれは私の一番好きな役だよ」と振り返っている。

「あの新聞広告、最高だよね」

そう話し掛けたとき——

突然、端正な祖父の顔が奇妙に歪んだ。

その目は、近所の竹林から飛んできたのであろう窓の外の雀に釘付けとなっている。

「雀。そして救命艇」

祖父は喘ぐように呟いた。

「うむ……あり得る」

そして右手で顔を覆いながら、楓、後生だ、といった。

「頼む。もう一本だけ煙草をくれないか」

祖父は、紫煙の中にじっと目を凝らした。

その表情は、今や確実に何かの恐怖に囚《とら》われていた。

「女子大生。次いで女子高生――次第に〝犠牲者〟は低年齢化しつつある。ファンたちからすれば、〝先輩が逝こうとしたのだからわたしも〟という心理が働いてもおかしくはない。彼女たちはファン・ミーティングで何度も繰り返し、さまざまなヒッチコック作品を鑑賞しているのだ。当然、有名作の概要は頭に入っていたに違いない」

祖父は真顔のままで続けた。

「たとえ、年端もいかない少女であったとしても」


「どういうこと？　まさか……次の犠牲者に心当たりがあるっていうの？」

楓の喉は、焦燥感からか、すでに渇ききっていた。

「時間がない。手短に説明しよう」と祖父はいった。

「まず、次の犠牲者が自殺を遂げんとする場所だ。そこには――ひとつの方向に向かって、〝座席〟がずらりと並んでいる。まるで映画館のように」

「まさか――」

「そしてそこには、ヒッチコック作品を連想させるアイテムや事象が揃っている。たとえば、彼が活躍したハリウッド――西海岸と日本を行き来していた観光船だ。あるいは観光船に取り付けられている救命艇だ。さらに何よりもそこでは、彼の代表作のタイトルに出てくる生物が激しく飛び交っているのだ」

「鳥――」

「そうだ。一九六三年公開の『鳥』では、なんの前触れもなく鳥たちが狂暴化して人間を襲い始める。ショートカットのヒロインは海の上でカモメに襲われ、頭に大怪我《おおけが》を負う。つまり次の犠牲者はカモメの名所であるそこの眼前に広がる海で命を絶とうとしているのだよ。すなわち、そことは――」

「横浜の山下公園！」

「思い返してみてほしい。楓と美咲先生が中華街で見かけた小学生の少女たちは、歩きスマホをしながら、しきりとスマホと周囲の風景を見比べていたという。そして、美咲先生と目が合っていながら、バツが悪そうに美咲先生を無視したのだという――。つまりだね。彼女たちは、自殺場所の〝ロケハン〟をやっていたのだよ」

「なんてこと――」

小学生中学年とおぼしきショートカットのふたりの面影が浮かぶ。

「さらに彼女たちはそのあと山下公園で、観光船が正午に鳴らす汽笛に合わせてジャンプを繰り返していたという。だが、なんとも妙な遊びじゃないか。小学生といえども、汽笛に合わせてジャンプするなんて、さすがに幼すぎる行為に映るのだがね」

「そうね。いわれてみれば奇妙な光景だったわ」

「彼女たちの目的は他にあったのだ。汽笛は自死の背中を押してもらうためのきっかけだ。彼女たちは汽笛を合図に、観光船のデッキから飛び降りる練習を重ねていたのだよ。すなわち、映画でいうところの〝リハーサル〟だ」

「でもさ、おじいちゃん」声がうわずる。

「たとえ観光船のデッキから飛び降りたとしても、下は海でしょ。想像したくはないけど、それほど嫌なことにはならないんじゃないかな」

「調べてくれないか、楓」

祖父の目付きと声が鋭くなっている。

「横浜の海の潮位を」

楓は慌ててスマートフォンを操作した。

「ええと……満潮時は一八〇センチから一七九センチ。なら、それほど心配ないと思う」

「では、ゴールデンウィーク最終日の、今この時間帯はどうだ」

画面をつぶさに見るうち、血の気が引いていく。

「嘘でしょ……大変！」

「教えてくれ」

「今日は一年で一番の干潮日。干潮時刻は午前十一時五十一分」

「潮位は」

「――ゼロよ」

「では、彼女たちが飛び降り自殺を図る日時は明快だ」

祖父はまた、煙の中をぐっ、ぐっ、と覗き込む。

「このあと正午ちょうどに観光船の汽笛が鳴る――それを合図としてふたりはデッキからはるか下の海へと身を投げる」

「やだっ」

「彼女たちは浅瀬の岩礁群に体を激しく打ち付けてしまう。その小さな体に、無慈悲にもカモメたちが……あぁ」

祖父は、車椅子から立ち上がろうとする。

「まさに『鳥』じゃないか。やめてくれ」

車椅子の足置きに足を取られ、長身の体がぐらりと揺らぐ――

「おじいちゃん！　立たないで！」

「その子たちに寄るんじゃない。むごいことをするな、やめろ」

よろり――

「駄目だったら！」

楓は祖父に必死に抱きついた――が、ふたり揃ってどっと倒れていく。

視界の中で天井が回り、壁が揺れる。

（――手摺《てすり》！）

リフォームで取り付けた壁の手摺に、すんでのところで手が届いた。

膝からゆっくり落ちたものの、なんとか――なんとか、踏ん張った。

息の乱れを整えてから、耳元で優しく声を掛ける。

「おじいちゃん。大丈夫だよね」

「あ……あぁ。取り乱して悪かった」

ややあって――ようやく我に返ったのか、祖父は大きく息を吐き、車椅子に体を預けた。

「楓。すぐに我妻くんに電話だ」

楓は我妻の電話番号を呼び出そうとする。

が、手が震えてしまう。

（急いで、焦らず）

ようやく履歴から我妻の名前を探し出し、電話をかける。

〈お客様のおかけになった電話は電源が切れているか電波が――〉

「嘘でしょ……繋がらない！」

二回、三回。

駄目だ。なぜだ。ほんのさっきかかってきたばかりなのに。

（ひょっとしたら――）

これは私用のスマートフォンの番号であり、電源が切られているのだ。

我妻は今、仕事用のそれを携帯しているのだ。

「今、何時だね」

「十一時半だからあと三十分しかないわ。一一〇番にかけるか、それとも横浜の交番に連絡をとるか――」

「それじゃあ間に合わん。向こうからすれば雲を摑むような話だ。説明するだけでタイムリミットが来てしまう」

「じゃあおじいちゃん」

全身に汗が噴き出す。

「どうすればいいの？　誰にどう連絡をとればいいの？　打つ手がないじゃない！」

11

横浜港を望む山下公園に、カモメたちの鳴き声が響き渡る。

少女たちは、そこに係留されている観光船の船長室の下にあるデッキの上で、身を固くしながら手を繋いでいた。

二十メートルほどの高さだろうか。

眼下に広がる海のそこかしこから、硬そうな岩がぬめりとした肌を覗かせていた。

それでもふたりは、意を決した様子で互いの顔を見合わせる。

ほどなく――

正午を告げる汽笛が、カモメの声を圧する音量で横浜の空を震わせた。

ふたりはもう一度だけ、顔を見合わせる。

そして――

前日の練習どおり、なんの迷いもなく柵の向こう側へとジャンプした。

「おっとお」

楓から連絡を受けたユニフォーム姿の四季が、少女を後ろから抱きかかえた。そして同じくユニフォーム姿の岩田も、もうひとりの少女の腕を摑んだ。

「ナイスキャッチ、四季」

「先輩もね」

12

「ふたりとも助かったそうよ。おじいちゃんのいうとおり近かった——大黒埠頭の野球場から山下公園まで、アプリで見ても車で十一分。ここだけの話、結構飛ばしたって」

楓はスマートフォンをテーブルの上に置いて安堵《あんど》の溜息《ためいき》をついた。

「もう疲れちゃった？　まさかもう映画を観る元気はないよね」

「いやいや、無事だと聞いたら、逆に元気が出てきたよ」

祖父は顔をほころばせた。

「何を観るとしようかね。やっぱり『救命艇』かい。それとも『疑惑の影』か」

うーん違うかも、と楓はいった。

「今の気分だとそのあたりじゃないな。観たい映画は決まってる」

楓はいたずらっぽく祖父の顔を見た。

「ヒント。一九五六年公開」

すぐに何の作品か気付いたのだろう。

祖父は、あぁあれか、と照れたようにまた笑った。

「じゃあ悪いが、書斎からあれを持ってきてくれないか」

うん、と楓は頷いた。

「で――『知りすぎていた男』は、どこの書棚にあったっけ」

第三章／泣いていた男

1

ひとり暮らしの１ＬＤＫのリビングは、極端に物が少ないせいでがらんとしていた。

プラスティック製のラーメン鉢の中の米飯に目玉焼きを乗せて醤油《しょうゆ》を垂らしただけの簡素な朝食を掻き込んだあと、我妻はテーブル上に丸まっている腕時計にちら、と目をやった。

署に到着すべき時刻から逆算すると、まだ充分に時間の余裕があった。

以前は定時などあってないようなものだったのだが、配属されてきたばかりの若い刑事部長の方針により、最近ではほぼ必ず朝の報告会議が行われることになっている。

一部の例外を除き、直行直帰は組織の腐敗に繋がるという思いがあるらしい。

ひと昔前にＫ県警による不祥事の数々が明るみとなった事実を踏まえた措置でもあるのだろう。

古株の刑事の中には、朝っぱらから報告することなんて朝飯の献立くらいしかねぇよな、などと陰口を叩く者もいた。

だが我妻はこの方針転換を、歓迎すべきことだと思っている。

実際、朝の会議の報告をきっかけとして、その日のうちに事件解決となったことが一度ならず、二度三度とあったからだ。つまり確実に自浄作用が働きつつあるということだ。

我妻はラーメン鉢と箸をキッチンのシンクに無造作に放り込み、一転してテーブルの上を丹念に拭いてからグレーのスーツを置き、生地を平たく両手で伸ばした。

スーツの手入れの基本はブラッシングだ。

とはいえ——やりすぎは禁物よ、とも聞いていた。てかりの原因となるからだ。

ブラッシングの目的とは、単に埃《ほこり》や汚れを払い落とすことだけではない。繊維の流れを揃えることにより、程よい光沢をキープできるのだという。

生地を傷めないよう、ゆっくりと慎重にブラシをかける。

肩や襟はとくに埃が付きやすい。縫い目に沿って、付着した汚れを落としていく。

沈着してしまった汚れもかすかに見つかった。

これを落とすには、さすがにクリーニングにかけるより他はないだろう。

できるだけクリーニングは最少限度に留《とど》めているのだが。

（クリーニングもやりすぎは駄目だよ。傷んじゃうから）

我妻の思念はまた彼女の面影に飛んだ。

丸い顔は実年齢よりも若く見えた。

（基本だらしがないんだから、恰好だけはきちんとしてね）

普段からの口癖だった。

お酒は好きだが、弱かった。

いつも、ほんのふた口ほどで顔を染めていた。

あの夜——

季節はちょうど真夏前のこの頃だった。梅雨の晴れ間でからりとしていた。

窓を少し開けると、心地よい風が入ってきたのを覚えている。

彼女は酔いを少しでも醒まそうとしたのか、そっと頬にチューハイの缶を当てていた。


「いっちゃおうかな。あなたの好きなところがみっつあるんだ」

「なんだよ、教えろよ」

「ひとつめはね……おでこ」

「おでこ？」

「かたちがいいのよ、自分では気付いてないんだろうけど。だから出してたほうがいいよ」

「そうか。じゃあふたつめは」

「やめよっか。恥ずかしくなってきた」

「なんだよそれ。ふたつめで照れんなよ」

「違うの、照れてるっていうんじゃなくて。なんだろな……言葉そのものが恥ずかしいの。きっと笑うと思う」

「このくだりで笑う奴いないだろ」

「笑わない？」

「約束する。笑わない」

「じゃあいうね。ふたつめはね……正義の味方ってとこ」

「えっ」

「ほら！　ほらほら！　笑ったじゃない」

「ごめんごめん。いや、久しぶりに聞いた言葉だったから」

「でもすごく素敵なことじゃないかな。子供みたいにまっすぐに正義を信じているところ。悪い人を許さないところ。制服姿のあなたが交番の前で背筋を伸ばして立っているところ」

「やめろよ、俺のほうが恥ずかしいよ。でも……ありがとう。じゃあ、最後のひとつは？」

「もうやだ。絶対に教えない」


酒に加えて照れたせいなのか、余計に彼女の顔は赤くなっていた。

あのとき――しつこく聞いておくべきだった。

結局、みっつめの理由は永遠に分からずじまいとなってしまったからだ。

指輪が光る手に目を落として気が付いた。

(いけない)

悔恨の思いからか。

ブラッシングの動きがいつもより速く、強くなっていた。

2

髪に櫛《くし》を入れて後ろに撫でつけスーツに腕を通したタイミングで、署から支給されているほうのスマートフォンが鳴った。

見ると、刑事部長の苗字が画面に浮かんでいる。

遅刻するような時間ではない。となると、用件はひとつ――〝一部の例外〟だ。

慌てて出る。

「我妻です」

〈会議は結構です。直行できますか〉

「はい。事件《やま》はどこですか」

若い刑事部長は管内のとある住所を告げ、たしかお近くだったと思うのですが、と問うた。

刑事部長は上司にあたる。だが、我妻と同じく剣道を得意とする生粋の体育会系であり、長幼の序を大切にするたちなのか、常に丁寧な言葉遣いで通していた。

「近いどころか目と鼻の先ですよ」

〈では、現場《げんじょう》に急行願います〉

「了解しました」靴を履く。

「すぐに向かいます」ドアを開ける。

「で、どんな事件《やま》ですか」

〈先ほど八時〇三分《ぜろはちまるさん》に通報があったばかりで、まだ詳細は分からないのですが……あ、少しお待ちください。はい……はい、了解。我妻さん、救急隊はすでに一名の心肺停止を確認したそうです。はい……了解。刺傷が致命的と推認されると。はい〉

刑事部長がメモを取るペーパー・ノイズが響いてくる。

〈刺傷が致命的――〉

〈我妻さん、詳しくは現場で城之内刑事とご確認ください。おそらく殺人事件かと〉

我妻は道行く人に怪しまれない程度の競歩のような足取りで現場の住宅街へと急いだ。

おそらく十分とかからないだろう。

それでも、気が急《せ》いていつの間にか小走りとなった。

（「殺人事件」か――）

走りながら、時代だな、と感じる。

刑事部長も含め、昨今の若い警察関係者は「事件《やま》」や「殺人《コロシ》」といった隠語は使わない。

「犯人《ほし》」ともいわず、「真犯人《ほんぼし》」ともいわない。そもそも外部の者にそれと悟られないよう使われ始めた言葉だったのに、ドラマなどで余りに有名になったためか、隠語としての機能がほぼ失われてしまったからだ。

とはいえ、隠語がなくなったわけではない。たとえば最近は犯人のことを「犯人（criminal）」と「犯罪（crime）」の頭文字をとって「C《シー》」と呼称する警察関係者も増えてきた。

このあと現場で落ち合うことになっている城之内もその口だ。

複雑に入り組んだ住宅街の狭い道に入り、スマートフォンの地図アプリに目を落としたとき、曲がり角から「こっちですよ」という城之内の声がした。

「歳ですね、我妻さん。息が切れてるじゃないですか」

「おまえもな」

肩で息をしつつ苦笑いし合いながらも、若い奴にはまだ負けたくない、とちらりと思う。

城之内に続いて現場のアパートの一室の前に来ると、主婦らしき中年女性が心細そうに眉根を寄せて立っていた。

「警察の者ですが、通報された方ですか」

「隣の部屋の者です。悲鳴が聞こえたものですから、ドアの隙間から覗いてみたら――」

「入ります」

革製の鞄から手袋を取り出したとき、鑑識の連中がどやどやとやってきた。

「おはようございます、我妻さん。ドアノブ、気を付けてくださいね」

「触らないさ。何年やってると思ってるんだ」

わずかに開いているドアを鑑識のひとりが氷を挟むトングに似た器具で慎重に開く。

鉢合わせするかたちでふたりの救急隊員たちが、沈痛な面持ちで奥の居間から出てきた。

「遺憾ながら、すでに救命措置を施す段階ではありませんでした。ご遺体は一切動かしていませんので、そのおつもりでご検分を」

「了解しました。ご苦労様です」

我妻は、居間に転がる動かぬ人物を見たとたん、嘘だろ、と口を押さえた。

その遺体は、同じ署に勤める刑事のものだったからだ。

3

劇場の重い扉の中には、ヘンリー・マンシーニ・オーケストラの名演奏で知られる『ミステリー・ムービーのテーマ』が流れていた。

まだ客入れの時間とあって客電は点いてはいたが、本番前からミステリ劇の趣《おもむき》を添えようという意図なのか、いくぶん照明を落としているように楓は感じる。

「そこ段差ですよ、楓先生。気を付けて」

舞台を背にして背骨のように延びる中央の通路を通る。

先導して通路を進む岩田がチケットと席を見比べつつ、中段あたりで足を止めた。

「ここだ、良かった。ど真ん中ですよ」

そして、早めに四季に頼んでおいた甲斐《かい》がありました、と手柄をきっちりと自慢してから、「楓先生、やっぱ通路側がいいでしょ。センターに近いし」と、横並びの奥の席に詰めて、どかっと座り込んだ。

「本当に最高の席だな」

ところが――岩田のくしゃっとした笑みが、一転してぐしゃっと歪んだ。

楓の前の席に、アフロヘアーの男性が座り込んできたのだ。

「えぇと……楓先生」岩田が耳元で囁く。

「そちらに代わります。いや、代わらせてください」

「大丈夫ですよ、このままでも充分見えますから」

「いや、絶対に無理でしょ」

たしかに――きっと視界の四分の一はアフロに遮られてしまうことだろう。

「いいんですよ。ほら、僕が芝居を観るときって、たいてい前の奴がアフロじゃないですか」

「初耳ですけど」

「でしたっけ」

「そういうの相当のレアケースだと思いますよ」

岩田は鼻に皺を寄せた。

「僕の場合はあるあるなんです。あとアフロじゃない奴の場合は座高が異常に高いんです」

楓は吹き出しそうになる。

岩田は有無をいわせぬ風情で席を立ち、奥の席を楓に譲った。

(優し――)

岩田が憮然《ぶぜん》としたまま、「ほんとあるあるなんだよな」と悲しそうに呟いたとき、開演のブザーが鳴った。


四季が座長を務める『あおこーなー』は、総勢でも十人に満たない絵に描いたような小劇団だ。だが、脚本と演出、さらに演者を兼ねる四季の人気と、劇団員たちの役柄を選ばない怪演ぶりが話題を呼んでいて、ここ下北沢《しもきたざわ》でも屈指の人気劇団に成長しつつあるという。

あいにく現在は男性の劇団員しかいないのだが、まったく差し支えはなさそうだった。何しろ彼らは四季も含め、年齢や性別はおろか、洋の東西、時代性の違いさえも一切問わないのだから。

今回の『あおこーなー』の演目タイトルは、『本格ミステリ殺人事件』というものだった。配られたチラシ――岩田いわく最近では小学生でも〝フライヤー〟と呼ぶものらしい――には、

『今宵《こよい》、本格ミステリが殺される。』との刺激的なコピーが躍っていた。

あえて、ということなのだろう。

『本格ミステリ殺人事件』は、昔ながらの本格ミステリの王道に沿ったかたちで、暗闇の中に響く〝パンパン、という銃声〟と〝絹を引き裂くような悲鳴〟で幕を開けた。

クラシカルな翻訳ミステリが嫌いだという四季ならではの皮肉《アイロニー》だ、と楓は思う。

舞台上が明転するやいなや、古い洋館の大広間が眼前に浮かび上がった。

何脚もの立派な椅子やソファーの奥にはマントルピースがあり、暖炉の焚《た》き木が顔を覗かせている。

やがて――いかにも名探偵然としたチェック柄のチェスターコートに身を包んだ四季が、洒落た樫《かし》の木のステッキを片手に口髭を捻りながら、さも難しそうな顔付きで現れた。

その背中を、助手とおぼしき背の低い男が息せき切って追いかけてくる。

「先生、事件です。今の銃声を聞きましたか」

「銃声ってなんだ」

「聞こえたでしょう。パンパンって」

「あぁ、あれは銃声じゃない。紙風船が割れた音だ」

「か、紙風船」

「私が鳴らしたんだ。暇だったから」

「何をやってるんですか」助手の顔がうんざりしたように歪んだ。

「私はね、リアルな銃声を再現できるかどうか常日頃から研究しているんだよ。古いミステリにはよく〝耳をつんざかんばかりの銃声が轟《とどろ》いた〟なんていう陳腐な言い回しが出てくるだろう。だがね、コルトパイソンや４４マグナムじゃない限り、そんな派手な音がするものじゃないよ。銃声なんてせいぜい紙風船が割れた音くらいのものさ。どうだい、意外とリアルだっただろう」

「やめてくださいよ、紛らわしい。でもやはり事件ですよ。そのあとの悲鳴を聞いたでしょ」

「悲鳴ってなんだ」

「聞こえたでしょう。絹を引き裂くような女性の悲鳴が」

「あぁ、あれは悲鳴じゃない。絹を引き裂いた音だ」

「き、絹を」

「私が引き裂いたんだ。暇だったから」

「だから何をやってるんですか」

「私はね、大昔のミステリに出てくる〝絹を引き裂くような悲鳴〟が本当に悲鳴に聞こえるのかどうか研究しているんだよ。思ったよりも本物の金切り声に近かった」

「あんたどうやって食っているんだ」

観客の肩が揺れる中、楓は複雑な想いを抱えながら舞台を見つめていた。

（なるほど――）

今宵、愛すべき古式ゆかしい本格ミステリは、四季の手によって殺されていくのだ。

あのヒッチコックも好んだ〝奇妙な笑い〟という凶器によって。

でもこれもまた、ひとつの〝物語〟には違いない。

（四季くんらしいわ）

芝居は奇妙な笑いに包まれたまま、滞りなく進んでいく。

シーンの変わり目をきっかけに、楓は両の肘掛けに手を乗せた。

四季が座長になったばかりの頃に使われていた怪しげな地下のちっぽけな劇場とは違い、今日の劇場は老朽化こそ進んでいるものの、趣のある木製の肘掛けが付いた椅子や、絨毯《じゅうたん》のような手触りの重い扉がそこはかとなくヴィンテージ感を醸し出しており、クラシカルな本格ミステリの舞台としてはまさにうってつけの場となっていた。

（借りるの高かっただろうな）

――そう、思ったとき。

温かみのある木の肘掛けを握る左手――その小指に、つん、と岩田の小指が当たった。

どくん。

そのまま、一秒、二秒。

指を動かせない。

やがて少し熱を帯びた岩田の右手の小指が、すっ、と遠慮がちに離れていった。

また、どくんと胸の鼓動を感じる。

（うそだ）

（小指が当たっただけなのに）

自分で自分の感情に驚く。

（どうして――）

楓はとまどいながら、これもすっ、と膝の上に左手を移す。

そして慌てて舞台上へと目を転じ、芝居に集中――しようとした。


明らかに〝凶行の瞬間〟が近付きつつあった。

客電が完全に落ち、暗闇の中にサスペンスフルなＢＧＭが流れ始める。

ただならぬ緊張感が走る中、舞台上では館の主人にスポットライトが当たっていた。

「よせ、やめろ」

総白髪の主人の狡猾《こうかつ》そうな目付きは、明らかに怯《おび》えたそれに変わっている。

ＢＧＭがフェード・アウトした。

彼はよろよろとマントルピースのほうに後ずさっていきながら、それでも虚勢を張った。

「私を誰だと思っているんだ。私はな、かのリチャード三世の血を継ぐリッチモンド家の十三代目当主、リズモンド・リッチカンド……違った」

近付く影の足音が止まった。

主人は一度大きく咳払《せきばら》いをしてから「私を誰だと思っているんだ」といい直した。

いかにも本格ミステリの被害者になりそうな、複雑な家系の難解な名前のようだ。

「私はな、かのリチャード三世の血を継ぐリッチモンド家の十三代目当主、リズモンド・リッチカンカン……違った」

また咳払いして、私を誰だと思っているんだ、といい直す。

影の足音がまた止まった。

「私はな、かのリチャード三世の血を継ぐリッチボンボン、あぁ駄目だ」

三回連続で噛んだところで、主人は瞬時に殴り殺された。

ヒキガエルのように俯《うつぶ》せに倒れた主人を尻目に緞帳《どんちょう》が下り、ゆっくりと客席が明るくなっていく——と同時に、低いがよく響くバリトン声のナレーションが流れ始めた。

《ご来場の皆様。事件篇は以上となります》

四季の声だ。

《恐れ入りますが舞台転換のため、一度ロビーへとご退場くださいませ。なお〝解決篇〟は、十分後に開幕いたします》

そしてまた、『刑事コロンボ』のオープニングテーマとしても有名な、知的ミステリ感溢れる『ミステリー・ムービーのテーマ』のループ・ヴァージョンが場内を包み込んだ。

面白い趣向だな、と楓は思う。

(休憩の間に犯人の正体と真相を暴いてみろ、というわけね)

いわば、四季から観客に叩き付けた挑戦状だ。

でも、と少しだけ意地悪な思いもよぎる。

(ミステリのお芝居でこういうのって、わりとありがちな演出かも)

あるいは四季は、本格ミステリ劇におけるこうした類型的な趣向そのものをパロディ化してあざ嗤《わら》っているのかもしれない——。

楓は苦笑した。

（そんなこと考えてる場合じゃないな。十分しかないもの）

席を立ちながら、楓は事件篇のあらましを頭の中で急いで反芻《はんすう》し始めた。

「ネタバレしちゃ悪いんですけど」岩田が小声で囁く。

「犯人は伯爵夫人ですよ」

「どうしてですか」

「やだな。いかにも意地悪そうな顔してるじゃないですか」

祖父のミステリ教育はまだまだ足りないな、と楓は思った。

＊＊＊＊＊　休憩　＊＊＊＊＊

舞台は先ほどの大広間より狭く感じる質素な客間に変わっていた。

部屋の四隅にある四つの椅子に四人の容疑者たちが腰を下ろしていて、いかにも解決篇にふさわしい雰囲気を醸し出している。

舞台中央に鎮座するアンティークな回転式の椅子に座っている四季――名探偵がゆっくりと立ち上がり、細い顎に右手を添えながら、さて、といった。

「ご主人を殺害し、金庫の大金を奪った犯人は――この中にいます」

寄り添う助手が、出た、うちの先生がついに本気になったぞ、と拍手を送る。

艶《あで》やかなドレス姿の〝伯爵夫人〟が金切り声をあげた。

「まぁ偉そうに。あなたいったい何様のつもりでいらっしゃるの」

はだけたシャツの胸にネックレスを光らせた〝放蕩《ほうとう》息子〟が名探偵を睨みつける。

「こんなの時間の無駄だ」

太った〝大佐〟が腕を組んだ。

「まぁそういわず、話だけでも聞いてみようじゃないか」

モーニング姿の〝執事〟がおずおずと口を開く。

「それよりも皆様、お食事になさいませんか。実のところ私も少々腹が減っておりまして」

名探偵は無視して続けた。

「まずは、凶器について考察してみるとしましょう。撲殺に使われたとおぼしき鈍器はいまだ発見に至っておりません。君はなんだと思うかね」

問われた助手が答える。

「やっぱりあれじゃないですか。暖炉の中の火かき棒じゃないですかね」

違うな、と名探偵は言下に否定した。

「ミステリの世界ではよく火かき棒が凶器として使われるがね――実際にあんな細いもので人を殴り殺そうとするだろうか。少しでも避《よ》けられたら、頭じゃなくて肩とかに中途半端に当たっちゃいそうじゃないか。痛いなこの野郎、なんていわれて反撃を食らいそうじゃないか。下手をしたらうまくツボに当たって、ありがとう凝りがほぐれたよ、なんて感謝されそうじゃないか」

「そういえばそうですね」

「つまり――凶器は別の何かなのだ」

名探偵は容疑者の面々を見回した。

「次に着目していただきたいのはアリバイです。ご存じのように死亡推定時刻の前後一時間は、ここにいる全員に明確なアリバイがありました」

「まぁ偉そうに」と伯爵夫人。

「だからいっただろ。こんなの時間の無駄だ」と放蕩息子。

「まぁ話だけでも聞いてみようじゃないか」と大佐。

「それよりもお食事になさいませんか」と執事が呻く。

名探偵は辛抱強く容疑者たちが話し終わるのを待っていた。

そして芝居っ気たっぷりにハンカチーフで口元を拭ってから口を開いた。

「もう一度申し上げましょう。犯人はこの中にいるのです」

そしてまたゆっくりと容疑者たちを見回した。

「すでに犯人像は絞られました。ここで、これまでに摑み得た真実をまとめてみることといたしましょう。まず真犯人は、犯行時刻にアリバイのない人物。そして――今まさに凶器に使われたもの――たとえば棍棒《こんぼう》のようなものを、ひそかに握りしめている人物なのです」


名探偵は、劇的効果を狙っているのか、また中央の回転式の椅子に深々と腰を下ろした。

そして容疑者たちを指さしながら、徐々に椅子を回していく。

暗転――。

突如、名探偵の後ろからスポットライトが照らされた。

顔はまるで見えない。

その姿は、話に聞いていた〝光の中のフランソワ〟のようだった。

「つまり真犯人は、あなたなのです」

名探偵はまっすぐに客席の真ん中を指さした。

次の瞬間――

楓の隣に座る岩田に強烈なライトが浴びせられた。

「えっ。なんだなんだ」

周囲の好奇の視線に耐え切れなかったのか、岩田はばっと立ち上がった。

その左手には、何やら木の棒のようなものが握られている。

「あれっ、肘掛けが取れちゃった。てかこれ、棍棒だ」

「ですから申し上げたでしょう。犯人はこの中にいいいいると」

舞台が明転する中で名探偵が底意地の悪そうな笑みを浮かべた。

「暗闇に乗じて彼は、あの棍棒でご主人を殴り殺したのです」

岩田は違う違うとわめきながらまた手元に目を落とし、あぁ、と呻いた。

「なに握っちゃってんだよ、俺！」

そして、休憩時間中に肘掛けとすり替えられていた棍棒を床に投げ捨てた。

容疑を免れた面々が口々に騒ぎ立てる。

「まぁ偉そうに。犯人のくせに」

「だからいっただろ。犯人はあいつとしか考えられないんだから時間の無駄だ」

「まぁ弁明だけでも聞いてみようじゃないか」

「それよりも皆様、お食事になさいませんか」

名探偵が客席に向かい右手をLの字に曲げておなかに添え、恭《うやうや》しくお辞儀した。

「このあと殺人の打ち上げがありますので、皆様もよろしければ是非一緒にお食事を」


笑いの渦の中、〝真犯人〟の岩田がすぐさま舞台へと引き上げられ、その後は劇団『あおこーなー』お得意の即興劇《エチュード》が、舞台所狭しと繰り広げられていった。

だが――楓は、四季が笑いに紛らせながら伝えようとしている毒を感じ取っていた。

古風な本格ミステリの世界では、名探偵による飛躍しすぎの論理によって冤罪《えんざい》をこうむった人物が少なからずいたのではないか。

そして世界中の読者が、それと気付かないまま世評に流されているのではないか。

さらにいうならその毒は、楓本人に対しても盛られているのではないだろうか。

なぜなら――

楓には、とっくにこのミステリ劇における真犯人が分かっていたからだ。

岩田を犯人とするには、いかにパロディとしてもいささか無理がある。

彼は笑いの道具に使われたに過ぎない。

（物語、一――）

（そしてこれが）

（おそらくは唯一無二の物語）

館の主人は、殺される直前に「私を誰だと思っているんだ」とわざわざ名乗ろうとした。となると目の前の犯人とはさほど面識がなかったということであり、おのずと伯爵夫人を始めとする関係者たちは容疑の対象から外される。

そもそも彼らは全員にアリバイがあったのだから、当然犯人はアリバイのない人物だ。

撲殺するには恰好の鈍器——たとえば、石のように固い樫の木で作られたステッキを、常に持ち歩いている人物だ。

そして、火かき棒など凶器にはなり得ないなどと吹聴《ふいちょう》し、実際に使われた細長い凶器から目を逸《そ》らそうと画策した人物だ。

（つまり——）

真犯人は、四季——名探偵その人だったのだ。

楓の推理は正鵠《せいこく》を射ていた。

『本格ミステリ殺人事件』は、犯人の名探偵がただただ無言のままハンカチーフでステッキに付着した血痕をごしごしと擦《こす》り落とすシーンで幕を閉じた。

周囲の観客は、笑いと恐怖の緩急に戦慄しているように見えた。

まるでアルフレッド・ヒッチコックの世界だ——と楓は思った。

4

「ヒッチコック、ですか」

打ち上げの喧噪《けんそう》の中、四季は長い髪を掻きあげた。

「別に意識していたわけじゃないですけどね。でも、そういってもらえるのは光栄です」

以前と違って会場の水炊き店は劇団が貸し切っており、他の小劇団の関係者や招待客とおぼしき人たちが、テーブル席や座敷席のそこかしこで今夜の芝居について熱く語り合っていた。

劇場の規模の差もそうだが、『あおこーなー』の確実な成長ぶりを物語っているようで、楓は嬉しくなる。

あからさまに拗《す》ねた様子の岩田は、楓の横でひたすら杯を重ねている。

だが四季は先輩を無視したまま、正面からまっすぐに楓を見た。

つぶらな瞳――そしてその武器をはっきりと自覚している仕草に感じる。

心地よい酔いと高揚感も手伝ってのことなのだろう、とは思うが。

「僕もヒッチコックは大好きなんですよね。『暗殺者の家』以降の作品――純然たるコメディの『スミス夫妻』以外は全部見たかな」

「そうなの？　海外の古いミステリは嫌いなんじゃなかったっけ」

わざと意地悪くいってみる。

いやいや、と四季は口を尖らせた。

「ヒッチに関しては、そのミステリ志向が好きというわけじゃないんです。実際、ミステリマニアの目線から彼の映画を見ると、解決が強引で破綻している場合もままあります。明らかにアンフェアと思える作品も少なくない。僕が好きなのは、あくまでも〝ヒッチコック・タッチ〟と呼ばれる彼の演出です。観客を愉しませること、怖がらせることに徹した作劇法なんです。つまりは僕たち演劇人にとって、ヒッチ作品は必見の教科書なんです。あと――」

しまった。

地雷を踏んだかも。

「楓先生。ヒッチコック・タッチの一番の好例はどの作品のどんな演出だと思いますか」

「ええと。そうだな――」

「僕の中では決まっています。『見知らぬ乗客』のテニスのシーンです」

人に訊いておいてカットイン、先に答えるパターン。

出た。

もう何人《なんぴと》たりともこの饒舌《じょうぜつ》は止められない。

「『見知らぬ乗客』の原作者はご存じのようにパトリシア・ハイスミスです。あ、一応いっときますけど、いかにも古臭そうな原作のほうは一切読んでいません。あらすじをちらっと見ただけなんですけどね」

嘘だ。熟読していると思う。

「いいですか。まずハイスミスの原作では、主人公男性は建築家という設定でしたよね」

「そうだっけ」

さすがにそこまで覚えていない。

「ところがヒッチコックの映画では、なぜかテニス選手という唐突な設定に変更されているんです。映画を見直してもらったら分かると思いますけど……建築家をわざわざテニス選手に変える必然性はまるでありません。そもそも原作の『見知らぬ乗客』は、ミステリ史上初めて〝交換殺人〟をテーマにした歴史的な名作です。変なスポーツ色は邪魔になるだけですし、事実、映画のテニスシーンも添え物程度に留まっています。では——なぜヒッチコックは、わざわざ建築家をテニス選手に変更したんでしょうか」

読んでもないはずなのに歴史的な名作とまでいってしまっているのがちょっぴり笑える。だが、俄然《がぜん》興味が湧いてきた。祖父と一緒に『見知らぬ乗客』を観たのは中学の頃だったし、演出までは気が回らなかったからだ。

いつの間にか岩田も、飲む手を止めて真剣に聞き入っている様子だ。

四季はチューハイの残りを呷ってお代わりお願いします、と丁寧に頼んでから続けた。

「映画の『見知らぬ乗客』では、異常性格者の男が主人公のテニス選手につきまとい、執拗に殺人を強要します。主人公は見え隠れする男の影を恐れながらも、以前から予定されていたテニスの試合にやむなく出場する——。僕がヒッチコック・タッチを象徴する演出の一位に推すシーンは、ここからなんです」

四季が役者の顔になる。

「引きの絵——まずカメラは、テニスの試合を見ているスタンドの観衆を遠景《ロング》で捉えます。彼らの顔は、テニスボールを追って、右、左、右、左、と一斉に動く。ぽーん、ぽーんとボールが跳ねる音。それに合わせてリズムよくまた右、左、右、左――。まるで示し合わせているかのように綺麗に動きが揃っているので、そのさまはユーモラスにさえ映る」

四季が上げた右手をゆっくりと前に出していく。

「カメラは徐々にスタンドに寄っていく。次第に観衆たちの顔が大きくなってくる。ぽーん、ぽーん。顔が一斉に右、左。ところが……真ん中の人物の顔だけが、微動だにしていない。ひとりだけが人形のように動かず、ただただじっ、と主人公を見ている。やがて映画の観客は気付く。スタンドの真ん中に陣取る人物が、主人公を陥れようとしているあの男だと。そして彼は、試合の勝敗になどまるで興味がないのだと――」

楓は唾を飲み込んだ。

その場面をはっきりと思い出したからだ。

「もう分かったでしょう。ヒッチコックはこのシーンを撮りたいがために、わざわざ主人公をテニス選手に変更したんです。大事なのは、リアリティをまるで無視しているところです。実際には、テニスの観客が全員一斉に右、左と顔を動かすことはあり得ません。試合に飽きてコミック雑誌を読みふける子供もいるでしょうし、トイレの場所が気になってよそ見をする人もいるはずです。でもヒッチコックにとっては、そんなリアリティなどどうでも良かったんです。観客を怖がらせること、愉しませることのほうが何倍も大事だったんです。どこかユーモラスなのに恐ろしい。ばかばかしい笑いの中に恐怖がある。これぞ、ヒッチコック・タッチの神髄ですよ」

演説を終えた政治家がコップの水を口にするように、四季はお代わりのチューハイをぐいっと呑んだ。

すると――楓にとっては意外なことに、岩田が口を開いた。

「ヒッチコックの映画なら俺も知ってるぞ。ど深夜のテレビでやってたよ」

へぇ、と四季が横を向く。

「なんだっけな。『東北東に進路を取れ』だっけか。いや、西北西だったかな。そうだ、『南南東に進路を取れ』だ」

「十六方位の中で逆によく正反対に行けましたね。『北北西に進路を取れ』です」

「それだよそれ。おじさんがさ、飛行機に襲われるくだりがあるだろ。あれは怖かった」

「映画史に残る名シーン、いわゆる〝とうもろこし畑の追跡《コーンフィールド・チェイス》〟ですね」四季は頷いた。

「地平線を望む大平原の中を歩く主人公。その背後に豆粒くらいの軽飛行機が見える――と思いきや突然その飛行機が、マシンガンの銃声と共に背後から襲いかかってくる。たまらず主人公は観客の方向、つまり真正面に向かって必死の形相で駆け出します。観客は思う。〝これ、助かるわけないじゃん！〟〝まるきり無駄じゃん！〟と――。これまた、怖いながらもどこか滑稽でばかばかしい。おじさんの全力疾走って、なんか笑えますもんね」

（そうだ――笑えるといえば）

「四季くん。笑えるシーンで思い出したんだけど、ひとつ訊いてもいいかな」

楓は、今日の芝居の中で唯一分からなかった点について尋ねることにした。

「岩田先生にスポットが当たって犯人扱いされたシーンがあったじゃない？」

岩田が「笑えるシーンってひどいな」と愚痴を漏らしたがスルーして――

「舞台転換を方便にわざと全員が退出する休憩時間を設けて、その間に岩田先生の席の肘掛けを棍棒にすり替えた——そこまでは分かるの」

　はい、と四季はいたずらっぽい笑みを見せた。

「あそこの劇場《はこ》は歴史があるぶん老朽化が進んでましてね。岩田先輩がいた席だけ左側の肘掛けがバカになっていたんですよ。支配人さんはすぐに取り替えますからって恐縮してたんですけど、そのままでいいですから、と。今頃はもう修理が終わってるんじゃないかな」

「で、すり替えられた棍棒は、握ったまま立ち上がると座席から外れるように細工しておいたというわけだよね。でもね」

　楓は小首を傾げた。

「ここからが謎。四季くんが取ってくれていた席はふたつだった。そのうちわたしと岩田先生のどちらが舞台に向かって左側に座るか、あらかじめ分かるはずがないわ。つまり四季くんは、岩田先生か、わたしか——どちらが犯人になってもいいって思ってたの？」

「そんなわけないでしょう。楓先生が犯人じゃ、そのあとの即興劇《エチュード》の展開が見えない。明るくて目立ちたがり屋の岩田先輩だったからこそ、計算どおりの笑いが取れたんです」

　四季は、楓をじっと見たまま、あからさまにゆっくりと髪を掻きあげた。

「簡単なトリックですよ。マジックの世界でいう〝奇術師の選択《マジシャンズ・セレクト》〟です。岩田先生が例の席に座ることは最初から決まっていたんですよ」

「なんだって。どういうことだ」今度は岩田が訝しげに尋ねる。

「んーと……あは」

　何かを思いついたのか、四季は子供のように親指の爪を噛んだ。

「説明しましょう。先輩ってそう見えて意外と方向音痴じゃないですよね」

「そう見えては余計だけど、方向感覚はあるほうだな」

「じゃあ、先輩から見て北北西はどちらですか」

「北北西？」

「はい。『北北西に進路を取れ』です」

「えっと……駅が向こうだろ。で、北があっちだから北北西は」

岩田はしばらく店内を見回したあと、あっ、と声をあげた。

指さした北北西の方向。その遠く離れた隅っこのテーブル席で、見覚えのあるアフロヘアーの男性が水炊きに舌鼓を打っている。

「あ、あいつ……おまえの知り合いだったのかよ！」岩田はわめいた。

「ヤラセじゃねぇか！」

「人聞きが悪いな、演出です。だってさ……人一倍優しい我らが岩田先輩が、視界の悪い席に楓先生を座らせるはずがないもん」

「お、おまえ……先輩をなんだと思ってるんだ」

「犯人です」

「違うわ！　店員さぁん！　ビールください、大ジョッキで！」

四季の笑い声に釣り込まれて楓も笑ったとき——

膝の脇のスマートフォンがぶん、と震えた。

見ると、我妻からのショートメールが届いている。

〈急にすいません。明日、碑文谷にお伺いしてもよろしいでしょうか〉

楓は確信した。

（事件だ）

そして思った。

本物の名探偵の出番がやってきたのだと。

髪を耳にかける——気を落ち着かせようとするときの自分の癖だ。

目の前のグラスに栗色がかった髪が映り、ふわりと揺れた。

5

そこかしこからサルビアの紅《あか》い花弁が覗く碑文谷の狭い道を歩いていると心が安らいだ。

交番の前では若い制服警官が、額の汗も拭かないまま背筋をぴっと伸ばして立っている。

昔は我妻さんもあんな感じだったのかな、とちらりと思う。

祖父の家に着いてしばらく経つと、蟬時雨《せみしぐれ》の音がひときわ強くなった。と同時に、諸々の学校が夏休みに入ったばかりの頃合いのせいか、平日の昼間にもかかわらず、家並みのどこかから子供たちのはしゃぐ声が響いてくる。

子供好きだけに、こういうときの祖父は上機嫌だ。

楓が四季の芝居や打ち上げの模様について話し終わった頃、我妻と城之内がやってきた。

「ごめんなさい、楓さん。碑文谷さんも申し訳ありません。また待たせちゃいましたか」

「いえいえ、買い出しもありましたから。書斎は手狭なんで居間でもいいですか」

「もちろんです。しかし蒸してきましたね……ハンガーをお借りできますか」

我妻はスーツを自分で丁寧にハンガーに掛け、鴨居《かもい》に吊るした。よほど大切にしているのだろう。かたや若い城之内はリュックを床に下ろすとスーツを無造作に椅子の背に掛ける。楓の目にはふたりともお洒落に映ったが、こんな部分で年齢の差が出るのかもしれない。

ダイニングテーブルを囲むと、真ん中にピーナッツが入ったお菓子箱があった。古新聞を箱状に折り込んで上の一面だけを開く、祖父お得意の折り紙だ。これも手先のリハビリの一環であり、お菓子箱がテーブル上にある日の祖父は調子がいいことが多い。

祖父はピーナッツをひと粒口に放り込んでから、手のひらを上に向けて我妻たちにもピーナッツを勧めた。

これも客人としての欧風の対応なのか、城之内は「好きなんですよ、いただきます」と遠慮なくぼりぼりとやり始めたが、我妻は固辞して、すぐに前日の事件の概要を語り始めた。

「現場の状況がどうにも不可解でしてね」と我妻はメモ帳を取り出した。

「被害者男性は三十四歳。我々K県警の二課に所属する刑事でした。実名を出すのは憚《はばか》られますので、そうだな──」

我妻は楓をちらりと見てから、

「ここでは仮に〝ピート〟と呼ぶことにしましょうか」

「えっ」またピーナッツに伸ばしかけていた城之内の手が止まった。

「なんでピートなんですか。そのままネコタさんでよくないですか」

だから実名を出すんじゃないよ、と我妻は軽く城之内を睨んだ。

「夏の猫、といえばピートなんだ。おふたりは先刻ご存じだよ」

(『夏への扉』だわ)

楓は中学の頃の幸せな読書体験を思い出す。

ＳＦ界の巨匠、ロバート・Ａ・ハインラインの時間旅行《タイムトラベル》ものの歴史的名作ＳＦ『夏への扉』に登場する猫のピートは、極端な寒がりだ。冬になると決まって扉に可愛い爪を立てる。家にいくつもある扉のどれかひとつが、夏に繋がっていると思い込んでいるのだ。

仕方ないな、と我妻は首の後ろに片手をやった。

「以下、もう本名で通します。猫に田んぼの田と書いて猫田《ねこた》です。課が違ったせいもあって、私はそれほど親しくしていたわけではありません。年に数回、課を跨《また》いだ署の宴席で顔を合わせる程度の仲だった、といえば伝わるでしょうか」

うむ、と祖父が頷いた。薄手のダンガリーのシャツがよく似合う。

「猫田は、痩せぎすで目付きが鋭くて、いかにも刑事といった雰囲気をまとった男でした。そうですね……考えてみれば、猫になぞらえたのは少し彼に失礼に当たるかもしれません。誰ともつるまないし群れない。いわば、一匹狼のような奴でした。たまの非番の日には、ひとりでどこかへと姿を消す。感情の起伏をけして見せず、本音を見せることもない。でも、僕はそんなあいつが嫌いじゃありませんでした。昔気質《むかしかたぎ》の刑事というのですかね。なんていうのでしょう……彼の根っこには」

なぜか一瞬、恥ずかしそうな口ぶりで口ごもる。

「根っこには正義漢なところがあったというか、まっすぐな部分があったというか。何しろ嘘はいわないい、嘘はつけない。信用のおける人間だと分かる奴だったんです」

分かる、と楓は思う。教師にもたまにそういう種類の人間はいる。

喜怒哀楽を露わにしない自分を持っている芯の強い人――。

「そんな彼が突然殺された。亡骸が猫田だと気付いて、当たり前ですけど非常に驚きました。でもですね、碑文谷さん。それ以上に驚いたことがあったんです」

「なんだね」

「遺体の彼は、泣いていたんです。けして感情を見せないはずの彼がね」

少々日当たりの悪い北側の窓際に吊るした紅い風鈴が、ちりんと小さな音色を響かせた。窓は閉まっているが、時折エアコンの弱風が当たって優しい音を奏でるのだ。だが楓にはその音が、涼しさというよりも、鳥肌が立つような寒気を運んできているかのように感じた。

「遺体が泣いていたんですか」

「はい、楓さん」我妻は答える。

「でもそれだけじゃないんですよ。もう奇妙なことだらけでしてね」

「奇妙なこと――」

「現場である猫田の自宅の1Kの部屋には、ほとんどなんにもありませんでした。キッチンにはお皿の一枚さえもない。奥の居室には厚手の空っぽのトートバッグがひとつ。そして、その中に入っていたのであろう歯ブラシセットや眼鏡が入った革製のケース、プラスティック製のお皿やフォークにスプーンといった最低限の日用品が、仏さんの周囲に散乱していました。さらには――寝袋がひとつ。遺留品はそれだけだったんです」

「どうしてそんなに物が少なかったんでしょうか」

「ジョー。説明を頼む」

はい、と城之内は手に付いたピーナッツの油をハンカチーフで拭き、見るからにお洒落なキャメル地のリュックから何かを取り出そうとしたが、途中で動きが固まった。

「でもいいんですかね。このおふたりは部外者中の部外者ですよ」

この人はいくつリュックを持っているんだろう、と余計なことを考える。

「何いってんだ。一番秘匿すべき被害者の本名を明かしたのはおまえじゃないか」

「そこは謝ります。でも捜査中の案件を、こんなに安直に――」

「安直かどうかは今判断できることじゃない。いいんだ、責任は俺が取る」

「分かりました」

城之内は楓が予想していたタブレットではなく、革の手帳を出して開いた。

このあたりはアナログなのだな、と思う。きっと情報漏洩《ろうえい》を防ぐための内部規定のようなものがあるのだろう。

「遺留品が極端に少なかったのには理由があります。猫田さんは、長らく住んでいた独身寮を出て、現場アパートに引っ越したばかりだったんです。殺害されたのはその当日でした」

なるほど、とそれまでずっと黙って聞いていた祖父が口を開いた。

「意外と知られていないことだが、日本の警察の独身署員――とくに若い警察官は、ほぼ全員が入寮するというからね。危急の事態が起こったとき、まとめて招集をかけられるからだ」

「よ、よくご存じですね」

祖父の博識ぶりに驚いたのか、城之内の相槌が滞った。

「だが、それにしてもさすがに荷物が少なすぎる。とすると」

祖父は探るような目で、こんな物語はどうかね、と我妻と城之内を交互に見た。

「まず、彼は正義漢であったという。そして三十四歳となった現在まで、一貫して独身寮にいたのだという。となると……まだ若くて正義を信じている可愛い後輩の警察官たちに、家具や日用品をすべて譲り渡したのではないだろうか」

うーん、と楓。

「分かるよ。でも、そんなに持ち物のほとんど全部を他人にあげちゃうものかな」

「〝起きて半畳、寝て一畳〟という。人間、身の丈を知って慣れさえすれば、物が少なくとも寝る場所が狭くとも、なんとでもなるものだよ。彼は非番の日、ひとりいずこかへ姿を消していたという。では、その行き先はどこか。山や川のキャンプ地だったのではないかな。ソロキャンプ慣れしていた彼は、引っ越しにあたって持ち物のほとんどを後輩に譲ったとしても、持ち手のついた寝袋とトートバッグに詰められる程度の日用品があれば、ひと晩くらいはどうにでも過ごせると思ったのだよ。それでもまぁ、衣服や炊飯器に電子レンジなど、いくつかの荷物はアパートに届ける手筈《てはず》となっていたことだろうね。どうだい、我妻くん。現場検証が終わった頃合いに、宅配便が届いたのじゃないのかね」

「そのとおりです、碑文谷さん」

我妻は、我が意を得たかのように薄い笑みを浮かべて城之内を見た。

「我妻さん。この人は……いや、この方はいったい」

「おまえは何度驚けば気が済むんだ」

楓も口調こそ違うものの、ほぼ同じ言葉を思い浮かべて胸の内で笑った。

（何度驚けば気が済むのよ）

祖父が、では――と続きを促す。

「〝奇妙なことだらけ〟だった現場の話をしてもらえんかね」

「ジョー」と我妻。

城之内はまた手帳に目を落とした。

「隣の主婦が悲鳴を聞いてしばらくしたあと、開いたドアから中を覗き込み、救急と警察に通報したのが午前八時三分。救急が到着したのは八時十三分。すぐに心肺停止が確認されました。我々と鑑識がほぼ同時に現場に到着したのは、午前八時半きっかりのことです。薄く開いたままのドアの隙間を覗くと、猫田さんの死体がありました」

「〝仏さん〟か、せめて〝ご遺体〟だな。これだけは礼儀として使ったほうがいい」

我妻が、楓でも知っている警察の隠語を使った。

「分かりましたよ」

城之内が肩をすくめる。

「仏さんを最初に間近で見たのは他ならぬ我妻さんです。ですからそのときの模様については、我妻さんが話されたほうが宜しいんじゃないかと」

過剰な敬語に、嫌味のようなものが感じられた。

明らかに拗ねている――。

年の離れた後輩との付き合い方は大変だな、と楓は思う。

城之内はまた、古新聞でできたお菓子箱の中のピーナッツをまとめて口に放り込んだ。

(あーあ。さっき手を拭いたばかりなのに)

楓は内心で苦笑する。

だが我妻は、まるで気にしていない様子で後を引き取った。やはり大人だ。

「何が〝奇妙なことだらけ〟だったのか、説明しましょう。仏さんは、背中を刺されて亡くなっていました。鋭利な刃物と思われる凶器は持ち去られたようで、現場には見当たらなかったのですが……これについては説明が付くと思います」

祖父が高い鼻に人差し指を添えた。

「おそらくは薪割り《バトニング》や焚き付け《フェザリング》に使えるようなキャンプナイフじゃないかな。トートバッグに入っていたであろう、猫田氏の持ち物だ」

「はい、私もそう思います。キャンバス地のトートバッグは空《から》でした。そして周囲には、プラスティック製の皿にスプーンやフォークなどが散乱していました。ところが……ナイフだけが見当たらなかったんです。ですからこれは、計画的な殺人じゃありません。犯人はなんらかの理由から猫田と口論となった。揉《も》めているうちトートバッグの他の物と一緒にナイフがこぼれ出たのか、あるいは猫田のほうが自衛のためにトートバッグを逆さにしてナイフを出したのか――いずれにしろ揉み合いとなった結果、犯人は突発的に猫田を刺殺してしまった。思わぬ大きな悲鳴に驚いた犯人は、凶器を持ったまま慌てて逃走したのでしょう。しばらくしてからそこへ隣の主婦がおずおずと現れた、と推察されます」

「うむ、そこまではまるで異存がない。それで」

祖父がどうぞ、というように、ゆっくりと手のひらを上に向けた。

我妻も城之内も気付いていないだろう。

だが、楓には分かる。かすかだが手が震えている。

(ほんの少し前までは)

推理に入ると、まるで魔法のように震えがぴたりと止まっていたのに。

(わずかずつだけど、やっぱり)

(やっぱり、おじいちゃんの病気は――)

いや、今は考えるのはよそう。

「仏さんは部屋の真ん中で、仰向けのまま倒れていました」

我妻は続けた。

「フローリングの床には血だまりができていた――。鑑識によると、死因は背中の刺傷に伴う外傷性ショックか大量出血による失血死だということでした。猫田もプロです。これは想像ですが、おそらく彼は刺された直後に〝これは助からないな〟と気付いたはずです。ただしここからが奇妙なことだらけで、頭を抱えているんですよ」

風鈴がまた小さな音を立てる。

我妻はちらりと目をやった。紅い風鈴が血だまりの記憶を呼び覚ましたのかもしれない。

「奇妙な点はふたつありました。ひとつめは、先ほどもいいましたが……私が部屋に入ってすぐ仏さんの顔を見たとき、彼は泣いていたんです。両の目から、涙が溢れていたんです。刺されたとき、よほど悔しい思いをしたのかもしれない。なんらかの理由から、この世に大変な未練があったのかもしれません。でも、絶対に感情の起伏を見せなかったあの気丈な猫田に、悔し涙は似合わない。死の直前……一体どんな思いが、彼を泣かせたのでしょうか」

「うむ、興味深いね」祖父が陰影のある表情を浮かべた。

「気付くと涙の痕は乾いて消えてしまっていました。鑑識にもいったんですが、泣いてたからなんだっていうのですか、事件とは関係ないでしょう、と鼻で笑われました。でも私は、草葉の陰でまだ男泣きに泣いているであろう猫田の真意に、思いを馳《は》せてやりたいんです」

「我妻くん。君は素晴らしい刑事だ」

「いや、そんな。とんでもありません」

ぼくは心から誇らしいよ、と祖父はかつての教え子に柔和な笑みを向けた。

「で、ふたつめの奇妙な点というのはなんだね」

「はい。仏さんはですね……なぜか、ステンレス製のビールジョッキを手にしていたんです」

「ビールジョッキ……かね」

「そうなんです。五〇〇ミリリットルのロング缶の量でも入る、ひときわ大きなジョッキです」

「ステンレス製――ということは、保冷効果の高いキャンプグッズかな」

「仰るとおりです。トートバッグの中に入れて持ってきていたのでしょう」

「そうとしか思えんね」

「いかがですか、奇妙でしょう。もはや虫の息だったにもかかわらず、なぜ彼はわざわざ、ビールジョッキを手にしようとしたのでしょうか」

今度は楓が口を挟んだ。

「単純に喉が渇いていたからだとは考えられませんか」

〝末期《まつご》の水〟という言葉もある。

「亡くなる間際の方たちは、水を欲しがることが多いと聞いたことがあるんですけど」

「うーん」我妻は綺麗に撫でつけられたオールバックの髪に手をやった。

「その線は薄いと思いますね。傷の深さからすると、キッチンの蛇口まで這っていけるだけの余力が猫田にあったとはとても思えません。動ける範囲はせいぜい自分の体の周りだけだったことでしょう。残された時間もごくわずかであり、彼自身……そのことを十二分に自覚していたと思います。なぜなら、彼は現役の刑事《でか》だからです。可動範囲はどれくらいか。あと何秒ほどで死に至るか。彼には分かっていたはずだからです」

その言葉には、仲間への信頼と、揺るぎない誇りのようなものが滲んでいた。

しばしの沈黙——。

城之内もさすがに感じるものがあったのか、真顔で眼鏡の奥の目を我妻に向けた。

ややあって、祖父が口を開く。

「我妻くん。ふたつだけ確認したいことがあるのだがね」

「はい」

「君と同じく彼も、仕事用と私用——二台のスマートフォンを持っていたはずだ。それらは現場に見当たらなかったということだね」

「そのとおりです。犯人が凶器と一緒に持ち去ったのでしょう。サイバー・ユニットが動いているのですが、電源が切られ、SIMも破壊されているようでいまだ発見には至っていません」

「やはりそうか。では、もうひとつだ。トートバッグから外にこぼれていた遺留品についてなのだが、他に飲料用の容器はあったかね？　おそらくは保温効果の高い水筒ひとつだけだったのではないかと思うのだが、一応確認しておきたくてね」

「これも仰るとおりです。ビールジョッキと同じく、やはり容量の大きい水筒が一本、床に転がっていました。でも、碑文谷さん。なぜそのことを――」

「そう考えないと理屈が合わないからだよ」

祖父は、四季が舞台で演じた名探偵のように、ゆっくりと三人を見回した。

「ここで問題をいま一度整理しておこう。この事件の謎はふたつに絞られる。ひとつ――〝なぜ被害者の遺体は泣いていたのか？〟ふたつ――〝なぜ被害者はビールジョッキを手にしていたのか？〟この謎を解くことができれば、事件は解決したも同然だ。そして、この謎を解くキーワードは……唯一にして無二だ」

祖父は、楓を見た。

「楓ならもう分かるね」

「うん。そのキーワードとは」

楓は確信をもって答えた。

「〝いまわの際の伝言《ダイイング・メッセージ》〟ね、おじいちゃん」

6

換気のためと、やがてやってくるであろう祖父の見せ場のために、楓は「北の窓」と呼んでいる窓を少しだけ開けた。紅い風鈴が先ほどまでよりもいい音色を響かせ、隣家が植えているオレンジ色のマリーゴールドのスパイシーな香りが、外気と共に夏を運んでくる。

花言葉は、優しい祖父にぴったりな「真心」。

そしてもうひとつ――そう。

「予言」――だったはずだ。

名探偵という不可思議な存在による胸のすくような解明。それは周囲の人々にとっては、まるで予言の的中のようにも映ることだろう。

だが、「予言」の前には「儀式」がつきものだ。

案の定、座り直した楓に向かって祖父はいった。

「さて、まずは聞こうじゃないか。楓としてはどんな物語を紡ぐかね」

「儀式」が始まった。

楓は唇を舐めてから、ひとつだけ思いついたの、と切り出した。

「『物語、一』」

城之内が「これ、なんの時間ですか」と囁くのが耳に入った。

「いいから黙ってろ」

我妻が助け船を出してくれたのを機に続ける。

「『猫田刑事がビールジョッキを手にしてから亡くなったのには理由があった。彼は、ダイイング・メッセージとしてジョッキを手にすることで、犯人の正体を明かそうとしたのだ』」


ミステリには昔から、ダイイング・メッセージものと呼ばれるパターンがある。

第一人者は、やはり〝本格ミステリの鬼〟エラリー・クイーンだろう。

クイーンはデビュー作の『ローマ帽子の謎』で早くもこのパターンに先鞭《せんべん》をつけている。

代表作のひとつ『Xの悲劇』では、そのタイトルどおり、死ぬ目前の被害者が自らの人差し指と中指を互い違いに組み合わせてXのかたちを作り、犯人の正体を示さんとする。

『シャム双子の謎』では、犯人を示唆するトランプのカードを握った被害者が発見される。

『顔』では、被害者が「顔……」という不気味な一言のみを呟きながら死んでいく。

クイーン最後の長編となるはずだった『間違いの悲劇』もダイイング・メッセージものだ。シノプシスのみのまま未完に終わったが傑作との誉れ高く、つい近年になってシノプシスのままのかたちで発表され、世界中のクイーンファンを狂喜させたのは記憶に新しい。

では、今回のケースでは――。


「『彼がわざわざ暗号めいた方法をとったのにも切迫した理由があった。犯人の正体を伝える一番簡単な方法は自身の血でフローリングの床に犯人の名を記すというやり方だろう。だが逃走した犯人がもしも戻ってきたら、すぐに名前が消されてしまう。隠蔽《いんぺい》工作を恐れた猫田刑事は、ビールジョッキを持つことで、婉曲的《えんきょく》に犯人が誰なのかが第三者に伝わるように画策したのだ』」

「素晴らしい」

祖父は首を幾度かゆっくりと縦に振った。

「そこまでは文句の付けようがないね。続けなさい」

祖父の言葉に力をもらい、さらに物語を紡いでいく。

「『では、猫田刑事はビールジョッキでどんなことを伝えようとしたのか。ビールジョッキはアルコールの象徴だ。仕事上は誰ともつるまない一匹狼的な性格だった彼だが、実はプライベートでは仲良くお酒を酌《く》み交わす恋人《パートナー》がいた。しかし何かをきっかけに大喧嘩となり、それがついには刃傷沙汰《にんじょうざた》へと発展してしまったのだ。最愛の恋人に刃《やいば》を向けられたのだとしたら、猫田刑事でなくとも自然と涙が溢れてしまうことだろう。これが〝遺体が泣いていた〟理由だったのだ』」

そっと祖父の様子を窺う。

「九十点」と祖父はいった。

（えっ）

楓は心の底から驚いた。九十点台など、これまでに貰ったことがなかったからだ。

「物語としては完璧に近い。ロマンティックであり、人間ドラマがある。恋人を親友に置き換えても成立する物語だね。いつも酒を酌み交わしている相手に殺されるなんて、こんなに切ないことはない。猫田刑事の温かみ、表には出ていなかった人間性も窺える。惜しいね。実に惜しい」

「惜しいってことは……この物語が成立し得ないってこと？」

「そうだ。それが減点の理由だ」

祖父は楓をじっと見た。

「その物語には、看過できない矛盾点がひとつだけある。そして、その矛盾が解消されない限りストーリーは破綻する——つまりは、別の物語Xが存在するのだ」

祖父はわずかに震える手で真珠色のカップを持ち上げ、淹れたての珈琲に口をつけた。

「その矛盾点については、後ほど説明することとしよう。ここではいま少し猫田刑事の人物像に踏み込んでおきたい。まさに、〝表には出ていなかった人間性〟についてだね。彼は他人と群れない一匹狼然とした人物だったのだという。これは裏を返せば、序列にかかわらず、警察内のどんな人間に対しても等距離で接していた、ということにもなると思うのだがね。どうなのだね、我妻くん。ことによると彼の本当の職務は——監察官の息がかかった〝警察内警察〟だったのではないかな」

珍しく我妻は即答せず、城之内のほうをちらりと見た。

妙に答えると本当に内規に抵触してしまうからかもしれない。

「話すぞ、ジョー。いいな」

「いや、我妻さん。さすがにそこは——」

「大丈夫だ、理由がある。聞けば分かる」

我妻は祖父と楓に向かって「他言無用に願います」と小さく頭を下げてから顔を上げた。

「ミステリに詳しいおふたりのことですから釈迦《しやか》に説法だとは思いますが、まずは〝警察内警察〟について説明しておきましょう。我が国では、警視庁、警察庁はいうに及ばず、全都道府県警に監察官制度が敷かれています。彼らの役割を端的にいうと、警察官による非違《ひい》行為を調査することです。要するに、警察内部の悪事を暴くという仕事です」

祖父が軽く頷き、無言で先を促した。

「そして彼らが現業部門の人間と組んで内偵調査を行《おこな》っているというのも、これまた公然たる事実です。現場のことは現場の人間じゃないと分かりませんからね」

「うむ」

「監察官とその命を受けた現業部門の人物――彼らはセットで〝警察内警察〟と呼ばれています。そして後者は、秘密裏に動くことが多いのです」

「現場の他の連中に目的を悟られたら元も子もないからね。実に大変な仕事だ。だが必要だ」

「はい。賄賂や事件のでっちあげ、反社会的勢力との交際――そんな非違行為の抑止力ともなっています。彼らがいるからこそ、抑止と自浄が担保されるというわけです」

楓は、警察内警察をテーマとしたアンディ・ガルシア主演のミステリ映画、『背徳の囁き』を思い出した。ガルシア演じる内部調査班の男が、現場の警官たちから蛇蝎《だかつ》の如く嫌われながらも自身が信じる正義を貫く話だ。

そういえば、と思う。

（我妻さん、顔が少し似てるかも）

「で、どうなのかね、猫田刑事は。話を聞いた限りでは、まさに適任だと思うのだが」

「そこなんですよ、碑文谷さん。実はですね」

我妻は困惑したようにオールバックの髪を右手で一度撫でつけた。

「彼についてはご推察どおり、〝警察内警察〟ではないかという噂が、そこかしこで飛び交っていたんです。ですから、もしも彼が監察官とバディを組んでいる男だったとしたら——そして今回の事件が〝警察内警察〟絡みの犯罪だったなら、これは大変なことになります。もしも猫田に不正を暴かれた警察官が、監察官への報告を阻止するために犯行に及んだとしたならば……我々の所轄に属する者全員が容疑者となるからです」

「そのとおりだ。そしてその可能性が極めて高いとぼくは思っているのだがね」

「なるほど。でも……私には猫田が〝警察内警察〟だとは、どうしても思えないのです」

ほう、と祖父は片方の眉毛を上げた。

「差し支えがなければ理由を聞かせてもらいたいのだが」

「少し前、宴席で彼とふたりきりとなったとき、単刀直入に訊いたことがあるのですよ。『俺は絶対に口外しない。一度だけ尋ねるから、俺の目を見て答えてほしい。猫田くん……君は、〝警察内警察〟なのか？』と」

暑さのせいか、緊張のせいか。

我妻はワイシャツのボタンをひとつ外してから続けた。

「すると彼は、私から目を離さずにこういったんです。『いいえ。絶対に違います』と」

城之内が首を傾げた。

「口を挟んですいません。でもそれって正直、なんの証明にもならなくないですか」

「そうだ、ジョー。おまえのいうとおりだよ」

我妻はあっさりと認めた。

「でもですね、碑文谷さん」

祖父に向けた言葉に力がこもる。

「私には、人が嘘をついているかどうかが分かるんです。嘘をついた人間は、我知らずのうちにさまざまなサインを出します。たとえば、無駄に逆ギレしたりする。あるいは時間稼ぎのために、利き手じゃないほうの手で顔を触る。質問に質問で返したり、ごく簡単な質問を理解できなかったりもします。『どちらの銀行でお金を下ろしたのですか？』『え？　どういう意味でしょうか？』といった具合です。こんなことはいちいち聞き返さなくても分かる質問です。かつて〝刑事の勘〟と呼ばれていたものの正体は、案外こういった嘘を見抜くためのメソッドの数々だったのかもしれません。でも……私の場合は、もう理屈じゃないんです」

我妻は一瞬だけ視線を城之内に送った。

「五か国語を操る彼と違って、私には学がない。これといった取り柄《え》はまるでありません。でも相手が嘘をついているかどうか、その目を見れば分かるんです。何度もいいますが、理屈じゃない。道理に適《かな》っていないじゃないか、といわれればそれまでです。でもこの能力についてだけは、絶対の自信があるんです」

訴えかけるような熱い口調に心を揺さぶられる。

だが――論理的ではない。

楓は、これじゃ祖父は納得しないだろうな、と思う。

だが祖父は、優しい笑みを浮かべて両手を組み、その上に顎を乗せてからいった。

「信じるよ、我妻くん。君のいっていることは非常によく分かる。ぼくは間違えていたのだ。猫田刑事は嘘をついていない。彼は、〝警察内警察〟ではなかったのだ」

「信じてくださるんですか」

我妻はゆっくり大きく、息をついた。

「でもそうだとすると、この段階ではもうお手上げです。現場近くには防犯カメラもありませんでしたから、犯人像はおろか、動機もダイイング・メッセージの謎も、何もかもが宙に浮いたままですね。捜査本部が立ち上がったらまたご相談に伺っても宜しいでしょうか」

「いや、そんな手間をかける必要はない」

「なんですって」

「おかげですべてが腑に落ちたよ。さて――そこで楓に頼みがある」

(嘘でしょ。まさか)

(もう……ここで来るの?)

本番直前のサウンド・エフェクトのように、窓際の風鈴がまたちりん、と音を立てた。

祖父は、風鈴に目をやりながら、例の台詞を口にした。


「楓。煙草を一本くれないか」


ところが直後、祖父はそうだ、と額に手をあてた。

「あいにくゴロワーズは切らしている。隣家の向こうのコンビニで頼むよ」

楓は胸の内で自分を責めた。

(どうして気付かなかったんだろ)

「おじいちゃん、本当にごめん」

「どうして謝るのだね」

「だってこんなときにゴロワーズを買いそびれちゃうなんて」

祖父は声に出して笑った。

「別にそれほどこだわっているわけじゃない。紙巻きならばなんだっていいさ」

楓は胸を撫でおろす。

「銘柄は任せてもらってもいいかな」

「もちろんだとも」

楓は、祖父が信頼を寄せてくれていることに感謝しつつ、急いで玄関のサンダルを履いた。

7

祖父は、楓から手渡された真新しい煙草の煙を風鈴の下の窓の隙間にふぅ、と吐いた。

「まずは論点をまとめておこう。ひとつめ――なぜ猫田刑事はビールジョッキを手にしていたのか？　ふたつめ――猫田刑事は〝警察内警察〟ではなかった。となると、警察関係者は、よほどの仕事上のトラブルがなかった限り、概《おおむ》ね容疑の対象から外される。では、いったい彼は、なぜ殺されなければならなかったのだろうか？　そして三つめ――これが最大の謎だが――なぜ感情の起伏を見せない猫田刑事が、泣いていたのだろうか？」

風鈴の向こうに消えていく煙を見つめながら、祖父はいった。

「絵が見えたよ」


「まずはひとつめ――ビールジョッキが示すダイイング・メッセージの意味合いから論考を始めてみることとしよう。果たして猫田刑事がビールジョッキで伝えようとした犯人像とはどのようなものだったのか。彼の身になって考えてみれば、さほど難解な謎ではない。まず、前日のことだ。ソロキャンプを趣味としていた彼は、最低限の雑貨と寝袋だけを持参して新居のアパートへとやってきた。翌朝、彼はアパートを訪ねてきた犯人に刺され、致命傷を負ってしまったわけだが……いまわの際に犯人を示す暗号を残した、というわけだね。そこで楓に訊こう。ソロキャンプに行った身になって考えてみてほしい。飲用グッズとして持っているのは保冷用のビールジョッキと保温用の水筒だ。まず――ビールを飲むときには何を使うかね」

「やだ。ビールジョッキに決まってるじゃない」

「そうだね。では、オレンジジュースを飲むときには何を使うかな」

「えっと……やっぱりビールジョッキかな」

「ご名答。じゃあ仮に、クーラーボックスの氷と一緒にアイスコーヒーを飲むとしたら？」

「それもビールジョッキかな。だって冷たいのを美味しく飲みたいもの」

そこまでいってから楓は、あっ、という言葉を手で押さえて飲み込んだ。

「分かったようだね」と祖父は微笑みながら珈琲のカップに口をつけた。

「大は小を兼ねるとはこのことだ。ステンレス製のビールジョッキは、当然ジョッキにもなり、あるときはグラスにもなり、またあるときは、カップにもなる。実に便利な代物だ。さてそこで、城之内くん。五か国語に堪能《たんのう》だという君に尋ねたい」

「えっ。僕ですか」慌てて城之内が居住まいを正した。

「ジョッキもグラスもカップも、すべて外来語だ。では、グラスとカップの違いとは何か、知っているかね」

「ええと、たしか――」城之内はどこか憎めない二重顎に手をやった。

「グラスとカップの違いは〝取っ手があるかないか〟じゃなかったですかね。たとえばワイングラスは取っ手がないので、グラスです。そこにあるようなマグカップは取っ手があるので、カップです。優勝カップも取っ手が付いていますよね。だからカップなんです」

「さすがだね。素晴らしい」

祖父は笑みをたたえたまま、また尋ねる。

「では、それらの総称はいったいなんだろう」

「あぁ、そういうことですか」

城之内は得意そうに続けた。

「もちろん〝コップ〟ですよ。日本ではオランダ語の〝ｋｏｐ〟と英語の〝ｃｕｐ〟が混在してしまったんですよね。それでこのように複雑に――」

そのとき、城之内の顔色が変わった。

「大変だ」

我妻がどうした、と城之内を見る。

「我妻さん。犯人は――cop《コップ》だ！　やはり警察官だったんですよ！」

椅子から立ち上がった城之内は、昂奮した面持ちで続けた。

「亡くなる直前の猫田さんは、できれば即座に警察官に連想が働くガラスコップを持ちたかったことでしょう。でも、あいにく手近にコップがなかった。それで仕方なく、コップとしての機能も兼ねているステンレス製のビールジョッキを手にしたんですよ。いずれ誰かがこうしてコップを思い浮かべることに賭《か》けたんです」

うーん、と我妻。

「ダイイング・メッセージとしては底が浅くないか。いっちゃなんだが危急のときに、そんな分かりにくい駄洒落を捻り出すもんかな」

城之内は、分かってないなぁ、という風に鼻を鳴らした。

「失礼ですけど、ミステリファンとは思えない物言いですね。危急のときだったからこそ、猫田さんは窮余の一策としてやむなくジョッキを手に取ったんです。ですよね、碑文谷さん」

「そのとおりだ」

顔が紅潮している城之内を見つめていた祖父は、確信に満ちた視線を我妻に移した。

「実にクレバーな相棒を持ったものだね、我妻くん」

「いや、でも」

我妻はまだ納得がいかない様子だ。

「そうなると、ふたつめの謎が解けなくなりませんか。猫田は〝警察内警察〟ではなかったのですよね。となると、警察官が彼を殺害する動機もなくなってしまう。いや、ことによるとやはり犯人は警察官であり、我々があずかり知らない別の動機が隠れていたのかもしれません。でも現時点では、これ以上真相に迫るのは難しいのではないでしょうか」

「いや、それは違う」と祖父はいった。

「すでに物語の全貌は見えている――そら」

祖父は、風鈴の周りに漂う紫煙を指さした。

「真相はそこにあるのだ」

祖父は続けた。

「次に、ふたつめの謎――〝警察内警察〟ではなかった猫田刑事が、なぜ殺されなければならなかったのか？　という点にスポットを当ててみることとしよう。我妻くんは、生前の彼に直接尋ねたのだという。『君は〝警察内警察〟なのか？』と――。すると彼は言下に『違います』と否定したという。我妻くんはそんな彼の言葉を信用した。そう――たしかに彼は我妻くんのいうとおり、嘘をついてはいなかったのだよ」

「分かりませんね」我妻は首を捻った。

「碑文谷さん、何を仰りたいのでしょうか」

「たしかに彼は〝警察内警察〟ではなかった。けして嘘はついていない」

祖父はかすかに震える人差し指を顔の前に立て、ずばりといった。

「猫田刑事の正体は、〝警察内警察内警察〟だったのだよ」

「〝警察内警察内警察〟——」

我妻は喘ぐように呟いた。

「たしかに……そんな警察官が実在するという噂を耳にしたことはあります」

「だろうね。なぜなら、警察内警察の人間が犯罪に手を染めないという保証はないからだ」

祖父は、もう冷めてしまっているであろう珈琲をひと口飲んだ。

「猫田刑事は、警察内警察として動いている〝ある人物〟の内偵調査を進めていたのだね。そしてついに不正の証拠を摑んだのだよ。だが、その報告をしようとする直前に、口封じのため殺害されたのだ」

「なんてことだ」

「最後に三つめの、最大にして最後の謎——なぜ感情の起伏を見せない猫田刑事が泣いていたのか？　という命題に話を移すこととしよう。まずは楓が紡いだ物語を思い返してみてほしい。あの物語の矛盾点も、やはり〝涙〟なのだ」

「どういうことでしょうか」

見た目にもはっきりと我妻が唾を飲み込んだのが分かった。

「いいかね。まず、アパートの隣に住む主婦が猫田刑事の悲鳴を聞き、しばらくあとにおそるおそる扉の隙間から遺体らしきものを発見、通報したのが八時三分だ。そして、連絡を受けた君と城之内くんのバディふたりと鑑識の方々がアパートの部屋の前に到着したのが、八時半ちょうどと聞いている。間違いはないね」

我妻は一瞬城之内の顔を見て頷き合ってから、そのとおりです、と答えた。

「とすると、犯行時刻はおよそ八時ちょうどあたりと考えていいだろう。だがそうなると、涙の件が理屈に合わなくなってくるのだよ」

「そうか」我妻の声が大きくなった。

「もう泣いているはずがない！」

「そうなのだ。仮にだね、彼が亡くなる直前にいくらか涙を流していたとしよう。だが、死後三十分も経ってなお涙が溢れていることなんてあるだろうか。涙の痕など、すぐに乾いてしまうのじゃないかね。かすかに涙の痕がひと筋だけ残っていたというのならまだ腑に落ちる。だが、涙は溢れ出ない。溢れ出るはずがない。なぜなら、遺体は泣かないからだ。楓の物語の矛盾はそこにあったのだよ」

　じゃあ、と我妻はかすれた声で尋ねた。

「私が見た、猫田の目の下に溢れていた〝涙〟はなんだったのでしょうか」

　祖父は、三人をゆっくりと見回した。

「事件の真相を暴く鍵は、まさにそこにある。猫田刑事はだね――念には念を入れて、二重のダイイング・メッセージを残していたのだよ。ひとつめは、警察官を意味するｃｏｐ《コップ》だね。そしてもうひとつが〝涙〟だったのだ。いいかね、彼は背中を刺されたのだよ。だとしたら、俯せの状態で息を引き取るのが自然ではないだろうか」

「――たしかにそうだわ」

「ではなぜ彼は、仰向けになってから死んだのだろうか。そこには明確な理由があったのだ」

　祖父はいったん煙草を灰皿に置いた。

「彼は自分の〝涙〟を見せるため、わざわざ仰向けになって死んでいったのだよ」

「涙――でも――」

我妻が異を唱えようとするが、祖父はやんわりと片手を上げて制した。

「もちろん正確には〝涙〟ではない。ぼくには彼の最期の模様が見えている」

祖父はまた、風鈴のあたりに漂う紫煙をぐっ、ぐっ、と凝視した。

「虫の息の猫田刑事は――まず傍らに転がるビールジョッキを拾って体の脇に置いている」

祖父の目がさらに細くなった。

「そして今、両目に装着しているコンタクトレンズを外し、目のすぐ下に貼り付けている。そのあと最後の力を振り絞り、改めてビールジョッキを手にしようとしている――」

「なるほど」

我妻の声のトーンが上がった。

「私は、目の下に光る透明なレンズを涙と勘違いしてしまったというわけですね」

「そうだ。遺留品の中に眼鏡ケースがあったのを忘れてはいけない。彼は普段使っているコンタクトレンズをダイイング・メッセージに使おうとしたのだ。だが、脆弱な作りの使い捨てのレンズは程なく乾き切り、床へと落ちてしまったのだよ」

「そういうことだったのですね」

楓も即座に腑に落ちた。美咲のコンタクトが外れて頬の上にくっついたとき、泣いているのかと思ったことがあったからだ。指摘すると美咲は、この私が人前で泣くわけないでしょ、これってコンタクトあるあるなんだよね、ところころ笑っていたものだ。

しばし黙考していた我妻が口を開いた。

「――でも、猫田はコンタクトレンズでいったい何を伝えようとしたのでしょうか。いや、それよりも何よりも」

我妻は疑問を重ねた。

「なぜ鑑識の連中は、仏さんの周りにあったレンズを見落としてしまったのでしょうか」

「つまりはこういうことだ」

祖父は、また三人の顔を見回した。

「真犯人は〝警察内警察〟として警察庁の密命を帯びてK県警に送り込まれてきた人物だ。コンタクトという言葉から容易に連想される人物――たとえば外国語に堪能で、外国人の情報屋や反社会的組織と接触《コンタクト》をとるのを得意としている人物だ。彼は、自身の立場を上手に使い分けて私腹を肥やしていたのだが、その事実を猫田刑事に摑まれてしまったのだね。そこで、猫田刑事のアパートの部屋を訪れ、賄賂を与えて懐柔しようとしたものの首尾よくいかず、揉めたあげくにキャンプナイフで彼を殺害してしまったのだ」

さらにいうと、と祖父は続けた。

「彼は、逃走の際、凶器やスマートフォンを素早く隠せる入れ物――たとえば手軽なリュックサックを愛用している人物だ。血糊《ちのり》で汚れてしまったリュックサックの代わりに、今は別のリュックを使っている人物だ」

楓はあぁ、と口を押さえた。

視界の隅に、以前とは違うキャメル地のリュックサックがあった。

「そして何より——鑑識が気付く直前にコンタクトの残骸をピックアップすることができた唯一の人物なのだよ」

「まさか——」

我妻は、ゆっくりと、真横に座っている相棒《バディ》のほうに顔を向けた。

祖父はいった。

「残念だ。非常に残念だよ。犯人は城之内くん——〝警察内警察〟だった君だ」

城之内は無表情のまま、何もいわずに座っている。

「ぼくがあえてコップについて尋ねたとき、君は『犯人は警察官《コップ》だ！』と叫んだが——さすがにそこに気付かないのは不自然と踏んだのだろうね。でも、ぼくはあのとき、君の様子をしっかりと確認していたのだ。君の指はぶるぶると震えていたよ。まるでぼくのようにね」

城之内は祖父から目を逸らさず、ふん、と鼻で笑った。

「あなたと一緒にされちゃかなわないな」

だが祖父は、減らず口を無視したまま——

「そうそう、ひとつ付け加えておくことがあるのを忘れていたよ」といった。

「事件のあと、我妻くんよりも早く現場に到着していたのも道理だ。君は犯行直後に現場へ直行せよとの連絡を受け、とって返したに過ぎないのだからね」

不思議とまだ城之内は祖父から目を逸らさなかった。そして片方の口角を上げた。

「碑文谷さん。あなたの仰る物語とやらには大きな穴がありますよ」

「ほう、何かね。ぜひ伺いたいものだ」

「猫田さんは英語で警察官を意味する〝cop《コップ》〟を連想させるジョッキと、さらには接触を想起させるコンタクトレンズという、二重底のダイイング・メッセージを用意していた――。ここまではまったく異存がありません。でも、それで僕を犯人と断定するのは無理筋です」

「どうしてかね。論拠は先ほど示したはずだよ」

「コンタクトレンズの残骸をピックアップできた唯一の人物は僕だ、というのがあなたのいうところの論拠ですよね。でもそれは違います。なぜなら、僕の他にもコンタクトを始末できた人物が――しかも複数の人物が存在したからです」

「いいね。続けなさい」

「どの立ち位置からの命令口調ですか。まぁいいや、大目に見ましょう」

城之内は不敵な笑みをたたえたまま、眼鏡の真ん中を太い中指で上げた。

おそらく人生で負けたことが今まで一度もないのだろう。

「いいですか。僕以外にも、現場には複数の警察官がいました。お分かりでしょうかね。盲点となりがちですが、鑑識の連中も紛れもなく警察官《コップ》の一員なんです。そして彼らは、おおっぴらに遺体に接触《コンタクト》できる存在でもある。つまり――僕が気付く前に鑑識のひとりがコンタクトレンズをピックアップしたという可能性だって誰にも否定できないわけですよ」

「うむ」

「うむ、じゃないですよ。まぁ僕に一定の嫌疑が向けられるのはやむなしとしましょう。でも、ならば同じ目を鑑識にも向けるべきです。たしか彼らは全部で四人いたはずです。つまりは彼ら全員が〝警察内警察〟だった可能性があり、かつ真犯人の可能性があるということになる――。

警察内部の話だけに捜査は混迷を深めることでしょう。少なくともすぐに犯人を特定できる事案じゃない。失礼ながら耄碌《もうろく》してるんじゃないかな、碑文谷さん。勘違いなさってはいけませんよ。論拠を伴った物語とは、こういうものなんです」

城之内はじっと祖父を見たままだった。そして、これで話は終わりだというように、流暢《りゅうちょう》な英語で「Any questions？（何か質問はありますか）」――といった。

祖父も城之内から視線を外さないまま、嬉しそうに頬杖を突いた。

楓の目には、祖父がこの視殺戦を愉しんでいるように見えた。

「ぼくはね……日曜版のクロスワード・パズルが大好きなんだ。ただ、昔に比べると随分と簡単になってしまって面白さは半減したがね。仕方のないことだが万人受けを狙うとなんでもつまらなくなるものさ」

祖父は城之内に合わせてのことか、あからさまに肩をすくめてみせた。

「そうだな――語学に長《た》けていて語彙《ごい》が多い城之内くんが問題を作ってくれたなら、作者の君と読者のぼくとの、すこぶる楽しい〝対決〟が行えたと思うのだがね」

城之内の笑みが消えた。

「いったいなんの話ですか」

「新聞の話だよ。体調がいいときのぼくは、新聞を隅から隅まで読むのを習慣にしていてね。一方で体調がすぐれないと、うっかり当日の新聞を屑籠に捨ててしまうこともあるんだ。実に情けないよ」

祖父はまた大袈裟《おおげさ》に肩をすくめてから、テーブルの真ん中のお菓子箱に手を伸ばした。

「おや、君が全部食べてしまったと思っていたら、まだひと粒残っていたね。余り物には福があるという。悪いがぼくが頂戴するとしよう」

楓たちが言葉を失っている中、祖父はゆっくりと――ぽりぽりと音を立てて、ピーナッツを食べた。だが視線は、城之内の目をしっかりと捉えたままだ。

さて、と祖父は少し震える両手をはたいてピーナッツの粉をはらった。

「これでお菓子箱は用済みだ。悪いが我妻くん。お菓子箱をゆっくりと分解してくれるかね」

我妻はいわれるがまま、憑かれたように、古新聞でできたお菓子箱を分解していった。

すると――

新聞紙の箱の折り込まれた部分から、社会面下部のベタ記事の見出しが現れた。

「我妻くん。その記事の見出しを声に出して読んでくれないか」

余りのショックからか呆然《ぼうぜん》とした面持ちで黙していた我妻は、はい、と声を絞り出す。

そして新聞紙を持って立ち上がり、低い声で記事の見出しを読み上げた。

「『K県警　秘密裏に〝警察内警察内警察〟部門を設置か』『「内紛の原因になる」本部長、公式には存在を否定』――」

我妻は眉根を寄せて城之内を見下ろした。

「これはいったい、どういうことだ」

答えようとしない無表情のままの城之内をよそに、祖父が口を開いた。

「以前、初めて城之内くんが拙宅に来てくれたときのことだ。その日は体調が悪くて、またうっかり、その日の朝刊を丸めて書斎の屑籠に捨ててしまったのだよ。幸い新聞を見つけた楓がアイロンまでかけてくれて、そっと机の上に置いてくれたのだが――あとで奇妙なことに気付いてね。なぜか社会面と政治面が繋がった一枚だけがなくなっていたのだ」

楓にも祖父の話の意味が見えつつあった。

「とすると、誰かがなんらかの理由から盗んだということになる。ぼくじゃなくとも、どんな記事が載っていたのか気になることだろう。そこでデイサービスに行ったとき、頼みに頼み込んで、その日の古新聞を貰ってきたのだ。政治面には目立った記事はなかった。ところが――社会面を見ると、我妻くんや城之内くんが勤めているK県警にまつわる記事が載っているじゃないか。じゃあ、誰がいつ、その一枚を抜き取っていったのだろう。答えは火を見るより明らかだ」

祖父の顔から笑みが消えた。そしてまた長い人差し指をぴっ、と城之内に向かって立てた。

「だからぼくはその記事でお菓子用の箱を作った上で、再び君が姿を現すのを首を長くして待っていたのだよ。たった一枚の新聞紙を盗んだ理由を尋ねるためにね」

その手は微塵《みじん》たりとも震えていない。

「あんた、いったいなんなんだ」逆に城之内の声が震える。

祖父は視線を外さないまま、こともなげに答えた。

「ただの認知症の老人だよ」

その声が次第に力を帯びていく。

「思い出してほしい。初めてこの家に来たあの日、君はこういったね。『機材を広げたいんで書斎をお借りしてもいいですか』とね――。君は書斎に入ったとき、たまたま、屑籠から顔を覗かせている〝警察内警察内警察〟に関する記事を目にしたのだ。そこで考えた。自分の素性が知られる恐れのある記事は始末しておきたい、と。万が一にもリアルタイムで揉めている猫田刑事との関係性を気取られたくはない、と——。そこでその一枚だけを抜き取り丸めてポケットに入れ、素知らぬ顔で居間に戻ってきたのだよ。まさに、ヒッチコックの『疑惑の影』の連続殺人犯《シリアル・キラー》が、自身の事件を報じた新聞記事で〝紙のおうち〟を作って家人の目に触れぬよう画策したようにね。だがまさか屑籠のしわくちゃの新聞をまたぼくが読もうとは夢にも思わなかったことだろう。いつも新聞にアイロンをかけてくれる楓のおかげだよ」

垂れた前髪の奥の目が光る。

「あとはもう自明の理だね。鑑識の人たちには、新聞を盗んでいく機会がない。我妻くんには盗む動機がない。盗む機会と動機が共にあったのは——城之内くん、君だけだ」

祖父は一転して静かな笑みをたたえた。

「若さを絶対正義と信じ込み、頭脳では誰にも負けないと勘違いしている君に、ひとつだけ教えてあげることとしよう。これが論拠を伴った推論——いや、真実というものなのだよ」

次の刹那——

城之内は椅子を蹴り倒し、脱兎《だっと》の如く居間を飛び出した。

「待て、ジョー！」

その背中を我妻が追う。

すると廊下の先から、城之内の人が変わったような低い声が聞こえてきた。

「やんのか、おい」

立ち止まって振り返ったようだ。

「ジョー」

「ジョーじゃねぇよ、馬鹿のくせに気安く呼ぶな。前からムカついてたんだ、おっさん」

「城之内。おまえを逮捕する」

「笑わせんじゃねぇよ。あんた、今日はこれを持ってねぇだろ」

かちり、とかすかな金属音がした。

撃鉄を起こす音だ。

「ミステリによく出てくる犯人のテンプレートなセリフがあんだろ。『ひとり殺してもふたり殺しても一緒だ』っていうさ」

「落ち着くんだ、城之内」

「あれさ……わりと的を射た言葉だと思うんだよ。三人めからは駄目だ、死刑になるからな。でもさ、ひとり殺してもふたり殺しても――」

楓は胸中で叫ぶ。

(嘘でしょ！)

(はやく！)

そのとき、廊下で格闘が始まった激しい音が響いてきた。

一対一ではない。

やがて、「確保しました」という複数の男性たちの声がした。

彼らは、煙草の買い出しを名目に中座したとき楓が呼んだ、制服警官たちだった。

8

城之内への取り調べは我妻を交えた上で明朝から行われることになった。

意気消沈とはこのことだろう。

黙り込んだまま座っている我妻に、祖父が優しく声を掛ける。

「君に相棒《バディ》を逮捕させるのはさすがに酷だと思ってね。楓に通報してもらったのだよ」

「でも――」我妻が楓のほうを見る。

「なぜ、通報してくれっていう碑文谷さんの意図が伝わったんですか」

「祖父は、私に煙草を所望したとき、こういったんです――『あいにくゴロワーズは切らしている。隣家の向こうのコンビニで頼むよ』と。でも、わたしは買い出しをしてからここに来たし、我妻さんたちが相談にいらっしゃるというのにゴロワーズを買い忘れるわけがありません。それに――隣家の向こうにはコンビニなんてないんです。あそこは交番なんです」

「えっ」

「それこそ以心伝心《アイ・コンタクト》っていうのかな。警察を呼んでくれっていう意図はすぐ伝わりました。それで外に出てすぐ、交番に直行したんです。なんとなくですけど、祖父が城之内さんの関与を疑っているかもって空気も伝わっていました。昨日、四季くんのお芝居を見たおかげだと思います。捜査側の人物が真犯人っていう趣向だったから」

「なるほど――」

「まだあります。いつもの祖父だとあの台詞のときはわたしの目をじっと見てくるんです。でも、今日は見る方向がまるで違ってた――祖父は、そこの窓を見ていたんです」

「どういうことでしょう」

「私と祖父は〝北の窓〟って呼んでますけど、そこの窓は真北じゃないんです。正確な方角は少しだけ違うんです。だから祖父の視線を見て、とにもかくにも交番がある方向――〝あの方角へ向かってくれ〟というメッセージだと確信できたんです。つまり――」

楓と一緒に祖父も、ヒッチコック映画の同じタイトルを口にした。

「『北北西に進路を取れ』」

肩を落としていた我妻の頬が、ほんの少しだけ緩んだ。

9

碑文谷の住宅街に、西陽が差しつつあった。

書斎のリクライニング・チェアーに移った恩師は、優しい笑みをたたえたまま相槌を打ってくれていた。

「なんだか私ばかりが話してすいません」と我妻は頭を下げた。

「眠たくなったらいつでも仰ってくださいね、碑文谷さん」

「大丈夫だよ」

(――ありがとう、楓さん)

我妻は、胸の内で手を合わせた。

彼女は、あぁまだ買う物があったな、我妻さんごめんなさい、祖父の様子を見ててくださいますか、などといって出ていったのだった。

きっと――ふたりきりにしてくれたのだ。

自分が、恩師と話したがっていることに気付いていたのだろう。


（前を向け。蹴り上げ、引き寄せ、振り上げろ）

夏休み――運動場の鉄棒で、逆上がりの練習に毎日付き合ってくれたこと。

（五年生だよな、我妻くん。君ならもう読めるよ）

『夏への扉』を、プレゼントしてくれたこと。


小学生時代の思い出話は、尽きることがなかった。

ふと鏡台に目をやると、複雑な花模様に彩られたレース生地のカバーが目に入った。

「素敵なカバーですね」

「ありがとう」恩師は嬉しそうに微笑んだ。

「亡くなった妻の手縫いでね。もう二十年以上は使っているかな」

「そうなんですか」

そのとき――

恩師は意を決したような眼差しで、我妻の目をまっすぐに見た。

そして——もしも間違えていたら心から謝るけれど、といった。

「我妻くん。ぼくと同じじゃないのかね」

「えっ」

「君も、最愛の奥様を亡くされているんじゃないのかね」

我妻は虚を突かれて黙り込んだ。

まさに今、その話をしようとしていたところだったからだ。

機先を制されたせいか言葉が出ない。

代わりに恩師が、ではぼくのことから話そうか、といった。

「妻は小柄な女性でね。ぼくと向かい合わせに座って本を読むのが好きだった。わけを尋ねたら、照れながらも教えてくれたよ。『だって目線の高さが同じくらいになるし、いつでも顔が見られるもの』と。ぼくは笑って聞き流していたんだけれど、胸の内では困惑していた。まったく同じ気持ちだったことに気付いたからだ。それでもちろん、すぐにプロポーズしたよ。場所は大学の図書館だった」

「えっ。すると、学生結婚だったのですか」

「若さの勢いとは恐ろしいものだね」恩師は遠い目になって苦い笑みを見せた。

「でもそのぶんいくらかは長い間、一緒にいることができたといえるかもしれない」

恩師は鏡台の隣の小さな仏壇に目をやった。

「あの日——楓が十歳のとき——我々夫婦は、まだ若かった。まだまだ働き盛りだった。生まれてすぐに母親を亡くしたあの子の親代わりを果たせるはずだ――そう思い込んでいた」

恩師の顔に色がなくなった。

モノクロームの顔。あえて感情を消している。

「大きな間違いだった。人生はいつもままならない。妻がひとりで運転していた車が、電柱に激突した。楓ほどの年頃の女の子が飛び出してきたのを避けようとしたのが原因だった」

恩師は表情を消したまま、ぽつり、ぽつりと続けた。

「幸い女の子のほうは無事だったのだが、妻は亡くなったよ」

我慢できなくなったのか、その顔が歪んだ。

「今でも信じられない。亡くなったんだ。ぼくの妻が」

痛々しくてとても顔を見ていられず、我妻は仏壇に目を逸らした。遺影がないのは、幻視に配慮してのことだろう。だが仏壇前に開かれた過去帳に「夏米」という俗名が見えた。

〝なつめ〟と読むのだろうか。

(「享年 五十四」――たしかに)

(たしかに、亡くなるには若すぎる)

そして、その隣には「香苗《かなえ》」という二文字が書かれていた。

(楓さんのお母さんだ――「享年 二十一」)

(――待て。「二十一」だと)

結婚式の当日に暴漢に刺された、という話は知っていた。

だが、こんなにも若かったとは思わなかった。

（俺の半分の歳じゃないか）

視線に気が付いたのだろう。恩師がまた表情をモノクロームに戻して口を開いた。

「つい長くなって申し訳なかったね、我妻くん。ぼくのことはいい。肝心なのは君のことだ」

だが我妻は、まだ仏壇から目を離せない。

蠟燭《ろうそく》を模したランプの横に、くしゃくしゃに丸まったハンカチーフがあった。

おそらく恩師は、ついさっき、仏壇に手を合わせたばかりだったのだろう。

（そして、おそらくは）

ハンカチーフで熱いものを拭い、それをくちゃくちゃに丸め込んだのだ。

哀しみを、丸め込んだのだ。

（人生はいつもままならない。それでも前を向き、ハッピーエンドを目指すべきだ。いや、目指さなければならないんだ）

それが恩師の口癖だった。

「碑文谷さんの仰るとおりです。妻は亡くなりました」

少し、間を空けてから訊いた。

「でも、どうして分かったのですか」

「初めて楓たちと『はる乃』で会ったときのことを覚えているかい。名前を尋ねられた際、君はわざわざペンを出して〝我妻〟と書き付けた。普通ならば、『我《われ》の妻《つま》と書いて我妻《あがつま》です』と自己紹介すればいい話じゃないか。実際、今日、猫田刑事の苗字を説明するときには、『猫に田んぼの田で猫田です』といっている。つまり君は——〝我の妻〟という言葉を口にしたくなかったのだね。声に出すと辛くなる。みんな、そういうことはある。でもね、我妻くん。水くさいじゃないか。ぼくには話してくれてもいいじゃないか」

我妻は黙ったまま俯いた。

「――さらに、だ。薬指の結婚指輪は指に食い込んでいて、外された様子はまるでない。その一方で、先日も今日も、そして以前楓に見せてもらった写真でも、君は実に仕立ての良いスーツに身を包んでいる。グレー、ダークブラウン、そしてまたグレー。ところが……こういっちゃなんだが、型は相当に古い。明らかに十年以上前の代物だ。君はたった二着のスーツを大切に仕立て直しながら、ずっと着続けているのだ。ハンガーに掛かったままのスーツが目に入ってしまったのだが、タグが付いていなかった。してみると、ノーブランドだけれどもオーダーメイドで仕立てた上級品ということだ。どうだね。違うかね」

「いえ」

鼻の奥がつん、とした。

「いえ――すべて当たっています」

「ことによると君の奥様は、テーラーだったのではないのかね」

「はい」

小学生のときに聞いたあの声が脳裏をよぎった。

（前を向け。蹴り上げ、引き寄せ、振り上げろ）

我妻は亡くなった妻のこと――

なぜ亡くなったのか、というところだけは伏せて――すべてを恩師に話した。

「あなたの好きなところがみっつあるんだ」といわれた話を。

いまだにみっつめが分からない、という話を。

するとややあって――恩師が、部屋の一隅を見つめながらいった。

「あぁ。そこに、若い女性がいるよ。君の奥様だ」

「えっ」

「ぼくには読唇術の心得があってね。彼女が話そうとしていることが分かるんだ」

「なんですって」


我妻の脳裏に忘れようにも忘れられない彼女の言葉が浮かんだ。

(ひとつめはね……おでこ)

(ふたつめはね……正義の味方ってとこ)


「先生」

しわがれるような声になった。

「今の妻は……みっつめを私に教えてくれるでしょうか」

「みっつめは、だね」

「はい」

「みっつめはこうだ」

「はい」

「〝あなたがわたしのことを大好きでいてくれるところ〟」

あぁ。

やめてください。

泣かせないでください。


「でも……彼女はこうもいっている」

「――はい」

「〝あなたはまだ若いし今でも素敵。ぜんぜん変わらない。わたしと初めて逢《あ》った頃と〟」


先生。

やめてください。

俺はもうあの頃と違うんです。とっくに四十を越えているんです。

「あぁ、こうもいっているよ。〝スーツを大切にしてくれて、本当にありがとう。でもね。そろそろ、新しいスーツを仕立ててもいいかも〟」

（前を向け。蹴り上げ、引き寄せ、振り上げろ）

「まどふき先生」

我知らず、数十年ぶりにあの呼び方が口をついて出た。

恩師の目を、じっと見つめる。

そして――

「先生は嘘をついていますね」と――いおうと、した。

だが、言葉が詰まって出てこなかった。

男は泣いていた。

我妻が人前で涙を見せたのは、妻の通夜の席以来のことだった。

第四章

消えた男、現れた男

1

祖父が煙草を吸えなくなった。

風邪をひいたのだ。

冷え込む秋口の夜に食べる煮込みが最高なんだよ、とせがまれて体調が良い日に居酒屋『はる乃』に連れていったのだが——それが失敗だった。

数年ぶりに馴染みの店へと向かうタクシーの中で、祖父は日本酒に対するこだわりを饒舌に語り続けていた。

「居酒屋というからにはやはり酒が旨くなくてはね」——とか。

「いい酒ならば燗をつけなくとも常温で充分温まることができるんだ」——とか。

だから楓としては、ほんの少しの日本酒と煮込みで満足するだろうと踏んでいたのだが、そうはいかなかった。久しぶりの『はる乃』にテンションが上がったのか、それとも暖簾をくぐると同時にうわぁ碑文谷さぁん、と慌ててエプロンで泣き笑いの顔を覆い隠した女将の優しさにほだされたのか。

(いや——)

そうだ。

祖父は単純に、恰好を付けたかったのだ。

いきなり祖父は大ジョッキの生ビールを頼み、震える両手でジョッキをようやく持ち上げつつ、

「やっぱり煮込みはビールに限るね」と威勢のいい声でうそぶいた。さらには、楓と同じやつを頼むよ、などとキンキンに冷えた白ワインなどをオーダーし始めたのだった。

ビールをぐいと呑み干し、孫娘と同じ冷たい飲み物を頼む――

そういう〝恰好いい〟ことをしたかったのだろう。

（そりゃ、風邪もひくはずよね）

楓は後悔していた。DLBの患者にとって、風邪はけして油断のならない病気だからだ。下手にこじらせると嚥下《えんげ》能力が低下し、誤嚥性肺炎に直結する。

もちろん、煙草などもってのほかだ。

幸い少しずつではあるが、咳は治まってきているようだ。

楓は、明らかにしょげかえっている祖父と共に、全幅の信頼を置いているかかりつけ医の元へ足を運んだ。

清潔な控室の小さな本棚には、DLB関連の書籍の他に、医療をテーマとした小説がぎっちりと並んでいる。医学サスペンスという新分野を切り拓《ひら》いたロビン・クックの『コーマ　昏睡』。『ジュラシック・パーク』で大ブレイクを果たすはるか前のマイケル・クライトンが学費を稼ぐために書いたという『緊急の場合は』もある。その隣、やはりクライトン作の『アンドロメダ病原体』は、世界を震撼させるパンデミックを予見した戦慄のSFミステリだ。

本棚を見ると人が分かる、という祖父の口癖が好感を伴って思い出された。

小説――しかもミステリやSFを堂々と仕事場に置く人は素敵だな、と思う。

名前を呼ばれたときには、祖父は車椅子の中で昏々と眠っていた。

そっと車椅子を押して診察室に入る。

「あら、気持ちよさそうに眠ってらっしゃって」

記憶の中の祖母にどこか似ている五十過ぎとおぼしき女性医師は、柔らかい笑みを浮かべた。そして祖父を無理に起こそうとせず、宜しいですか、と開襟シャツのボタンを優しく外してから聴診器を当てる。その軽やかな所作に経験値の高さが窺えた。今の祖父は立位保持が困難だが、車椅子対応のデジタルX線装置が備えられているのが心の底からありがたい。

祖父は時折目を覚ますたびに「やぁ楓、来てくれたのかい」と呟いていたが、再び診察室に呼ばれたときには、また完全に眠ってしまっていた。

起こさないようにとの配慮からか、医師の声はいくぶん静かでまろやかだ。

「肺はお綺麗ね。ただし念のためお煙草のほうはしばらくお控えください。過敏性に配慮してご負担の少ない漢方の風邪薬を出しておきましょう」

楓は胸を撫でおろした。

DLBには薬剤過敏性という特徴があり、ごくわずかな量の薬に過敏に反応してしまい、思わぬ副作用が出ることがある。DLBに詳しい医師をかかりつけにしておくと、こうした場合の気配りが違う。

「ところで楓さん。最近、DLBのほうのお加減はいかがですか」

「それなんです」

自然と話題は幻視に及んだ。

「最近また、幻視がひどく増えてきたんです。それも、幼い頃の私や母の幻視が」

「そうですか」

医師は、雑然とした机の上の写真立てにちらりと目をやった。

ナイアガラの滝をバックにした若い女性のワンショットだ。

丸い顔が似ている——娘さんだろうか。

「でもね、楓さん。それはある意味でいいことじゃありませんか」

「えっ」

「患者さんにとって苦しい幻視、怖い幻視ならば、もちろん対策が必要です。一度減薬して処方を再考するのもひとつの手でしょう。でもおじいさまの場合、お体の動きはさほど悪くないと伺いました。そして幻視は、お母さまや楓さんというケースが多いのですよね」

「はい」

「ではやはり、無理に幻視を消そうとしなくてもいいんじゃないかな。どうですか。おふたりの幻視をご覧になっているときのおじいさまは、微笑んでおられるのではないですか」

「——はい」

たしかにそうだ。

『あのね、サンタの国ではね…』を読み聞かせしているときの嬉しそうな顔。

『こいのぼり』を連弾しているときの、カーブを描いた幾重もの笑い皺。

(でも)

(でも、幻視が〝いいこと〟だなんて)

たしかに祖父の場合、事件《ミステリ》の話となるととたんにいきいきと知性を取り戻し、紫煙の向こうに真相を幻視する。しかもそれは半ば自覚的な行為であり、幻視がＤＬＢの進行を遅らせているといえなくもない。

それでも〝いいこと〟と捉えるのには少し抵抗感がある。

まだ戸惑っている楓の顔を、女性医師はいたずらっぽい目で覗き込んだ。

「ものは考えようですよ。ＤＬＢはね……あらゆる病気の中で、唯一、時間旅行《タイムトラベル》が可能な病気なんです」

「タイムトラベル――」

「はい。近頃はタイムリープという言い回しが流行《はや》っているようですけどね。私は昔ながらの時間旅行《タイムトラベル》という表現のほうが夢があって好きなんですよ」

医師は照れたように、耳たぶの仔猫《こねこ》のイヤリングに手をやった。

故意か、偶然か。

いや――確実に『夏への扉』の猫、ピートを思い浮かべているのだろう。

やはりこの人も同好の士なのだ。

ＳＦ界の巨匠、ハインラインは『夏への扉』を始め、『輪廻《りんね》の蛇』や『時の門』といった時間旅行《タイムトラベル》ものの名手としても知られている。映画の『バック・トゥ・ザ・フューチャー』もそうだが、このジャンルは本格ミステリと限りなく似ていると思う――ラストですべての辻褄《つじつま》が合う快感をもたらしてくれる、という意味において。

「たとえば、ある男性患者さんの例ですけどね」

医師は綺麗な両手の指を組み合わせた。

「その方は、傾眠中に七十年ほども昔の小学生時代の親友と、キャッチボールをしている夢を見ていました。やがて目が覚める――すると目の前に、グローブを持った親友が、半ズボン姿で立っているわけです」

「そんな幻視もあるんですね」

「でも患者さんは親友が幻だとは気付かない。ご自身もすっかりあの日の野球少年に戻っている。『いいタマ投げるじゃねぇかよ』と子供のような笑みを浮かべるんです。実際には、親友はとうの昔に亡くなっているんです。患者さんは親友のご葬儀で棺《ひつぎ》に手を掛け、涙しているんです。でも彼は束の間、そうした辛い事実を忘れることができている。実に嬉しそうに、『どっちがプロになれるか競争だな』と呟くんです。そして笑みをたたえたまま、また傾眠に入るのです」

「なるほど。そうなると本当に――」

「はい。彼は事実上、過去へのタイムトラベルを果たしていらっしゃったんです。実際には野球選手にはなれませんでした。それでも立派なサラリーマンとなり、家族のために身を粉にして働き続け、黄昏《たそがれ》のときを迎えた――なのに彼は我知らずのうちに、夢一杯だった小学生の頃に戻ることができたんです。どうですか。こんなにいいことはないじゃないですか」

「たしかにそうですね」

「さすがに未来への旅行は無理ですが、ときに美しい過去へと旅行できる唯一の手段――それがDLBなんです。まぁもちろん、現実的にはいいことばかりではありません。でもね」

　医師はまた微笑んだ。

「少なくとも、そう悪くしたものじゃありませんよ。DLBはね」

2

美咲先生って悩みがないでしょ、といわれるのが美咲の悩みの種だった。

秋口の朝は、寒さと寂しさと悩みを運んでくる。

家の前の狭い路地にふたりで立っていると、無粋な車にクラクションを鳴らされた。

「先生。やっぱり学校に行かなきゃ駄目かな」

美咲の隣で、右と左で毛量が極端に違うおさげの髪が悲しげに揺れた。

「すずちゃん、無理はしないでいいんだよ。でもね」

言葉を慎重に選ぶ。

「友だちがみんなすずちゃんのことを待ってるよ。もうすぐ迎えが来るからね」

「ほんとにみんなかな。男子は嫌がるんじゃないのかな」

「そんなこと——」

言葉に詰まったところへ、ランドセルを背負ったふたり組が通りかかった。

かつて横浜の海に身を投げようとした、あのふたりだ。

「あ、美咲先生」

「おはようございまーす」

ふたりはほぼ同時に声を投げ掛けてきた。すこぶる明るい様子だ。

「おはよう。車に気を付けてね」

あの騒ぎのあと周囲の児童に騒がれたせいか、一時はふたりとも不登校を続けていたのだが、担任の先生や保健の先生の尽力で、また通えるようになったのだそうだ。

ふたりは美咲の隣のすずにも丁寧におはようございます、と声を掛けたが、すずは怯えたように無言で立ちすくんだままだ。ふたりは戸惑った様子で顔を見合わせたあと、ぺこりと頭を下げて去っていく。

「あのふたりもしばらく学校に行けなかったんだよ。すずちゃんも見習わなきゃね」

優しくいったつもりだったが、すずは小さくかぶりを振った。

左右のバランスが取れていないおさげが揺れる。

「先生、私ね。怖いんだよ……学校が怖いの」

そこへバンがやってきて美咲たちの前で停まり、スライド式のドアが開いた。

運転席から、これまた優しい声が響く。

「おはよう、すずちゃん。友だちが待ってるよ」

また、すずのおさげの髪が揺れた——が、今度は意識的にかぶりを振ったせいだ。

「先生たち、いうことが一緒！　そういう問題じゃないの……私、学校が怖いんだよ！」

すずは体を震わせ泣き始めた。

美咲は言葉を失い、路地に立ち尽くすばかりだった。

3

祖父を碑文谷の自宅に送り届けてからの帰路——学芸大学駅《がくげいだいがく》への道すがら、トレンチコートのポケットのスマートフォンが震えた。

画面を確認する。岩田だ。

「もしもし」

〈あ、楓先生。ごめんなさい、何度も不可侵条約を破っちゃって〉

「いいよ、そんなこと。それより、何かあったんですか」

〈実は、四季のことなんですよ。だから条約破りには当たらないかと〉

「ですからそこ気にしないでいいですって」

〈今、少しだけ大丈夫ですか〉

声を潜める感じがあった。

「大丈夫ですよ」

ビルとビルの間に入る。

〈あいつ最近、ぜんぜん連絡がつかないんですよ。LINE入れても既読スルーだし、留守電入れても返ってこないし〉

「そうなんですか」

〈ほら、僕って基本、返しがなくてもイライラしない人じゃないですか〉

「初耳ですけど」

〈でしたっけ。でもこれだけガン無視されると、さすがにちょっとイラつくというか〉

無視って。

なんだか意外。

「――分かります」

〈一度アパートにも行ってみたんですよ。そしたら……いや、これはいいか〉

岩田はなぜか先をいい淀《よど》んだ。

「何があったんですか」

〈そしたらですね。あいつの部屋からめちゃくちゃ綺麗な女性が出てくるのが見えたんです。で、僕のほうはなんだかバツが悪くなって引き返しちゃったんですけどね〉

（綺麗な女性――）

へぇ、と無関心を装う。

「彼女さんなんじゃないですか」

〈いやいや楓先生。そういうんじゃないと思います〉

余計なことを喋ったと後悔しているのか、明らかに慌てた様子だ。

〈たぶんあれですよ。劇団関係の知り合い関係じゃないかと〉

「劇団関係の知り合い関係ってなんですか」

〈なんですかね〉

「わたしに訊かないでくださいよ」

男性の親友同士というのは妙なところで結託したりする、と美咲に聞いたことがある。

〈何しろあいつ、変なんですって〉

男性は気まずくなると大声を出して話をリセットすることがある。これも美咲情報だ。

〈劇団が大きくなって、忙しくなったのはいいんですよ。でも小型の中古とはいえ外車も買って、東北沢《ひがしきたざわ》に稽古場まで借りて、それでいて一切連絡も寄越さないのってなんだろうなぁって。ちょっとあいつ、調子に乗ってるんじゃないのかなって〉

「へぇ……稽古場まで借りてるんですか」

それこそ初耳だ。

〈いや、調子に乗ってるってのは冗談ですけどね。正直、今はイライラを通り越して、ちょっと心配なんですよ〉

「――そうですね」

〈でね。楓先生にお願いがあるんですけど〉

「はい」

〈あいつ、土曜日の夕方って稽古場で練習しているはずなんですよ。なんで、もし時間があれば、ちょっとだけ様子を見に行ってくれませんか〉

電話の向こうで、ガンちゃんお兄ちゃーん、サイコロ振ってー、という複数の可愛い声がした。沢山の〝おとうと〟や〝いもうと〟たちに囲まれているのだろう。

「――分かりました、寄ってみますね。稽古場の住所を送ってください」

〈了解です。ついでにアパートの住所も送っておきますね、同じ東北沢なんで〉

電話を切ったあとも、すぐにはビルの隙間から動けなかった。

四季はたしかに変人だ。だが、岩田先生のことは誰よりも大切にしているはずだ。

何があったのだろうか。

あたりが急に暗くなったような気がした。

見上げると、さっきまで晴れ渡っていた十月初旬の空が、にわかに曇り始めた。

4

地図アプリを頼りに東北沢の目的地あたりに着いた頃、ぽつりと雨粒が落ち始めた。

薄手のトレンチコートの襟を合わせてもう一度スマートフォンの画面を確認する。

(間違いない。あそこだわ)

雑居ビルが乱立する一方通行の狭い道。

その向こう側の建物の一階に——緑のパーカーを羽織った四季の姿があった。

稽古が終わったらしく、ひとりでシャッターを閉めようとしている。

何はともあれ、元気そうだ。

ほっとしつつ、道を横切ろうとしたとき——

ちらりとこちらを見た四季と、視線が一瞬絡み合ったような気がした。

が、四季はすぐに目を逸らしてまたシャッターに手を掛けた。気付いていないのだろう。

それとも、まさか。

（無視――）

ふたり組の若い女性たちが、四季くん、お疲れ様でぇす、と先に駆け寄っていった。

「稽古、終わりですか。見学したかったんですけどぉ」

「前にもいいましたけどぉ。わたしたち、四季くんの大ファンなんです」

肌寒さに合わせたのか――それとも季節を先取りしたのか。真っ白なファーコートと真っ赤なファーコートが曇天に映える。

（きらきらしてる――二十歳《はたち》前後かな）

なんとなく気後れして、ビルの陰に身を潜めてしまう。

「危ないですよ。閉めますから」

四季は、女性たちと目も合わせないまま、がらがらっと上から下にシャッターを下ろす。

それでも女性たちは臆する様子もなく、きらきらした声で四季に話し掛ける。

「あのぉ。もうすぐ誕生日ですよね」

「で、また誕プレを持ってきたんです」

「四季くんってミステリ好きでしょ。だからやっぱミステリがいいなと思って」

「ふたりで選び抜きました。これ、百年に一度の傑作ですよ」

ふたりは、やはりきらきらした包装紙にくるまれた本を自慢気に差し出した。

だが四季は一瞥《いちべつ》もせず、雨空を見上げて面倒くさそうに髪の毛を掻きあげる。

「いらないです」

「えっ」

ふたりはさすがに怯《ひる》んだようだった。

「なんでですか」

「まだ中身を見てもないじゃないですか。これ読まないと人生の半分を損しますよ」

「だからいらないんで」

「えー。ちょっと、いいかたー！」

「そうだよ」

きらきらコンビが頬を膨らませる。

「あ、貰ってもいいんですよ」

初めて四季がふたりの顔を見た。

だが、まったくの無表情のままだ。

「貰ってもいいんですけど、前に貰ったあれも、捨てちゃったんで」

「えっ。捨てちゃったんですか」

赤いファーから笑顔が消えた。

「困るんですよね、必要がないものを貰っても。捨てるのが合理的でしょう。だからそれも、持って帰ったほうがいいです」

雨足が強くなる中、白いファーのほうが吐き捨てるように呟いた。

「――はぁ？」

赤いファーが本を道路に叩き付ける。

「あり得ないんだけど」

そして、あー時間損した！　と捨て台詞を吐き、白いファーの袖を引いて去っていく。

それでも四季は無表情のまま、シャッターの左右二か所に鍵を掛けている。

楓は、ゆっくりと折り畳み傘を開いてから道を渡り、本を拾い上げた。


「四季くん。久しぶりだね」

「あ、楓先生」

四季は驚いた様子さえない。

「いきなりごめん。こんなこといいたくないんだけど……ちょっとひどいんじゃないかな」

「何がですか」

本が地面に叩き付けられる結果となったことで、なぜだか怒りが湧いてきた。

「プレゼントの中身も見ずにいらないってさ。あんまりじゃないかな」

わたしもそろそろ選ぼうとしてたんだよね、という言葉は飲み込んだ。

包装紙の上からでも、本の表紙の一辺が歪んでいるのが分かった。

涙が出てきた。

「最近の四季くん……どこかおかしいんじゃないの」

四季は髪を掻きあげながら、あからさまに大きな溜息をついた。

「分かんないな。何がいいたいんですかね」

「だって――」

四季は大きな目の中で「あー」と瞳を斜め上に上げた。

「面倒くせーな」

（メンドクセーナ）

とても四季の口から出てくる言葉とは思えなかった。

「いいや。じゃあなんで誕プレを貰わなかったのか説明しましょうか」

「うぅん——もういい」

「いや、説明させてください。まず、彼女たちはこんなことをいいましたよね。このミステリは百年に一度の傑作だと。笑わせちゃいけない。ミステリというジャンルはまだ生まれてから二百年余りしか経っていないんです。だとしたらその〝百年に一度の傑作〟は、オールタイム・ベストのトップ2のうちの一冊ということになる。なら僕が読んでいないはずがないし、持っていないはずもない。持っているものを貰っても無意味です」

「もういいってば」

「あと、こうもいってました。〝これ読まないと人生の半分を損しますよ〟と。僕が大嫌いな言葉です。その本はどれだけ不思議な力を持っているんですか。読まないと僕の余命に関わってくるんですか。逆にいうとその本を読めば、五十年くらい寿命が延びるんですかね。そんな不気味で気持ち悪い本、こちらから願い下げです。あと、もっといえば——」

「もういいよ！」

「えっ」

「変だよ——おかしいよ、四季くん」

楓は、本をかき抱いたまま、四季の前から走り去った。

風が強くなり、折り畳み傘が壊れたのが分かったが、それでも構わず駆け続けた。

5

混じり気のない青で染め上げたような空の下《もと》——在日米軍と航空自衛隊の司令部が置かれているY基地は、何万もの入場客でごったがえしていた。岩田から、気晴らしにどうですか、最高に気持ちいいっすよと誘われ、楓は美咲を伴ってY基地主催の国際フェスティバルにやってきたのだった。地元の人々や飛行機ファンへのサービスといった色彩の恒例のイベントとして基地が無料開放されているのだが、遠方から来たとおぼしき家族連れも多いようであり、そこかしこで方言が飛び交っている。

今や純粋に一般的かつ全国的なイベントとして認知されているということなのだろう。

「これしか残っていなかったんですけど良ければどうぞ。メイプルシロップはお好みで」

岩田が売店から四角いワッフルがいくつか載った小皿を調達してきた。

「しかしあいつも気が利かねぇなぁ。ワッフル一択ですいません」

「あいつって？」と訊くと、

「後輩がここの隊員なんですよ。次からはフード類を全キープしとくようにいっときます」

「そんな、いいよいいよ」

岩田の態度から察するに体育会系の大学の後輩だろうか。

恐縮する楓をよそに、美咲は遠慮の色も見せずワッフルをつまみあげた。

「優しいんですね、岩田先生って。モテるでしょ」

「いやぁ」

岩田は顔の輪郭以上に笑みを広げながら、あからさまに照れた。

「僕なんてモテないですよ。モテるのはダンベルくらいで」

美咲はころころと笑った。

楓は内心で苦笑いする。

（賭けてもいい。絶対に愛想笑いだ）

だがそれが、けして嫌味に映らないのが美咲の長所だ。

初対面の異性に対する女子力の高さ――

このあたりはやはり持って生まれたものなのかもしれない。

眩《まぶ》しいな、と本気で思う。

岩田が顔一杯の笑みのままワッフルをかじった。

「そういえば四季も誘ったんですけど、相変わらずレスポンスがないんですよ」

「そうなのね」

「基地のフードって、そうそう食べる機会ないのにな」

岩田はワッフルを見つめてぽつりといってから、美咲に顔を向けた。

「そうだ、美咲先生。四季っていう変人中の変人がいましてね。こいつがまぁ、僕がいないとなんにもできないガキみたいなやつで」

「噂の四季くんですね」

「こんなイベント、絶対に芝居のネタになるのに来ないなんてバカだなぁと思いませんか。あ、いい忘れてましたけど四季はハナクソみたいに小さい劇団の座長をやってましてね」

延々と四季の話が続く。

すぐに、楓は気付いた。

岩田先生にとっては美咲が来たことよりも、四季が来ないことのほうがはるかに重要なのだ。

そこへ、制服姿の若い小柄な隊員がきびきびとした足取りでやってきて、右手をびっと額にかざした。

「ガンちゃんお兄《にぃ》――あ、失礼、岩田先輩！」

（そうか）

呼び方で気付いた。

この人は大学の後輩でも高校の後輩でもない。施設の〝おとうと〟なのだ。

「ようこそいらっしゃいました。ご無沙汰してます」

「ご無沙汰でもねぇよ。先月呑んだばっかじゃねぇか」

「あ、そうでした」

「あのときもいったよな。おまえは俺の誇りだよ」

「いえ、そんな。やめてください」

伸びた背筋に岩田への心からの敬意が見て取れた。

「お連れの方も、どうぞ今日は愉しんでいってください。失礼します」

また敬礼ポーズをとり、きびきびとした足取りで去っていく。
そのさまを見て、楓も思う。
岩田先生は、わたしの誇りだ、と。

Y基地のオープン・フェスティバルのクライマックスが近付きつつあった。
航空自衛隊に所属するアクロバット飛行チームの曲技が披露されるのだ。
入場者たちは、滑走路の手前側と向こう側へとわっと流れていく。
右手の奥には、航空機の地上展示場。
左手の奥にはライヴ用の野外ステージが設置されている。
そして目の前には、美しい滑走路が左右にびっ――と走っている。
「これですよ、これ」
岩田が昂奮した面持ちで空を見上げた。
「これを見ないなんて、四季は本当にバカだな」
滑走路の向こう側でも、すでに鈴なりの入場客たちが一斉に空を見上げている。
やがて――
ジェット機の爆音が、乾いた空気を切り裂いた。
別の滑走路から飛び立ったのだろうか。
はるか西の空から、まるで魔法のように六機の機影が現れた。
見事に統率された飛行隊は、白い噴煙でブルーの空に航跡を描いていく。

「ハートマークだ」

大歓声に負けじと、岩田のミニ解説が響く。

「矢が刺さりました。あれが〝キューピッド〟です」

そうだ。

いつまでも四季のことでくよくよと悩んでいても仕方ない。

（今は、この時間を精一杯愉しもう）

楓はスマートフォンを取り出した。

そして、まずは正面からゆっくりと動画を撮り始め、空の上の飛行隊にパンしようとする。

――そのときだった。

ざらつくような違和感が楓を襲った。


「星形です、楓先生。あれが〝スタークロス〟ですよ」

岩田の声をよそに、もう一度、スマートフォンで動画を撮り始める。

滑走路を挟んだ正面の客たちは皆、例外なく、空の飛行隊を見上げている。

あるいは、スマートフォンを空に向けている。

全員が、喉元をこちらに向けている――そのはずだ。

なのに、この違和感はなんだ。

もう一度、引《ロング》きの絵から動画を撮る。

五百人単位。

全員が空を見ている。
見間違いか。
ズーム。
百人単位。
やはり全員が空を見ている――ように見える。
（いや――）
違う。
すでに違和感は、はっきりとした恐怖へと変化していた。
ヒッチコックの『見知らぬ乗客』のテニスのシーンが脳裏をよぎる。
ズーム。
五十人単位。
（あぁ）
滑走路の向こう側――ちょうど正面の、約五十人。
そのど真ん中にいる人物だけが、まるで空を見ていなかった。
まっすぐに、楓のほうをじっ――と見つめている。
すでに結果は分かっていた。
やめろ、楓。
見るな。
だがなぜか、指が勝手に動いた。

ズーム——ひとり単位。

パネルの中で、つるんとした頭のあの男が、にたりと笑った。

まるで変わっていない。鼻の下が綿でも詰めたかのようにぷっくりと膨れている。

男は、楓からかたときも目を離さないまま、スマートフォンを耳に当てた。

すぐに楓のスマートフォンが鳴る。

蛇に睨まれた蛙《かえる》。

なぜだろう。

なぜ私は、通話のアイコンをタッチするのだろう。

刹那——

まわりの大歓声がすべて消えたように感じる。

そして、しわがれ気味の初老の男の声だけが楓の耳朶《じだ》に響いた。

〈久しぶりだね、楓先生〉

それは、かつて楓の母親のストーカーとなり彼女を殺し、その二十七年後に今度は楓のストーカーとなって拉致しようとした、あの男——〝親バカさん〟の声だった。

〈喜んでください。釈放されましたよ〉

6

布団は岩田の匂いがした。

深夜――楓と美咲は、井土ケ谷《いどがや》のはずれにあるアパート二階の岩田の部屋にいる。

築五十年は経っていようかという安普請のアパートだが、それゆえの温かみがあった。

「おかゆ、もうすぐできますから」

キッチンからは、岩田が葱《ねぎ》を刻む包丁の音が響いてくる。

すいません岩田先生、と起き上がろうとすると、美咲にだめだよ、と押しとどめられた。

「もう少し横になってなさい。あんた過呼吸だったんだよ」

「うん。でも本当にもう大丈夫」

起き上がって敷き布団の上に正座になり、そっと胸を押さえてみる。

呼吸も体も大丈夫そうだ。

だが――白い掛け布団を見ると、軽いめまいを覚えた。

純白のドレスが紅の色に染まり、祖父は呆けたように母の体を掻き抱く――

そのイメージが鈍い痛みと共にこめかみあたりを走った。

自分でも、もう分かっていた。

せっかく明るい色の服を着られるようになっていたのに、また元どおりだ。

だが、それをこのふたりに気取られるわけにはいかない。

「ね、美咲。彼が無罪ってどういうことだろ」

「調べてみたけど……平気なの？」

「うん」

「落ち着いて聞いてね。地裁のホームページと、傍聴人のブログやSNSをいくつか確認したんだけどさ……あいつ本当に無罪になったみたい」


こんな理不尽なことがあるのだろうか。

まず、楓の母親、香苗へのストーカー行為と殺人については、三十年近くも前のことでもあり、なんの物証もないということで不起訴となったらしい。

さらに、楓のストーカー事案については――楓は供述を行《おこな》っただけで恐怖の余り裁判を見ようともしなかったのだが――やはり状況証拠ばかりで物的証拠に欠けるということで、地裁では「無罪」との判決が下されたというのだ。ボイスレコーダーの〝自供音声〟は弁護人側の主張どおり強要の可能性もあるということで、裁判証拠としては採用されなかったのだという。検察も勝ち目がないと踏んだのか控訴せず、それ以上の勾留もせず――結果、〝親バカさん〟――本名〝九鬼《くき》〟は、地裁判決の当日に釈放されたらしい。

「本当にふざけてる」

美咲は声を震わせた。

「楓は覚えてないかもしれないけどさ。基地であんたが倒れそうになったとき、岩田先生があんたを抱きかかえてくれたのね」

そうだったんだ。

「それで私、あんたのスマホをひったくったの」

「うん」

「で、怒鳴ってやったのよ。『あんた誰！　なんなのこの電話！』って」

「――そしたら？」

「あいつ、静かな声で〈単なる愛の確認です〉って。それでね――〈覚えておいてください。私と楓の邪魔をする男はひとりずつ消していきますからね〉って。それで電話が切れたの」

楓の背筋に冷たい汗が流れる。そして脳裏に自然と四季の面影が浮かんだ。

「ね、岩田先生」

思いのほか、大きな声が出た。

「四季くんとは連絡とれたのかな」

ちょうどおかゆの小鍋を持ってこようとしていた岩田は、立ち止まって眉根を寄せた。

「それが相変わらず音信不通なんですよ。あいつ――どこに消えちゃったのかな」

7

認めたくはない。

けれど――楓は、自分がまた壊れかけているという事実をはっきりと自覚していた。

周囲の視線が怖い。周囲を見るのも怖い。

自分の周りの大好きな人々以外の人間と接するのが、また怖くなってしまっている。

また地味な服しか着られなくなってしまっている。

憧れていた桜色のハーフコートに身を包むのはもう無理だ。

新型感染症の流行の名残がまだいくらかあって、マスクを付けていてもさほど不自然に見えないのはありがたかった。

なるべく大き目の黒いマスクで顔を隠し、黒いコートを身にまとって通勤電車に乗る。

まるで、Ｅ・Ａ・ポオの『大鴉《おおがらす》』ではないか。

逆に目立ってしまっているのでは、とも思う——思うのだが、そうせざるを得ないのだ。

たった一羽の鴉に翻弄される『大鴉』の主人公のように精神《こころ》の均衡を保てなくなっている。

俯き加減のまま吊り革を握っていると、足元からじわりと恐怖が忍び寄ってくる。

気分を変えようとスマートフォンを握り、美咲にＬＩＮＥを送る。

〈日曜の昼間、空いてない？　ちょっと買い物に付き合ってほしいんだけど〉

後悔していた。

四季に稽古場の前で声を荒らげてしまって以来、自己嫌悪に苛まれていた。

女の子たちが四季にプレゼントしようとした本を持って帰ってきてしまったし——それはことによると自覚的な行為だったのかもしれないが——やっぱり、自分からも誕生日プレゼントをあげたくなっている。

美咲から風呂桶《ふろおけ》のスタンプが送られてきた。オッケー、ということか。こういうのも美咲のキャラだと万人に許容される気がする。

（わたしがこれを四季くんに送ったら一時間説教だろうな）

恐怖を一瞬忘れ、わずかに笑みがこぼれる。

こちらからも気の利いたスタンプを送ろうとしたとき――

全身に鳥肌が立った。

すぐ背後に、誰かが目を光らせているような気配を感じる。

（駄目）

（振り向いたら駄目）

たぶん振り向くと、そこにはきっと――九鬼がいる。

そして、白く光る大きな包丁を振りかざすのだ。

ヒッチコックの『サイコ』のように。

（そんなわけない――）

そろっと首を回しながら、目の端のそのまた隅っこで後ろの人物を確認する。

やはり白い包丁が――

と思ったが、違った。

（おばあちゃんじゃないの）

そう、なんということはない。九鬼よりはるかに品の良さそうな人が白いハンカチーフでそっと額を押さえているのだった。

悲しいし、悔しい。

ストーカーへの恐怖が自身の心を黒く塗りつぶしている。

平日朝としては珍しく、電車は九割程度の混み具合だ。少し前の精神状態ならば、気を利かせて優先席に目を移し、次いで空いている席をすぐに探していたはずだ。

だが、今の楓にはそんな余裕などまるでなかった。

岩田からは、毎晩のように労《いたわ》りに満ちた電話がかかってくる。

もはや〝不可侵条約〟とやらはすっかり形骸化していた。

やはり四季とはまったく連絡がつかないままなのだという。

業を煮やして何度かアパートにも行ってみたが、いつも鍵が掛かったままなのだそうだ。

楓にとっても、心配なのは自分のことばかりではない。

（〈私と楓の邪魔をする男はひとりずつ消していきますからね〉――）

脳裏に、九鬼が口にしたというあの言葉がまた去来した。

8

十月はたそがれの国。

初旬までの暖かさが嘘のように、中旬を迎えたとたん冷え込みが増した。

東北沢の住宅街ではカツラの木が早くも葉を落とし、冬支度を始めていた。

「もー。このあたりのはずなんだけどな」

地図アプリに目を落とした美咲が怒ったように呟く。

美咲はあの日からずっといらいらしているように見えた。

楓と同じように――いや、ことによると楓以上に、九鬼の無罪に憤っているのだった。

九鬼から電話があった翌日、すぐに警察に報告したのだが――無罪となった以上は警察としても彼を監視することはできず、無罪になったという連絡があったというだけでは行動を制限することもできないというのだった。「ひとりずつ消していきますからね」という例の脅迫めいた言葉については若い女性警察官が明らかに同情の色を見せつつ丹念に調書をとってはくれたが、その言葉とて聞いたのは美咲だけであり、他の刑事からは、彼女の喧嘩腰の態度にも問題があったのではないか、などと諭され、ストーカー規制法の網に掛けるにはもう少し具体的な実害がないと難しい、といわれてしまったのだ。

我妻に相談したところ、近いうちゆっくりお会いして対策を一緒に練りましょう、と優しい声音で寄り添ってくれた。そして、不都合はあっても即座に携帯番号を変更してください、さらに連絡先を知らせる相手は最小限に留めておくように、と釘を刺されたのだった。

岩田も怒り心頭に発していた。

「うろうろしちゃ駄目ですよ」と岩田に厳命されたとおり、学校の行き来以外は基本的に自宅にいるようにしていた――が、やはりずっと巣籠《すごも》りしているのもさすがに気が滅入る。

(本も返さないとだし)

(誕プレも手渡したいし)

(んー。あと、あれだ。普通に心配だし)

それで今日は美咲と下北沢で買い物を済ませ、四季の自宅を訪ねることにしたのだった。

「楓。あそこじゃないかな」

L字型の路地の突き当りにある瀟洒な建物――。

そこへと繋がる最後の曲がり角の直前で、美咲は足を止めた。

八世帯から九世帯ほどの三階建てのアパートは、遠目にもいかにも洒落っ気のある四季が選びそうな住まいに見えた。名称の違いはよく分からないが、アパートというよりもハイツとかメゾンと呼んだほうがふさわしい気がする。

すると――最上階の角部屋の窓際に、顎ラインボブの人影が見えた。

(四季くんだ)

窓の向こうでカーテンが引かれたが、その直前、長い髪がたしかに揺れた。

「美咲、ちょっと待って。今、ちらっとだけど窓際に見えた――四季くんだわ」

「本当?　良かった！」

「とりあえず、無事は無事だったね」

「いや、噂の四季くんとやっと会えるから良かったなぁって」

「そこなの」

「でもさ……もしも誰かと一緒だったらどうしよっか」

「誰かって?」

「岩田先生が見たっていう綺麗な女性だよ。彼女かもしれないじゃない」

そっか、と相槌を打つ声が、なぜか少しうわずった。

「ひょっとしたらお邪魔かな」

「ま、いいんじゃない。私はこういうの嫌いじゃないし」

美咲はいたずらっぽく歯を覗かせた。八重歯にはいろんな表情があるのだなと思いつつ、角を右に曲がり、建物への路地をまっすぐ進む。

「都内に両親が住んでるし正直困ってないんですけど、役者が実家住まいってなんかダサいじゃないですか」――そういっていた屈託のない四季の笑顔が思い出された。

あの頃の四季と最近の四季はまるで別人のようだ。

その変わりようが気になるし、何より音信不通続きということに嫌な胸騒ぎを覚える。

アパートの敷地は、楓の目線ほどの高さのオレンジ色のブロック塀に囲まれていた。

平置きの駐車場もあり、派手なブロックとは対照的な、濃紺の小型車が停まっている。

派手好きの四季には不似合いな気もしたが、ダッシュボードのあたりを覗き込むと、劇団のフライヤーが何十枚も置いてある。ということは、やはりこれが四季の愛車なのだろう。車についてはまるで詳しくないが、左ハンドルということを考えると、けして安くはない車に思えた。

劇団が軌道に乗り始めたのか――それとも楓が思っている以上に〝お坊ちゃま〟なのか。

駐車場の手前に横長に延びた庭には、イチョウやクヌギが六本ほど並んでおり、管理人とおぼしき腰が曲がった白髪の男性が、箒《ほうき》のようなものでのんびりと落葉をかき集めている。

何やら、時間が止まっているような――まるで落葉が集まっていないようにも見えた。

どこかからヒヨドリの声がした。

ゆっくりとたそがれていく季節――秋が、確実に深まりつつある。

この時期になると必ず読み返すＳＦ界の抒情《じょじょう》詩人、レイ・ブラッドベリの短編集どおり、やはり『10月はたそがれの国』なのだ、と思う。

そしてその本こそが、バッグに忍ばせている四季への誕生日プレゼントだった。

溜息が出るような題名の世界観にふさわしい珠玉の作品群――中でも楓が好きなのは、世評に高い『みずうみ』だ。

十二歳の少年の初恋相手が、一緒に遊んだ湖で行方不明となる。

大人となった彼は結婚し、それなりに幸せな生活を送っていたのだが――ある日、引き寄せられるように故郷の湖を訪れる。そこで彼は少女と、美しくも切ない邂逅《かいこう》を果たすのだ。

わずか十ページ足らずの掌編だが、幻想小説でもあり、恋愛小説でもあり――類例のない時間旅行物語《タイムトラベル》であるともいえる。哀感溢れる余韻を残す結末はもとより、楓が何より感心してやまないのは、『みずうみ』という平仮名表記の邦題だ。英語の原題は『The Lake』だが、これが漢字表記の『湖』だったとしたら、あの胸が痛くなるような独特の魅力は半減してしまったことだろう。祖父もよくいっていたものだ――あれは平仮名の『みずうみ』以外にない、と。

『みずうみ』だからこそ、ブラッドベリの抒情を表現し得ているのだ、と。

楓も大人になった今なら分かる。クラシカルな翻訳ものの中には、ときにこうした宝石が埋《うず》もれていて、それを探すのもまた愉しみのひとつなのだ。

四季は分かってくれるだろうか。

(いや、のんびりしてる場合じゃない)

男性に軽く頭を下げ、向かって右端に位置している白い鉄の螺旋《らせん》階段を、美咲と一緒に三階まで一気に上る。

上り切った目の前——右端の部屋が四季の自宅のはずだ。

表札を確かめてからインターフォンを押す。

返事がない。

そっと何度かノックする。

やはり返事はない。

「四季くん」

ドアのノブをおそるおそる廻してみる——が、鍵が掛かったままだ。

なぜだろう。

なぜ返事がないのだろう。

ついほんのさっき——そこの角を曲がるとき、四季がこの部屋の窓のカーテンを閉める瞬間を、この目で見たのに。そこからまっすぐこの建物にやってきたのに。

ドアに耳を付けてみると、かすかに、ごとんごとんごとんという断続的な音が耳朶に響いた。

「洗濯機かな。何かが動いてる音がするわ」

「やっぱり四季くん、中にいるんだよ」

「じゃあ……何か声を出せない理由があるのかな」

「やめてよ、怖いこというの」

美咲は楓を睨んだあと左隣の部屋に目を移しながら、

「ご近所さんが四季くんについて知ってるかも。ちょっと聞いてくるね」

そういうと、左隣の部屋とそのまた隣の部屋のインターフォンを鳴らしに行った——が、やはり応答がなかったようであり、肩をすぼめて戻ってきた。

「こっそりノブも確かめてみたんだけど鍵が掛かってた。皆さんお留守みたい」

廊下から庭を見下ろすと、変わらず白髪の男性がのんびりと落葉の掃き掃除をしている。

（管理人さんかな。大家さんかな）

（何か情報が得られるかもしれない）

でも――

そう。

怖い。

情けないけど、初対面の人に話し掛けるのが怖い。

気付いてくれたのか、美咲が八重歯を見せた。

「待ってて、楓。私が話を聞いてくるね」

「ごめんね」

「気にしないで。知ってるでしょ？　私、お年寄りキラーなんだ」

かんかん、と軽やかな音を立てながら、美咲が階段を下りていった。

廊下の手摺から眼下を見下ろすと、らしくもなくぺこぺこと何度も頭を下げている。

おそらくは、部屋の中から音がするのにまったく返事がないんですよ、なんとかなりませんか、などと交渉しているのだろう。

男性はジャンパーのポケットから鍵の束を出し、その中から一本の鍵を手渡した。

（さすがキラーだ――）

あんな風になんでもことがうまく運ぶといいな、と思う。

もちろん彼女には彼女で悩みがあるのだろうし、それをあえて見せていないのだろうが。

ややあって美咲が顔を上気させながら三階の廊下へと上がってきた。

「やっぱり管理人さんだったわ。五分以内って条件で鍵を借りてきたよ」

「ありがと」

「管理人さんも心配してた。ここ何日か、四季くんの姿を見てないって」

（わたし、さっき見たばかりなんだけどな）

首を傾げつつ部屋をもう一度ノックしてから、ノブの下に鍵を挿し込み、ゆっくりと廻す。

ドアを開けて、美咲と一緒に靴を脱ぐ。

「四季くん」

声を掛けながら、手前側のダイニングキッチンにさっと目を走らせた。

四畳半程のキッチンには小さな窓がひとつだけあるが、レバー式の鍵が掛かっている。

ごとんごとんという音を発していたのは、食器洗い乾燥機だった。

祖父の家にあるものとまったく同じ、小型の置型タイプだ。

操作パネルには「標準コース（洗浄&乾燥）――残り時間 80分」と表示されている。

この食洗機の標準コースの仕上がり時間は九十分だったはずだ。

（ということは）

四季はやはり部屋にいたのだ。

少なくともほんの十分前までは、この場所にいたはずだ。

キッチンテーブルには、わずかに飲み残しがある大きな珈琲カップがひとつ。

そっと触れてみると――まだほんのりと温かいではないか。

さっと洗って頻繁に使うため、これだけは食洗機に入れなかったのだろう。

振り返ってドアの施錠部分を目視する。外から鍵を挿し込み廻旋《かいせん》すると、内側のつまみ部分が垂直か水平状態となる、ごく単純な構造の代物だ。

つまりは――十分前に食洗機を作動させた人物――おそらくは四季――は、玄関の内側から鍵を掛けたのだろう。となると、彼は確実に奥の部屋にいるはずだ。

勇を鼓して「四季くん……いるんだよね？」と声を掛ける。

美咲も「はじめまして四季さん……お邪魔してます」と呼びかけた。

そのとき――

返事の代わりに奥の部屋から、かりかり、という奇妙な音がした。

息を潜めたまま、十秒――二十秒。

ヒヨドリに代わって百舌鳥《もず》の声が静寂を破った。

「ね……開けてみない？」と美咲が囁く。

「四季さんに何かあったのかも――ひょっとしたら声が出せない状態なのかも」

恐怖に足がすくんだ――が、今まさに大変なことが起こっているのかもしれない。

楓は小さく頷いた。

「四季くん、開けるね」

そろ、そろと奥への扉を手前に開く。

(え――嘘)

楓は声を失った。

奥のリビングの中には――誰もいなかった。

いや、正確には――一匹の仔猫しかいなかった。

薄茶の毛色に黒い縞《しま》模様をうねらせた仔猫は、ふたりの顔を見るなり、みゃあ、と鳴いた。

9

数か月か――せいぜい生後半年余りとおぼしき仔猫は、相も変わらず、キッチンとの間の扉をしきりと引っ掻き続けている。

リビングに入った楓は、中の様子に目を凝らした。

四季の姿が見えた右手の窓は中から鍵が掛けられている。もうひとつ、正面奥にある窓もしっかりと施錠されていた。カーテンを少し開けると、工場らしき建物の工事中の防音壁がすぐ目の前に聳え立っていた。ここから出られるのは、それこそ仔猫くらいのものだろう。

エアコンが切られたばかりだったのか、いくらか温もりが残ってはいたが、キッチンのほうから徐々に冷気が入り込みつつあった。

部屋はいかにも四季らしく綺麗に片付いていて、ベッドとテレビ周りの家具や姿見以外には、唯一の例外を除き、特に目立つものはない。

唯一の例外――風変わりなものといえば、窓際に置かれていた段ボール箱だ。

油性ペンで〝命名、ＣＡＴ！〟と書き殴られていて、その下には〝本物の夢の箱！〟とある。

中を覗くと、猫トイレ用のチップが敷き詰められていた。

仔猫が今度は壁際のクローゼットをかりかりと引っ掻いた。

よく見ると、キッチンへの扉とこのクローゼットの扉は引っ掻き傷だらけだ。

仔猫が楓の顔を見上げた。瞳がどこか不安げに見えた。

（そうだ——）

確認すべき残された場所は、このクローゼットの中だけだ。

もしもなんらかの理由で四季が隠れているとしたなら——あるいは隠されているとしたなら、この中より他はない。

躊躇《ちゅうちょ》する楓を制し、美咲が意を決したようにクローゼットをそろっと開ける。

すると——。

中にはやはり誰もいなかったし、亡骸も転がっていなかった。

芝居用の何着もの衣装に加え、古今東西のミステリ群がうず高く積み上げられている。

手を伸ばして古本の山を動かしてみたが、埃が舞い上がるだけだった。

ぞわり。

全身の毛穴が粟立《あわだ》った。

「そんな」

楓は思わずひとりごちる。

「これじゃあまるで、〝メアリー・セレスト号事件〟じゃないの」

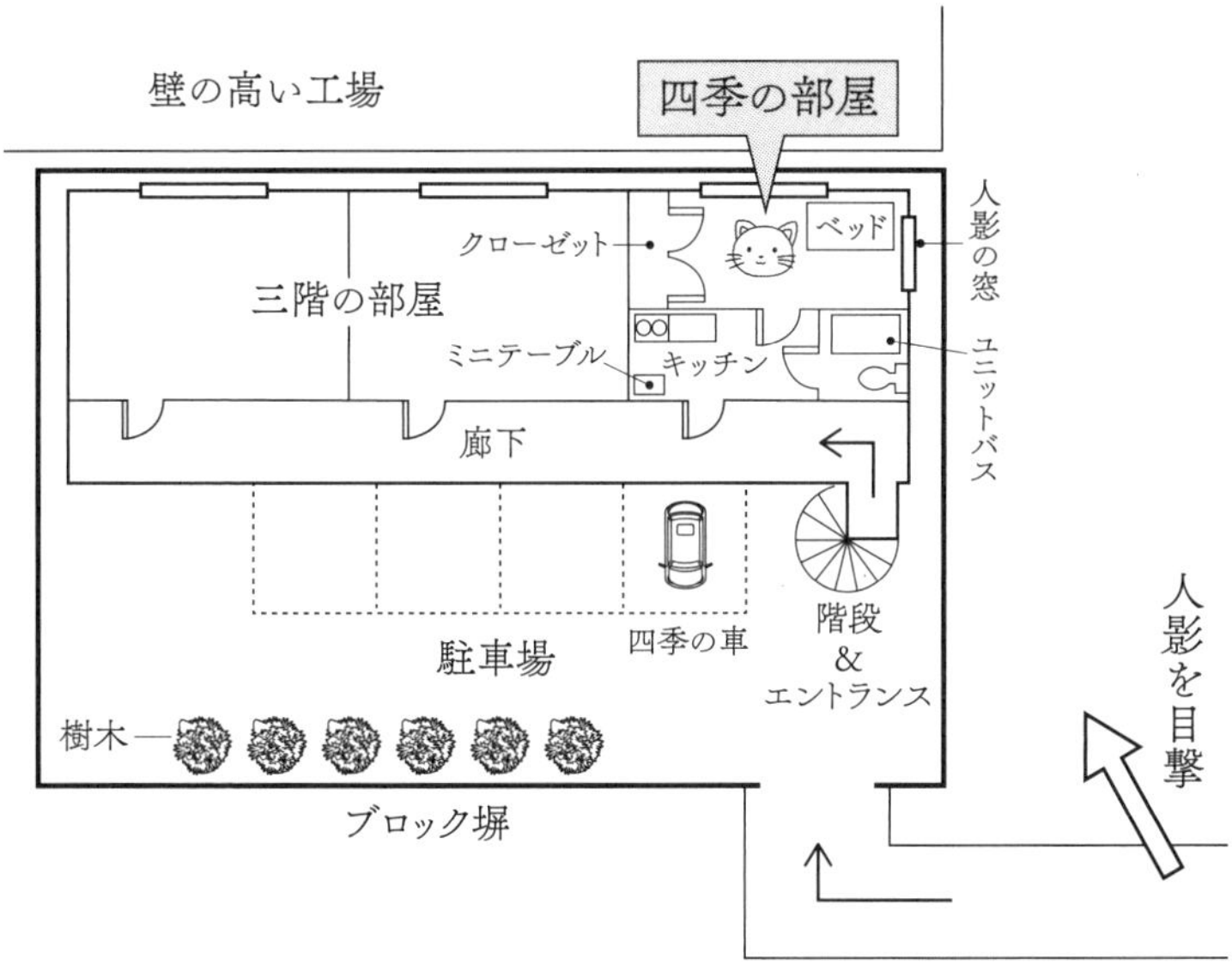

壁の高い工場
四季の部屋
人影の窓
ベッド
クローゼット
三階の部屋
ミニテーブル
キッチン
ユニットバス
廊下
階段
&
エントランス
四季の車
駐車場
人影を目撃
樹木
ブロック塀

「何それ。事件の名前がすでに怖いわ」

近寄ってきた仔猫の顎を撫でながら、メアリー・セレスト号事件はね、と楓はいった。

「海運事故史上最大の謎とされている〝幽霊船〟事件なの」

「幽霊船――」

「十九世紀の終わり頃よ。イギリスの船が、ポルトガルの沖合を漂う一隻の船を見つけたの。船は目立った損傷もないのに、ふらふらと波間を漂流し続けていた――。で、イギリス船が近寄っていってね。船員たちがおそるおそる、メアリー・セレスト号の中に乗り込んだのよ」

「うん」

「そしたら……船の中には、誰の姿もなかったの。乗組員全員の姿が消えていたのよ」

「そんな」

「誰もいない船なのに、ストーブには火が入ったまま。船長室のテーブル上には食事が用意されていて、飲み残された珈琲のカップはまだほんのり温かかったというわ。皿の上にはパンにベーコンとオートミール。茹《ゆ》で卵はナイフでふたつに切られていたそうよ。救命艇は手つかずのまま。食料や飲み物も豊富に残っていたし、争いごとの形跡もまるでない。航海記録からこの船と乗組員たちの名前は明らかになったんだけど……事件はそれで終わり。十人いたはずの乗組員たちは、今に至るまで消え失《う》せたままなのよ」

「嘘でしょ……今のこの状況とそっくりじゃないの」

「そうなのよ」

（実のところ、事実上「メアリー・セレスト号事件」は解決してる。でも、これは違う）

楓は風が強くなった窓の外に目をやった。

（〈私と楓の邪魔をする男はひとりずつ消していきますからね〉――）

九鬼が発したというあの捨て台詞は、殺すという意味ではなく、文字どおりの意味だったのだろうか。

恐怖は伝播《でんぱ》するらしい。

仔猫が怯えたような蒼い目《キトン・ブルー》を向け、楓の脚にじゃれついてきた。

「君――うちに来る？」

楓は雄《おす》の仔猫を抱き上げた。寒さのせいか少し震えている――当然、放ってはおけない。

（この子には逢えたけど）

その代わりに、二度と四季に逢えないような不安が胸を突き抜けた。

10

美咲に鍵を返してもらっている間、楓はコートの中に仔猫――たぶん名前は〝ＣＡＴ〟――を隠し、アパートの陰に身を潜めていた。

このままこの子を部屋の中に閉じ込めっぱなしにしておくわけにはいかないからだ。

部屋には『四季くん、どこに消えたの？　仔猫は責任を持って預かります。これを見たら絶対に連絡してください。岩田先生も心配しています。―楓―』と置き手紙を残しておいた。

右手でＣＡＴの背中を撫でると、気のせいか少し痩せている気もする。

考えてみると、妙なことばかりだ。

たしか四季は大の犬嫌いだったはずだ。そもそも〝僕は人語を解さない生物を信用していないんですよ〟と口を尖らせていた記憶もある。

そんな四季が、なぜ猫を飼っているのだろうか。

最近の人が変わったような変節ぶり――冷たい態度は、何に起因しているのだろう。

いや、それよりも何よりも――四季はどこへ消えてしまったのだろうか。

楓はこの奇妙な消失事件の要点を脳内で整理した。

最後の角にさしかかったとき、四季の姿が角部屋の窓に見えた。それは確かだ。

角を曲がったあとは、アパートの階段までが見通せる一直線の路地。

その間、ふたりとも――四季はおろか、誰の姿も目にしていない。

骨組みだけの螺旋階段は壁がなく、四方から丸見えだ。

上ったときも、確実に自分たちふたりだけだった。

仮に四季が、なんらかの理由により部屋の外から鍵を掛けて逃げ出したと仮定してみる。

だが――三階の廊下に身を隠す場所はどこにもなかった。

隙を見て螺旋階段を駆け下りたという可能性も低い――いや、ゼロだ。派手な音を立てる鉄製の階段だ。階段を使ったとしたら、自分たちが気付かないはずがないからだ。

それに――。

（管理人さんも気付かないはずがない）

四季が消えた。

本当に、消えてしまった。

この段階で警察に行方不明者届を出してもまともに取り合ってはもらえないような気がする。

（まずは我妻さんにとことん相談してみよう）

今夜の電話は、長くなりそうだった。

11

翌日、碑文谷の街の昼下がり――。

柔らかい陽が差してはいたものの、冷え込みは前日よりさらに厳しくなっていた。

我妻は書斎に入るなり頭を下げた。

「早く着きすぎてしまってすいません。予報だとこれから雨が何度か降るらしくて」

スーツが濡れるのが嫌で、という言葉は飲み込んで、真珠色のカップに珈琲を注いでから、恩師の座るリクライニング・チェアー横のサイドテーブルに慎重に置いた。

「ありがとう。ところで楓はどうしているのかね」

「岩田先生とも相談しましてね。内鍵をもうひとつ付けてもらった上で、自宅のマンションのほうに籠ってもらっています。なんといっても安全第一ですから」

「安全第一」

恩師は珈琲をひと口啜ってから片方の眉を上げた。

「ということは、何か楓の身に危険が迫っているということかね」

「いえ、差し迫った危険というわけではないと思うのですが、念のためということです」

我妻は緊張を鎮めるべく唇を舐めた。

心配をかけることにはなるが、もう隠してはおけない。

それにすべてを話しておかないと、何か悪いことが起こりそうな予感があった。

我妻はボイスレコーダーの音声を自動文書化したメモを貼り付けたノートを取り出した。

これで一言一句たがわず、楓先生の言葉を伝えることができる。

〝親バカさん〟――九鬼が地裁で無罪判決を受けたこと。

航空ショーでの九鬼からの恫喝《どうかつ》にも似た電話。

さらに――これはお伝えしにくいのですが、と言葉を選びながら慎重に話す。

楓がまた明るい服が着られなくなってしまったということ――また初対面の人物に恐れを抱くようになってしまったということ。

徐々に、恩師の顔が険しさを増していく。

「大丈夫ですか、碑文谷さん」

「平気だよ。続けてくれたまえ」

「分かりました。この際ですから気になることはすべてお話ししておきます」

関係のないことのようにも思えても、遺漏があってはならない。

ここのところ劇団が軌道に乗ったせいか、四季が車を購入してやたらと乗り回すようになり、付き合いが悪くなったことに岩田が憤慨している、という話にも触れておく。

さらに——楓が稽古場を訪れた際、四季の刺々《とげとげ》しい態度に驚いたという話。

そして一番重要と思える話——

楓と美咲のふたりが四季のアパートに行ったときの不可思議な事件。

そこにいるはずの四季の姿が消え失せていたという話の事と仔細《しさい》を、楓から送ってもらった見取り図の画像も示しつつ、一気に語り尽くした。


ガウンのポケットに老眼鏡をゆっくりと戻したあと、恩師は高い鼻に指を添えた。

「仔猫だけがいたということ以外は、まさに『メアリー・セレスト号事件』のようだね」

「はい。楓さんも同じことを仰っていました」

「ではまず、名探偵志望だった我妻くんに尋ねたい。実際に起こったという幽霊船騒動——『メアリー・セレスト号事件』の真相は知っているかな」

「——はい。中学のときに知りました」

「さすが我妻くんだ」

祖父は小刻みに震える右の手のひらを上に向け、どうぞ、と先を促した。

「『メアリー・セレスト号』が今なお語り継がれる世界一有名な幽霊船となれたのには、わけがあります。サーの称号を持つ、シャーロック・ホームズの生みの親——あのアーサー・コナン・ドイル卿の小説のおかげなのです」

「うむ」恩師が頷く。

「この事件を題材に彼が発表した小説、『J・ハバクック・ジェフソンの証言』は大反響を呼びました。さらに後世になって、話に尾ひれが付いていきます。象徴的なのは、イギリス船の船員たちが見たという〝まだ温かい珈琲カップ〟に代表されるテーブル上の様子です。飲み残しの珈琲、ふたつに切られた茹で卵。なのに、それを食する主はどこにもいない――。視覚的イメージがまざまざと浮かぶ、静かなのに恐ろしい光景です。そしてこのシーンが余りに印象的だったため、〝幽霊船〟メアリー・セレスト号の物語は迫力を持ち得たのです」

我妻は一度言葉を切った。

ざっ、と夏の夕立を思わせる雨が降り始めた。

予報どおりなら、これから何度か通り雨が来るはずだ。

我妻は庭に続く書斎の窓を閉めてから言葉を繋ぐ。

「ところが――実際にはテーブルの上に食事など用意されてはいなかったのです。ストーブに火が入っていたとか、機械油の細い瓶がまっすぐ立っていたという話さえありますが、これものちの人々によって広められた噂話《フォークロア》に過ぎません。まだあります。ドイルの小説最大の脚色は、〝救命艇が手つかずのままだった〟という点です。実際には救命艇は船のどこからも発見されなかったんです。となるとこの話は、謎でもなんでもなくなってしまう。起こったであろうことは明白です。時化《しけ》か燃料の流出か。なんらかのトラブルに巻き込まれた船員たちは救命艇に乗り込み、メアリー・セレスト号から離れたのです。母船に乗ったままだと座礁する可能性が高いと踏んだのかもしれません。ところが……彼らはあえなく母船に戻ることも島に漂着することもできないまま、救命艇ごと、ポルトガル沖に沈んだのです」

「百点だ」

祖父は満足気に小さく拍手した。

温かい珈琲カップ。ふたつに切られた茹で卵。

それらを残したまま船員たちは突然どこかへ消えた——。

恩師に薦められた子供向けの本で〝ゆうれい船・メアリー・セレスト号のなぞ〟を初めて知ったときには、小さな胸が恐怖に打ち震えたものだ。

見知らぬ異世界への畏怖——しかしそれは、憧れとも同義といえた。

ときに子供たちには眠れなくなるほどの怖い物語や胸躍る不可思議な物語が必要であり、それが感受性や創造力、想像力を育むトリガーとなる、というのが恩師の信念だった。

中学で真相を知ったときには、ほっとすると同時に少しだけ落胆した。

だがそれもまた、大人になっていくという物語だったのだろう。

さてそうなると、と恩師がいった。

「脚色が施されていない〝四季くん消失事件〟の謎解きの舞台は、すでに整ったようだね」

「えっ」

我妻は耳を疑った。

「もうすべての材料が出揃ったということですか」

「うむ。だが万全を期するために、ひとつだけ頼みがある」

「なんでしょう」

——しまった、いいそびれた。

「我妻くん。煙草を一本――」

「あの、すいません」

心苦しいが、カットインせざるを得ない。

「碑文谷さん。楓さんから厳命されているのです。それだけは絶対に駄目だと」

「手厳しいな。風邪はすっかり治っているのだがね」

「いえ。申し訳ありませんが、煙草だけはご遠慮願います」

恩師はこれぞ苦笑い、といった感じの表情を見せて頬を撫でた。

そのとき、雨が上がり――

庭の靄《もや》の中に再び陽の光が差し込んだ。

すると恩師が、妙なことをいい始めた。

「我妻くん。今は亡き作家の向田邦子《むこうだくにこ》氏は、虫が大の苦手でね」

「虫――ですか」

なんの話だろう。

「自分の作品の中に虫へんの漢字を使わなかったほどに虫嫌いだったのだという。だがね。そんな彼女が大好きな〝虫へんが付く漢字〟が、ただひとつだけあったのだよ。なんだか分かるかね」

虫嫌いのひとが好きだった、虫へんの漢字――。

「うーん。見当もつきませんね。降参です」

「その漢字とは――」

恩師はロマンティックなバリトン声で言葉を繋いだ。

「〝虹〟だよ」

見ると庭に立ち上る靄に、七色の光彩が煌《きら》めいている。

「虹といえば夏のイメージが強いけれども、この時季や冬の雨上がりにもわりと出るものでね。時雨虹《しぐれにじ》という実に風流な言葉で呼ばれているんだ」

恩師は窓にくっつけるほど目を近付けて、小さな虹をぐっ、ぐっ、ぐっ、と凝視した。

（まさか）

（まさか、虹を幻視のスクリーンに――）

我妻の心の声に、今度は恩師のほうがカットインする番だった。

「我妻くん。絵が見えたよ」

12

「楓先生。そこじゃなくて、手摺を背中にしてください」

東横線の車両の中、岩田は小声で囁いた。

「あそこが一番安全です。僕がガードしますから」

恐縮しつつドアの横の手摺を背中にすると、覆うように岩田が前に立った。

今日は自宅に籠ってすべてを我妻に任せるつもりだったのだが――やはり祖父の話をどうしても目の前で聞きたくなり、岩田に頼み込んで同行してもらうことにしたのだ。

近くで向き合うと、目の前にピンクのポロシャツの胸があった。これまで思っていたよりも背が高いことに少し戸惑う。

「岩田先生――なんだかすいません」

「いえいえ。四季みたいに僕が車を持ってれば良かったんですけどね」

岩田は苦笑いを浮かべたあと、しばらく沈黙した。

ややあって、真顔になって呟く。

「でも……どうしていつも俺の前からは大切な人たちが消えていくのかな」

いなくなった父親のことを思っているのか、遠い目になった。

「俺、なんか悪いことしたのかな」

電車のブレーキがきき、と寂しそうに音をひいた。


都立大学駅《とりつだいがくえき》のガード下を抜けようとしたとき、ぱっと雨が上がった。

大ぶりの傘をばりんと開いた岩田は、もう一度空を見上げてから楓のほうを振り向いた。

「やみましたね。まぁラッキーでした」

言葉とは裏腹になぜか硬い面持ちで傘を畳む。

CATは美咲が預かってくれている。玄関先では、なんだ仕方がないなぁ、今日だけだよ、とくどくど文句をいわれたが、これまた言葉とは裏腹に顔は無防備なほどニヤついており、ひったくるようにCATを抱きかかえて部屋へしゅっと消えていったのだった。

(逆にあの猫《こ》、大丈夫かな。過保護のほうが心配)

そんなことを考えながら一方通行の狭い道を歩いていると、岩田が真顔で足を止めた。

「楓先生。一応、壁側を歩いてください」

「え、どうして」

「万が一でも車が突っ込んできたらひとたまりもないからです」

「そんな。考えすぎですよ」

「考えすぎくらいがいいんです。本音をいえば傘もさしたいくらいです。まさかのときにはこんなものでも意外と盾になってくれますから」

「——ごめんなさい」

楓は横に並んでぐいぐいと歩き始めた岩田の横顔をちら、と見上げた。

いわれたとおり、道の壁側をつたうように歩く。

腕時計を見ると、我妻が祖父の家に来る予定の時刻まで、まだ二十分余りあった。

祖父の家までは、ここから十分。充分に間に合いそうだ。

空を見上げると、太陽がどす黒い雲に隠れ始めている。また降るかもしれない。

楓は思った。

（洗濯物を取り込む暇はあるかな）と。

（我妻さん、雨に降られなきゃいいんだけど）——と。

13

（どっち側を歩こうが変わんねぇよ）

余りにおかしくて九鬼は、鼻の下が一層ぷくりと膨らんだのを自覚した。

雨が上がったのは吉兆に思えた。

パーカーの前ポケットの中の、大ぶりのナイフの感触を確かめる。

そして、楓と岩田の後ろを、踊るような足取りで尾《つ》けていった。

14

庭の虹を凝視したあと、恩師はまたリクライニング・チェアーにぎっ、と体を預けた。

「〝四季くん消失事件〟――これは彼の変節ぶりと生活様式の変化に関係しているのだ」

「変化――」

「彼は変人として通ってはいるが、最近の態度や生活ぶりはさすがにおかしいじゃないか。友人たちとの連絡を絶つほど冷たくなった一方で、苦手だったはずの動物――仔猫を飼うような奇妙な温かみを見せている。どうにも理解しがたい変節ぶりだ」

「たしかにそうですね」

「では、なぜ彼がかくの如く極端な変節を見せるようになったのか」

恩師は我妻の目の前で人差し指を立てた。

「すでにその謎を解く鍵は嫌というほどに出揃っている。まずは分かりやすいところからいこう。〝なぜ動物嫌いの四季くんが仔猫を飼っていたのか?〟という命題だ」

「はい。違和感は拭えません」

「ここで、楓が四季くんの劇団の稽古場を訪れたくだりを思い起こしてほしい。まず、楓は稽古場から出てきた四季くんと〝視線が一瞬絡み合ったような気がした〟――のだという。〝視線が合った〟どころではない。〝絡み合った〟というのだから、さすがに四季くんは楓の存在に気付いていたのではないだろうかと思うのだがね」

「うーん」我妻は首を捻った。

「お言葉ですが、そのあたりは単にいい回しの問題だけのような気もするのですがね。そこまでいいきれるものでしょうか」

「我妻くん、お言葉ですが」恩師はわざと同じ言葉を使って笑った。

「僕は彼女の文章表現を信用している。絡み合ったというからには絡み合ったのだ。つまり四季くんは、楓の存在を意識した上で、わざと楓に冷たく当たろうとしたのだね」

「わざと冷たく――」我妻は両の眉を寄せた。

「分かりませんね。何か理由があったのでしょうか」

「もちろんだ。彼はある明快な理由があって、楓とあえて距離を取ろうとしたのだよ」

「どういうことでしょうか」

「その理由については後で説明することとして、仔猫の件に話を戻そう。さて、四季くんのファンたちは、誕生日プレゼントのミステリを手渡す前に、こういったという。『また誕プレを持ってきたんです』と。そして四季くんも、以前に貰ったプレゼントについて『困るんですよね』とこぼしたという。つまりはそれこそが、仔猫だったんじゃないのかな」

「――なるほど」

我妻はまたノートを開いてから、でも、と首を傾げた。

「四季くんは、前のプレゼントについて『捨てちゃったんで』っていってますよ」

「彼はそんなひどいことができる男じゃないよ。ぼくには四季くんの気持ちがよく分かる。彼は人語を解さない動物が大嫌いだ。大嫌いなのだが、押し付けられた仔猫を捨てるはずなどない。案外、ひと晩を一緒に過ごしただけで一気に情が移ってしまったのじゃないのかな」

あり得る、と我妻は思う。

「とはいえ論破癖のある四季くんのことだ。このままなし崩しに仔猫を溺愛するのは自身のプライドが許さない。自分を許せない。そこで彼は、仔猫にあえて無機質極まりない名前——すなわち、〝CAT〟という名前を与えたのだよ」

我妻は少し考えてからいった。

「まるで『刑事コロンボ』ですね」

「さすがだ」恩師は顔をほころばせた。

「テレビドラマの世界に初めて本格ミステリの興趣を持ち込んだといっても過言ではない『刑事コロンボ』では、主人公のコロンボ警部補が妻の買った犬にあえて〝DOG〟という無機質な名前を付ける。俺が犬なんかを本気で可愛がるわけないだろという照れ隠しだね。ところがいつしかコロンボは、DOGを溺愛するようになっていく。論理に淫《いん》するコロンボが、まるで論理的ではない〝ペットへの愛〟という感情に流されるという、実に人間味溢れた皮肉《アイロニー》だ。ファンの間では有名な話だよ」

「つまり四季くんは、敬愛するコロンボに倣《なら》って〝CAT〟と名付けたってわけですね」

「間違いない。彼は自身の芝居でコロンボのオープニングテーマを使ったほどのコロンボファンだからね。さらに、もうひとつのキーワード——四季くんが自身の信条とは裏腹に仔猫を愛するようになってしまったということを窺わせる言葉がある。段ボール箱に書かれていた〝本物の夢の箱！〟という言葉だ」

「夢の箱、ですか。何やら謎めいてますね」

恩師は辛そうに顔を歪めた。

「そもそも、夢の箱——すなわち〝ドリームボックス〟とは、捨て犬や捨て猫を殺処分するガス室のことなのだよ」

「えっ」

「可哀想《かわいそう》な話だが、この国では年間一万頭以上の犬や猫が殺処分されているのだ。つまり四季くんは、仔猫に向かってこういいたかったのだ。〝君をドリームボックスに入れるわけにはいかないな〟と——〝せめてこの段ボール箱を本物の夢の箱と思ってくれよ〟と」

「——なるほど、繋がりますね。そこまでは腑に落ちます」

我妻はかたちのいい額に手をあてた。

「でもだからといって、四季くんはなぜ岩田先生や楓さんに冷たく当たるようになったのでしょうか。猫に愛情を注ぎすぎて、他に気が回らなくなったということでしょうか」

祖父はいたずらっぽく笑った。

「かりそめにも彼は役者なのだよ。そんなに感情量が少ない男ではない。岩田くんや楓に冷たく当たったのはそれなりの理由があったのさ。そしてその理由こそが、〝四季くん消失事件〟の真相を解く鍵なのだよ」

「うーん、ごめんなさい。見当もつきません」

「つまりだね」

そのとき――

恩師の言葉を遮るように、また季節外れの夕立がざぁっと音を立てた。

15

碑文谷のご鎮守様にさしかかったとき、大粒の雨が住宅街の舗装路を叩き始めた。

「わぁ、横風がひどいな。少しだけ雨宿りしていきますか、楓先生」

「――そうですね。まだ少し時間がありますし」

〝氏子中《うじこじゅう》〟と彫られた石柱の脇から境内に入る。

鬱蒼《うっそう》と茂るクヌギの木の下で身を固くしていると、少しだけ雨足が弱まってきた。

遠目に本殿を見やると、くたびれたスーツ姿のサラリーマンらしき男性がそっと手を合わせている。

楓は遠い昔、汚れたワイシャツ姿の祖父がお百度参りをしていたことを思い返した。

(あの男性は――いったい何をお祈りしているのだろう)

祖父の言葉を思い出す。

(誰にも祈りごとがあり、願いごとがある。人生はいつもままならない)

（でも、だからこそ面白いんだ。いや――面白いと思わなければならないんだ）

ふと横を見ると、岩田も男性が腰を折っている姿をじっと見つめている。

微動だにせず拝んでいるさまに胸を打たれたようだ。

やがて男性は、背中が濡れるのも構わず、傘もささずに境内から出ていった。

楓と岩田以外には誰もいなくなった。

楓は我妻のスマートフォンにショートメールを送った。

〈ごめんなさい、やっぱり気になるので祖父の家に向かってます。岩田先生も一緒です〉

「そろそろ行きましょうか、岩田先生」

すると――やおら岩田は、意を決したような眼差しで楓を見た。

「あの……ちょっとだけ話していいですか」

「あ、はい」

「いいんですか」

「え、はい」

「あの、ですね。ちょっとだけ話していいですか」

「だからいいですよ」

「おじいさんの家で伝えようと思ったんですけど、やっぱりふたりきりのほうがいいなぁと思って。それで」

「はい」

「ええと。ちょっとだけ話していいですか」

「――いいですよ」

岩田は突然楓に背を向け後ろに手を回し、応援団員のような姿勢を取った。

「もしも、です――もしも四季の身に何かあったら、俺が」

一瞬の沈黙のあと、境内に風が吹き込んだ。

それが背中を押したようだった。

「俺がぁ！　一生！　全力で！　楓先生のことを、守ります！」

16

鏡台の上に置かせてもらった二台のスマートフォンのうち、プライベート用のほうが、ぷん、と小さな音を立てた。職務とは関係がない。急を要する用件ではなさそうだ。

後で確認することにして、我妻は話を戻した。

「四季くんがなぜ猫を飼うようになったのか、という小さな謎については納得できました。でも彼の消失事件とは関係なさそうです」

ほう、そうかねと恩師はおちゃめに目を大きく見開いた。

「昔から猫は密室や不可能犯罪と相性がいいのだがね」

「からかっちゃいけません」

我妻は苦笑した。

「たしかに昔のミステリでは、猫や犬の行動を利用して、餌《えさ》と糸や針を使い密室を構成する、というトリックがよく使われたものです。でも今回のケースでは、猫で鍵を掛けるのは不可能です。何しろ生後数か月の仔猫ですし」

「うむ、君のいうとおりだ。仔猫は消失事件に与《くみ》していない。では――なぜこのような不可能状況が生まれることになったのだろうか」

「知りたいのはそこなんです」

「では、それこそ君がいう昔のミステリを例に取ろう。いいかね――ミステリには昔から、登場人物が一人二役を演じるというパターンがある。あるときは被害者イコール犯人。あるときは、目撃者イコール犯人というようにね。フランスのミステリ作家、セバスチアン・ジャプリゾの古典ミステリ『シンデレラの罠《わな》』に至っては、こんなキャッチコピーが帯に躍るのだよ。『私はその事件で探偵です。また証人です。また被害者です。そのうえ犯人なのです。私は四人全部なのです。いったい私は何者でしょう？』――」

「思い出しました、読みましたよ。あのコピーは衝撃的でした」

「つまり一人四役というわけだね。カーター・ディクスンにもこうした作例があるよ」

「うーん。何を仰りたいのですか」

恩師はずばりといった。

「四季くんは楓を守るため、ひとりで何人もの役を演じ分けているのだよ」

「えっ」

「彼は足繁《あししげ》く九鬼の裁判に通っていたのだろうね。ところが九鬼は無罪となり、釈放されてしまった――なんとも情けないよ。ぼくの力不足だ」

後悔や贖罪《しょくざい》――あるいは憤怒か。その額に複雑な陰影を帯びた深い皺が刻まれた。苦い皺だ。我妻の胸が痛くなるような、苦くて哀しい皺だ。

「そこで四季くんは変装を繰り返しながら、ずっと楓に付いて回っているのだよ。たとえば四季くんのアパートを岩田くんが訪れたときに部屋から現れたという女性もそうだ。四季くんにしてみれば、若い美女に扮することなんて造作もないことだからね」

「たしかに。お芝居で何度となく女性を演じているわけですものね」

「またあるとき――電車の中では、老婦人に変装を遂げた。楓に振り向かれたときハンカチーフで汗を拭ったのは、額の汗を拭うためではない。単純に顔を隠すためだったのだよ」

「いや、待ってください」

我妻は首を傾げた。

「さすがにそれは無理があるんじゃないでしょうか。いくら四季くんが老若男女を演じ分ける天才だったとしても、舞台上とは訳が違うんです。電車の中のすぐ後ろで顔を剝《む》き出しにしていれば、いくらお年寄り風のメイクを施していたところで――」

言葉が止まった。

いや、違う。

い、い、いいや、剝き出しではない。

「気付いたかな。そうなのだ――楓が黒くて大きいマスクを付けているのと同じことだよ。四季くんもまた、変装するときにはマスクで顔を覆っているのだね。例の新型感染症の名残から、マスクを付けていても不審がられることはない。ましてや電車の中だからね」

恩師は我妻が淹れなおしたばかりの珈琲をひと口飲んだ。

「そうなると、彼が車を買った理由も分かろうというものだ。ポイントは車の色だね」

「車の色、ですか」

我妻は慌ててノートをめくった。

「車は派手好きな四季くんに似合わず、地味な濃紺色だったそうですね。ということは――」

「うむ」

「楓さんをガードする際、なるべく目立たないようにするためだったのですね」

「そういうことだね。あるいは九鬼の監視にも車が使われたのではないかな」

「御慧眼《ごけいがん》です。車を使えば行動範囲が飛躍的に広がりますからね」

「さて――四季くんが〝密室〟の中から忽然《こつぜん》と消えた事件の考察に取り掛かるとしよう」

いよいよだ。

伺いたいです、と答えると同時に我妻は唾を飲み込んだ。

「まずは、時計の針を、楓と美咲先生がアパートを訪ねる直前に巻き戻してもいいかな」

「はい」

「このとき四季くんは、〝電車の老婦人〟のときと同じように、老人に見えるメイクアップを施していたのだ。芝居で使っているファンデーションを、わざとムラになるように塗る。ペンシルで鼻筋や目の周りにシャドウを入れて額や目尻にも皺を描く。そこまでやれば、近距離でも変装には気付かないものだよ」

合点がいく。

「——分かります。その上にマスクも付けるわけですものね」

「そういうことだ。さて変装を終えた四季くんは、軽い食事を終えてから食洗機を作動させ、珈琲をいくらか飲んでからそのカップだけをキッチンテーブルに置き、エアコンを切ってカーテンを閉めようとした——そのとき図らずも特徴的な長髪姿を遠方から目撃されてしまったというわけだね。この時点で四季くんは、楓に見られたことに気付いていない。そして最後の仕上げとして白髪のカツラを無造作に被り、ドアの鍵を掛けてから階段を下りて車に向かおうとした。ふとアパート外の路地に目を向けた彼は、さぞや驚いたことだろう。まさにそのとき、曲がり角でしばしの立ち話を終えたばかりの楓と美咲先生が、アパートに向かってまっすぐ歩いてきたわけだからね」

「うーん。少し引っ掛かります」

我妻は思わず手をストップ、という風にかざした。

「四季くんはなぜその日に限って楓さんのボディガードを務めなかったのでしょうか」

「決まっている。前日に電車で老婦人に変装していた四季くんは、楓と美咲先生のＬＩＮＥでのやりとりを背後から覗き見ていたからだ。それで日曜は美咲先生が一緒にいるから大丈夫だ、と判断したのだよ」

「なるほど——」

「ここからも四季くんの目線で話したほうが分かりやすいかもしれないね。さて、カーテンを閉める瞬間を楓に見られたことにまるきり気付いていなかった四季くんは、螺旋階段を下りきったところで楓と美咲先生のふたりが正面から歩いてくるさまを見て仰天した。変装している自分の姿を楓に見られるわけにはいかない。部屋に戻るか、とも考えたはずだ。だが、すでにそのチャンスは逃していた。これが螺旋階段じゃなくまっすぐな階段であれば、下り始めた時点か下りている途中ですぐに楓たちに気付き、部屋に戻って居留守を使えたことだろう。だが何しろもう下りきってしまっていたし、勝負を賭けて二段飛ばしで階段を駆け上ったとしても、骨組みだけの螺旋階段だけに、横向きや前向きの姿まで目撃されるのは必定《ひつじょう》だ。しかも老人が階段を駆け上がっていたら、余計に目立ってしまうことだろう。思案しているうちにも楓たちは近付いてくる──敷地まで十メートル、いや、五メートルだ。当然、車で逃げ出そうと思ったはずだ。だが、車の鍵を取り出す猶予はもはやなかったし、ダッシュボードには劇団のフライヤーを自分の車の目印のように何十枚も置いたままだったから、老人の変装姿のまま乗り込むわけにもいかなくなった。進退窮まるとはこのことだね。そこで四季くんはやむを得ず、車の後ろを横切って樹木のほうへ急ぎ、管理人のふりをして、庭掃除の真似をしながらやり過ごすことにしたのだよ」

「普通の老人への変装を、管理人への変装に切り替えたわけですね」

我妻の脳裏にはその日にあったことが再生動画のようにまざまざと浮かんだ。

だが、ひとつだけ疑問がある。

「でも四季くんはどうして庭掃除をするふりができたのでしょうか。咄嗟に箒を用意するのはさすがに無理だと思えるのですが」

恩師は「そう、無理だね」とそっけなくいった。

「だが彼は──このときたまたま、箒に見えなくもないあるものを手にしていたのだよ」

「箒に見えなくもないあるもの──」

「四季くんのお芝居の話は楓から聞いているかね」

「えっ」

突然別の話題となったことに我妻は戸惑った。

「たしか『本格ミステリ殺人事件』ですよね、観たかったです。なんでも楓さんによると、名探偵を演じていた四季くんこそが真犯人で――」

そこではっと思い当たった。

「あぁ」

〝箒に見えなくもないあるもの〟の正体に。

「芝居では凶器に使われた、あれですね」

「そのとおり。樫の木のステッキだ」

恩師は高い鼻に手を添えた。

「芝居で名探偵役の男が使えば、樫のステッキは実にお洒落な小道具に見える。そして老人に変装した男が使えば、たちまちのうちにお年寄りの杖へと変化する。さらに――管理人に変装したいと思った男が、細長いステッキを上下逆さまにして持ち手の部分を落ち葉の吹き溜まりに突っ込めば、たちまち箒に変化するのだ。樫のステッキは、一人三役――いや、一本三役を演じていたのだよ。だが、さすがに箒の役は荷が重かったのだろうね。楓はこういっていたはずだ。管理人が箒を使っていたにもかかわらず、『まるで落葉が集まっていないようにも見えた』とね。そりゃそうだ。いくらステッキで吹き溜まりを掻きまわしたところで、落葉を集めるのは至難の業だろうからね」

我妻は少し可笑《おか》しくなった。

「こういうことというと気の毒ですが……想像するとなんだか微笑ましくもあります」

「しかもだ――〝箒〟を使いながら楓たちの様子を窺っていると、案の定ふたりが車の中を覗き込んでいるじゃないか。ダッシュボードには劇団のフライヤーを置きっぱなしだったから、自分の車だと気付かれたのは間違いない。となると、すぐに車で逃げ出すわけにもいかない。自分が留守だと分かってふたりが姿を消してから、改めて車で出かけようと考えたはずだ。ところがこの直後――四季くんはさらに驚くこととなる」

「はい」我妻はかすかな笑みを禁じ得ない。

「管理人を演じてなんとかやり過ごそうとしていたら、今度はなんと美咲先生が螺旋階段を下りてきて、直接話し掛けてきたわけですからね」

「そうだ。そこで四季くんは得意のアドリブを利かせたわけだよ」

「アドリブ――」

「彼はジャンバーのポケットに手を突っ込んで鍵《キーチエーン》の束を取り出し、低い声で『五分だけですよ』などとぼやきながら、束の中の自分の部屋の鍵だけを外して手渡したのだよ」

「うーん。どうなんでしょう。四季くんがそんなに沢山の鍵を持っているものでしょうか」

「思い返してみたまえ。少なくとも彼は、以下の鍵を持っている」

額に垂れた髪の奥の両の目が光った。

「まず、自宅の鍵。そして、稽古場のシャッターのふたつの鍵。さらには、中古車の鍵。そして都内にあるという実家の鍵。どうだね、少なく見積もっても五つだよ。この鍵の束をじゃらじゃらと音をさせて見せれば、管理人に見えなくはないと思うね。何しろ彼は演技の達人だし、そもそも美咲先生は四季くんを――スマホの写真以外では――見たことがなかったのだからね。充分にこの賭けに勝つ自信があったはずだ」

「――そうですね。いわれてみると、いかにも四季くんらしい話です」

「さて、ふたりに部屋に入られることとなったこの時点で――四季くんはさらにふたつめのアドリブとして、ＣＡＴのためのある計画を立てたのではないだろうか」

「ＣＡＴのための計画――」

なんだろう。

「ＣＡＴの様子を覚えているかい。居室にいた彼は、やたらとダイニングキッチンへ続く扉をかりかりと掻いていたそうだ。さらにはクローゼットの扉も掻き始めたそうじゃないか。ふたつの扉はひっかき傷だらけだったという――となると、ＣＡＴの気持ちはもう痛いほどに分かるじゃないか。仔猫の爪は引っ込まない。彼は、ただただ遊んでいたのではない。日々冷え込みが厳しくなってくるさなか、彼はひたすらに、あるものを探していたのだよ」

（あぁ――）

「不覚です。ようやく気付きました」

「そうだ。ＣＡＴは懸命に探していたのだ――夏への扉を」

遠い目で恩師は続けた。

「ハインラインの『夏への扉』のピートと同じだ。ＣＡＴは人生でまだ一度しか経験したことがない大好きな季節を探していたのだ――きっとどちらかの扉の向こうには夏がある、と信じ込んでいたのだよ」

（我妻――）と自分を叱咤《しった》する。

なぜ気付かない。

なぜそこに気付けないいんだ。

「そんなCATの思いを四季くんが知らなかったはずがない。だがそんな中、彼は車で九鬼の行動監視に出かけようとしていた。ことによると泊まりがけの調査になるかもしれない。エアコンを切って出てきてしまったし、部屋は冷え込んでいく一方だ。そこで彼は急遽《きゅうきょ》、仔猫の世話をふたりのどちらかに任せようとしたのだよ」

「なるほど――だから管理人は美咲先生にあえて『ここ何日か四季くんの姿を見てない』と告げたのですね。するとふたりが、生後数か月の仔猫を放っておくはずがない――」

「まぁ冷静になって考えてみれば変な話だよ。だいたいこの管理人、行動が奇妙じゃないか。個人情報が重視される今の時代にあって、たとえ五分といえども賃借人の鍵を貸すものだろうか。その矛盾にさえ気付けば、容易に〝管理人イコール四季くん〟という結論に至るはずだよ」

本当にそうだ。変装は古い手段だけに、逆に盲点だ。

〝夏への扉〟に〝変装〟――

あるいは小学生の頃の自分ならすぐさま謎を見破れたかもしれない、と我妻は思った。

「もしも楓がクローゼットの中をもっとよく見ていれば、衣装の奥にさまざまなカツラやメイク道具を見つけることができたはずだ。ただそれでも劇団員という隠れ蓑《みの》のおかげで、四季くんの変装には気付かなかったかもしれないがね」

我妻は少し思案してから頷いた。

たとえ自分が四季の部屋を見分していたとしても、気付けなかったことだろう。

そこに、たとえこの部屋にあるような、変装するには恰好の鏡台があったとしても――。

鏡台の上のスマートフォンがまた目に入った。

(そうだ、ショートメールが来ているんだった)

瞬間、刑事の勘のようなものが働いた。

(不測の事態かもしれない)

すいません、ちょっとだけ宜しいですか、とことわってからスマートフォンを手に取る。

(しまった)

慌てて内容を確認する。

だが恩師は再び物語を紡ぎ始めた。

「また別のあるときには――たとえば四季くんは、目立たぬサラリーマンに扮しながら楓の様子を窺っていたかもしれない。そして楓に見咎《みとが》められそうになったときには、慌てて他の行動にでて、その場をしのごうとしたかもしれない。だがまぁ、こうして君とのんびりとミステリ談義ができているうちは、まださして心配することはないね。楓がずっと自分の部屋に閉じこもっているならば――そして、四季くんがそのさまをずっと見守ってくれているならば、まだ慌てふためく段階ではない」

我妻は立ち上がった。

「碑文谷さん、大変です。その予定が変わりました」

声がうわずる。

「楓さんは岩田先生と一緒に――今、こちらに向かっているのだそうです」

「なんだって」

恩師の顔色が変わった。

かっと見開かれた目は血走っていて、明らかに理性を失っているように見えた。

「いや碑文谷さん、落ち着いてください。岩田先生もいますからさほど心配はないかと――」

「だからこそまずいのだよ。非常にまずい。ふたりとも危険だ」

祖父は喘ぐように言葉を繋いだ。

「四季くんが稽古場の前で楓にあえて冷たく当たったのは、絶対に稽古場の中を見られたくなかったからだ。そこは九鬼にまつわるあらゆる資料や写真でごった返していたからだ」

恩師はチェアーから立ち上がろうとする。

その手は、ありもしない宙の手摺をまさぐった。

「そして、彼が周囲も驚く変節を見せた理由《わけ》というのは――」

「碑文谷さん――いや、まどふき先生！　お願いです、座ってください！」

だが恩師はなおも立ち上がろうとした。

「ある決心を固める中、自分の存在を楓の心から消そうとしたからだ！　彼は明確な目的を持って、楓の前から消えようと、い、い、い、い、したのだ！」

よろけた恩師は、すんでのところで両腕を出した我妻の胸の中に飛び込んできた。

そしてシャツの胸元にすがりつき、呻くようにいった。

「護衛だけが目的ではない。彼は真の意味で楓を守ろうとしたのだ！　つまり四季くんが胸に秘めていた本当の目的とは――」

17

まだ岩田は楓に背を向けたまま、直立不動の体勢で立っていた。

「独り言と思ってもらっても構いません」

そういうと、ゆっくり楓のほうに振り向こうとした――

そのときだった。

気持ち悪いんだよ、というしわがれ声が背後から響いた。

ざんざん、と強烈に土を蹴り上げる音が瞬く間に近付いてくる。

「いいかげん分かってくださいよ」

ざん、ざんざん。

「楓は私のものなんです」

ざん。

木陰から現れたのは――〝親バカ〟、九鬼だ。

大ぶりのナイフを両手で持ったまま、体当たりの勢いで走り込んでくる。

振り向いた岩田――その顔が一瞬、くしゃっと歪んだ。

そして楓を優しく見た。

「――消えろ！」

（あぁ！）

その刹那――

もうひとつの影が飛び出して岩田と九鬼の間に割り込んだ。

楓は悲鳴を上げた。

もうひとつの影――サ､ラ､リ､ー､マ､ン､姿の四季――は、腹を刺されていた。

そして流れ出る血を見つめ、膝から崩れ落ちた。

18

恩師が取り乱している中、スマートフォンが悲鳴をあげるように鳴った。

楓が泣き叫んでいる。

〈すぐに……すぐに来てください！　四季くんが……四季くんが！〉

「そのままで！　切らないで！」

「どうしたんだ。何があったんだ」恩師が問う。

（嘘をつくのか、我妻。よりによってまどふき先生に）

一瞬迷ったが危急の事態だ。

「安心してください。たいしたことじゃありません」

すぐに戻ってきますと恩師に告げ、我妻は家から飛び出した。

「今どちらですか」
〈あぁ！　し……四季くん！〉
駄目だ。錯乱している。
だが――声の後ろから木々が風に揺れる音がする。
近くの小さな八幡宮だ。
走る。
俺の足、動け。
頼む――頼む。
「楓さん、向かってます！」
返事の代わりに、ただ叫び声が響く。
〈いやあああああああああああああ〉
ややあって、スマートフォンのスピーカーから――
〈てめぇ……てめぇ！　動くんじゃねぇ！〉というこれまた錯乱したような岩田の声。
誰かを組み伏しているようだ。
直後――荒い息の四季の声が響いてきた。
〈俺のシナリオどおりだ〉
勝ち誇ったような口ぶり――
〈これでおまえは――正真正銘、刑務所行きだ！〉

終章／時間旅行《タイムトラベル》をした男

1

〈救急車が通ります。道をお空けください〉

目黒通りにサイレンが響き渡る。

〈――空けてください！　救急車が通ります！〉

救急隊員のマイクで連呼する口調が次第に切迫感を帯びていく中、岩田は救急車のストレッチャーに横たわる四季の左手を握りしめていた。右腕には点滴のチューブが繫がれており、指先には血中酸素濃度を測る機器がクリップのようなもので挟み込まれている。

傍らの若い女性隊員は、血圧や脈拍などのバイタルデータをタブレット端末に打ち込んでいた。少しでも早く治療に取り掛かれるように、受け入れ先の病院へ送るのだろう。

四季が岩田の目を見ながら、酸素マスク越しに口を開いた。

「九鬼は……九鬼は、どうなりましたか」

「我妻さんが逮捕したよ。あっという間だった――やっぱりプロだな」

「楓先生はどうしました」

「おじいさんの家で横になってる。大丈夫だから心配するな」

「良かった」四季は子供のような笑みを浮かべた。

「四季、もうすぐ病院だ。今は喋らないほうがいい」

「そうだ、先輩。僕が書いたシナリオの肝を教えましょうか」

「だから喋んなって」

「九鬼に刺される場面をラストシーンとするなら、楓先生のすぐ近くにずっと張り付いていればいいだけの話です。あいつが嫉妬するほどの近くにね……。じゃあ、なぜそうしなかったのか分かりますか。別人に変装して、常にある程度の距離を置きつつ機を窺っていたのはなぜなのか、分かりますか」

「――なぜだ」

四季は苦しそうな息のもと、あは、と声を出して笑った。

酸素マスクが吐息に曇った。

「理由は先輩にしか気付けないいんじゃないかな」

「まさか」

「そうです。だってさ、そんなことしたら」

言葉の途中で一度咳き込んだ。

「そんなことしたら、先輩との不可侵条約を破ることになっちゃうじゃないですか」

「おまえ――」

四季は、笑みを浮かべたままゆっくりと目を閉じた。

その顔が見る間に蒼褪《あおざ》めていく。

女性隊員が、お返事できますかぁ、と声を掛ける――が、四季はぴくりとも動かない。

「隊長、意識レベル低下。Ｖ２からＶ１」

助手席の隊長らしき壮年の男性が後ろを振り向いた。

「受け入れ先に連絡。交差試験は後回しでも輸血を優先」

「了解。AEDはどうしますか」

「点滴追加で様子を見よう。それと気管挿管の用意を――」

「チアノーゼです！」

隊長が移動してきて、失礼、と岩田を後ろへ押しやりながらモニターを覗き込んだ。

「出血性ショックだ。厳しいね」

「除細動、いきますか」

「当然だ。ハサミを」

救急隊長は躊躇なく四季のワイシャツとアンダーウェアをハサミで縦に切り裂いた。

サイレンが片頭痛のように脳内で疼《うず》く中、岩田は茫然《ぼうぜん》と隊員たちを見つめていた。

（四季）

（――嘘だろ、四季）

病院までは、まだ時間がかかりそうだった。

2

悲憤。義憤。あるいは――ある種の安堵。

いくつもの花輪が飾られている薄暗い一階のロビーには、集まった人々のさまざまな感情が複雑に渦巻いていた。

無機質でそっけない打ちっぱなしのコンクリートの柱――そこに貼られた紙には、人差し指を斜め下に突き出した手のイラストとともに「こちらへ」という、やはりそっけない四文字が躍っている。

指示に従い人々が階段を下りると、中途の壁にこの夜の主役の写真が貼られていた。ほんの数か月前の舞台上の写真だ。はじけるような笑顔が人々の涙を誘う。

(四季くん。よく頑張ったね)

厚手の黒いコートに身を包んだ楓は、こみあげる涙をこらえながら重い扉を押した。

ロビーよりも暗くうら寂しい会場の中には、岩田と美咲、さらに我妻の姿もあった。

「まさかあの四季が……こんなに早く」

嗚咽をこらえきれない岩田の肩に、我妻がそっと手をかける。

「涙はこの場にふさわしくありません。四季くんはけして喜ばないと思いますよ」

会場の照明がぱっと明転する――

同時に、岩田が先の言葉を繰り返した。

「まさかあの四季が……こんなに早く元気になるなんて」

幸いにも四季の腹部を襲ったナイフは腸を傷つけてはいなかった。おかげで四季は――当初は夥《おびただ》しい出血によりショック状態に陥ったものの――ほんのひと月ほどの入院加療を経て、無事にこうして劇団の舞台へと復帰できたのだった。

一方、九鬼は殺人未遂で起訴、送検された。警察も検察も九鬼に明確な殺意があったと判断したということであり、当然、相応の刑期を務めることとなるだろう。

「皆さん、お久しぶりです。いきますよ？　ショウ・マスト・ゴー・オーン！」

四季の挨拶に客席は万雷の拍手だ。わずか一週間の特訓で今夜の芝居を仕上げたらしい。

演し物《だしもの》のタイトルは――『12月はためいきの国』。

（ブラッドベリだ）

楓の胸はときめいた。入院中の四季にプレゼントした『10月はたそがれの国』をモチーフとした、いかにもロマンティックな作品に思えたからだ。

だが、予想は完全に外れた。『12月はためいきの国』は、日本のお笑い芸人全員がなぜか突然まったく笑いを取れなくなり、一月から十一月まで徹底的にスベり続け、十二月に入った今となってはただ溜息のみが列島を支配するという、純度一〇〇％のコメディだった。

（四季くん――またわたしに仕掛けてきたのね）

いかにも人を食った四季らしいやり口だ。プレゼントさえ普通のかたちでは返さない。

だが、客席の笑いの渦の中で岩田だけは、舞台狭しと動き回る元気な四季の姿を見て、ずっと目頭を押さえていた。

3

本番後の楽屋前は、四季の復帰を喜ぶ人々で溢れていた。楓はミニポインセチアの鉢植え、岩田は手作りのフィナンシェ入りの袋を抱えたまま、人の波が静まるのを待っていた。

いつか稽古場の前で見た、赤いファーと白いファーの女性たちの姿は見当たらない。

結局は、熱しやすく冷めやすかった——ということなのだろう。

どうぞ、という声に促されて楽屋に入ると、四季は鏡に向かってクレンジングクリームを塗っているところだった。

入院中、意識が戻らない四季の顔をそっとタオルで拭っていた日々が思い出される。

わたしなんかのために。

なんてことを。

タオルを洗面台で絞るたび、水滴が何かとオーバーラップした。

そういえば岩田はいつも、こいつってほんと髭が薄いな、ガキみてぇだな、と電動シェーバーを丁寧にあてていたものだった。

どうもです、と四季は鏡越しに頭を下げた。

「メイクを落としながらでごめんなさい。すぐ撤収しなきゃなんで」

「ううん。正直、ブラッドベリをイジられて悔しいけど……今夜も最高だったよ、四季くん」

「ありがとうございます」

目を合わせようとしないが、ほんの一瞬だけ、無防備な笑顔がはじけた。

「それより我妻さんと美咲先生は、もう帰られたんですか」

「必死でアンケートを書いてるよ。ふたりとも超大作だぜ」岩田が今日初めて笑みを見せた。

「それは楽しみだなぁ」

楓は鉢植えをテーブルの上に置いてから、鏡越しにもう一度、四季をそっと見た。

するとーー本番ではまったく気付かなかった変化にどきりとした。

「四季くん。どうしたの、その傷」

「ん」

メイクを落とした首筋に、あるいは手に、まだ治りきっていない傷がいくつもあった。ナイフを避けようとするときにできる防御創《ぼうぎょそう》に似ている。

「ひょっとしてあのとき切られたの」

四季は鏡越しの視線を外してそっけなくいった。

「違いますよ。これ……猫です」

「えっ。今なんて――」

「だから猫ですって。何度もいわせないでください」

四季の顔が心なしか赤らんだ。

岩田が顎を突き出してははは、とあざ笑う。

「だからいっただろ。おまえが猫を飼うなんて無理なんだよ。猫も人を見るんだよ」

「どういう意味ですか」四季がメイクを落とす手を止めて振り返る。

「入院中はずっと俺がCATを預かってたろ。けど引っ掻かれたことなんて一度もないぜ」

「引っ掻くのは愛情表現の裏返しですよ。ていうか僕は別にあいつのことなんてなんとも思ってないんですけどね。あいつが僕のことを好きっていうだけで」

「珍しく理屈に合ってないな」岩田が勝ち誇ったようにニヤついた。

「あのさー。普通に両想いがいいって。悪いこといわないって。飼うのやめとけって」

「あーうるさい。先に打ち上げに行っててください」

「認めろよ。もう俺に懐いてるんだから、CATは俺に任せろよ」

「引っ掻きますよ」

「小学生か」

CATが取り合いになっている。おそらく打ち上げの席でもどちらが飼い主としてふさわしいか、大激論が展開されることだろう。

軍配がどちらに上がるかは分からないが、楓としては完全に機を逸した、と感じる。

（わたしも参戦しようと思ってたのに）

だがこのふたりの剣幕だと、楓が食い込む余地はまるでなさそうだ。

そのとき――ふと気付いた。

自分もCATを飼いたがっているという表向きの心理の底に沈む真意に。

恥ずかしいが、認めざるを得ない本音に。

（「嫉妬」――）

そう。楓は、CATに焼きもちを妬《や》いていたのだった。

4

ベッドに入ってCATの行く末に思いを馳せていると、枕元のスマートフォンが鳴った。

美咲だ。

〈ごめんね楓。寝てたかな〉

「大丈夫だよ」

〈あのさ。打ち上げのときは重くなるかなと思って話さなかったんだけど、ちょっと聞いてもらいたいことがあって〉

「当てよっか。我妻さんのことじゃない」

〈違うよ〉

美咲は電話の向こうで低く笑った。

〈んー、違くもないか。たしかに実物は写真よりも数倍素敵だったな。深くは踏み込まなかったけど独身だってことは分かったたし、私のタイプだってことも認める。何しろ優しいし、大人だし。だけどね。あの人、目が笑ってないのよ〉

「目が――」

〈いや、怖いっていうんじゃないの。なんだろ……眼球がカチコチに凝っているというか。何か原因があって、哀しみで凝り固まったままになっているんじゃないかな。ほら、肩こりってあんまりひどくなると、自分で気付かなくなるっていうじゃない。それほど眼球の凝りがひどいんじゃないかな。いや、ちょっとごめん。分かりにくいか〉

「ううん、分かる。すごく分かるよ」

眼球の凝り。痛み。

〈でもそれをほぐしてあげられるのは、やっぱり時間しかないんじゃないかな。私じゃないと思うんだ。少なくとも、今はね〉

「うん……うん」

〈どうしたの楓。泣いてるの〉

「泣いてないよ、やめてよ」

〈だから話っていうのは我妻さんのことじゃなくて、私のことでもなくて〉

「うん」

〈名前はすずっていうんだけどね。実はその……今も横にいるんだけどさ〉

個人情報を気にしてのことか、どこか遠慮がちな口調だ。

〈彼女ね――まるでミステリのような相談ごとがあるっていうのよ〉

美咲のうしろで、ごめんね先生、という甲高い声がした。

〈最近、周りで不思議なことばかり起こるんだって。まるで〝学校の七不思議〟みたいで、怖くて眠れなくなっちゃったんだって。それでね――本当に名探偵の知り合いがいるんなら、謎を解いてもらいたいんだって〉

こんなに遅くまで美咲の家にいるということは、それだけで只事《ただごと》ではない。

心の底から怯えており、また悩んでいるということなのだろう。

〈学校の七不思議――〉

元校長の名探偵には、うってつけの事件に思えた。

「まったく問題ないと思う。うちの祖父、近頃なんだか嘘みたいに調子がいいのよ」

5

都合が合ったのは、クリスマス・イブの昼間だった。

美咲たちとの待ち合わせ時間までには、まだゆとりがある。

楓は祖父と共に、冬晴れの碑文谷をゆっくりと歩いていた。

路地は迷路のように入り組んでおり、ひとつとして同じ光景はない。庭先の椿《つばき》やパンジー、あるいは山茶花《さざんか》が目を愉しませてくれることもあって、冬の散歩にはもってこいだ。

曲がり角の家の壁にはトナカイの電飾がデコレーションされていた。昼間のうちはただのライトとコード類に過ぎないが、夜の帳《とばり》が下りたとたんトナカイは生き生きと駆け出すのだろう。

誰もが心弾むクリスマス。

そんな常識のようなものに、今年ばかりは素直に身を委ねたくなっていた。

殺人未遂で逮捕された九鬼だが、我妻によると他にも五指では足りないストーカー事案が浮上しており、中には行方不明の被害者女性もいるということだ。九鬼にまつわる報道も過熱しつつある。今後はかなりの長い間——悪夢を除けば——あの顔を見ることはないだろう。

こうして柔らかな日差しを浴びていると、壊れかけていた自分が少しずつ修復されていく実感がある。桜色のハーフコートに袖を通せる日がやってくるかも、とも思う。

（それに——）

最近、祖父の体調がやたらといいということも高揚感の一因だ。各種薬剤の調合具合がぴたりと合ったせいか、祖父はまったく幻視を見なくなってしまった。いっときの不調はなんだったのだろう。手が震える「振戦」に象徴されるパーキソニズムもさほど見られず、歩幅もわずかながら広くなりつつある。デイサービス先の室内クロッケー大会では大差で優勝を決めたほどだ。懸命に続けているリハビリも奏功しているのかもしれなかった。

杖を頼りにゆっくりと歩を進めている祖父が、前を向いたまま口を開いた。

「楓。妙なことを提案してもいいかな」

「なぁに」

「半分冗談――いや、完全な冗談だと思って聞いてほしい」

祖父は夢見るような目の脇に皺を作って微笑んだ。

「もしもだよ。もしもぼくの病気が完全に治ったとしたら、という話だ」

「――うん」

「もしもそんな日が来たとしたら……ふたりでイギリスに行かないかい」

「えっ」

「いや、これはあくまでもしもの話だから、余り重く受け取らないでほしい。うん、さすがに突飛すぎる提案かもしれないね。なぜ旅行なのか。なぜ行き先がイギリスなのか。あはは。そりゃ楓だって戸惑うことだろう」

いつになく早口になっている。

無理は禁物だよ、と断られるのが怖いのか。

（――いや、違う）

そうだ。

祖父は〝旅行の計画を立てる〟というゲームをしたがっているに過ぎない。

早く、ゲームに乗ってもらいたいのだ。

だから勢いに任せて喋っているのだ。

幻視を一切見なくなり、傾眠も止まり、若い頃のように動けるようになり、遠くヨーロッパに旅行ができるようになる、「その日」。

でも「その日」は来ない。来るはずがない。

そしてそのことを一番よく分かっているのは、祖父自身のはずだ。

つまりこれは――

（体調が最高の今しかできない、おじいちゃんとわたしのゲーム）

「いや、冗談だから忘れてほしい。楓も社会人だし自分の都合もあるだろうし、それにだね」

「おじいちゃん、行こ」

「えっ」

「イギリス。行こうよ、絶対」

祖父は立ち止まった。

「ほんとかい。楓も行きたいのかい」

「だってシャーロック・ホームズを生んだ国じゃない」

（それに――）

たとえゲームにしろ、なぜ祖父がイギリスに行きたがっているのかは分かっていた。

イギリスは、祖父と祖母が新婚旅行で行った国だったからだ。

6

美咲たちの来訪に備えて居間のテーブルに椅子を用意し、祖父にクリスマスプレゼント――今年のトレンドカラーに合わせたグリーンのセーター――を手渡し、紅茶用のポットのスイッチを入れても、まだふたりで話せる時間があった。

楓はテーブルの上に右肘を突いて手のひらに頬を乗せ、おじいちゃん、といった。

「新婚旅行の話、もっと聞かせてもらえないかな」

祖父は少し驚いた様子だった。

「大丈夫なのかい」

「うん。行き先がイギリスだったってことしか知らないもの」

（私も眼球が凝っているのかもしれない。でも逃げてないで、ほぐさないと――）

祖父は椅子にいったん腰かけてから、テーブルに両手を突いて臀部をずらした。

そして、どこから話すかな、と唇に指を当てた。

「おばあちゃんの――夏米《なつめ》の故郷は、新潟でね。実家は棚田が広がる山間部の米農家だった。冬になると二メートルを超える雪に見舞われて、外出もままならない。田植えや稲刈りの時期には手伝いのため学校が休みになり、友だちとも会えない。そんなとき支えてくれたのが、ミステリやＳＦだったのだそうだ。『本さえあれば、十秒ほどで世界中のどの場所にもいつの時代にも飛んでいくことができるの』——それが彼女の口癖だった」

「分かるわ」

思えばひとりっ子の楓も、小さい頃からずっと小説を読んでいた。

小説だけが友だちだった。

雑誌やマンガだと、読書中なのにもかかわらず、大人たちはぐいぐいと話し掛けてくる。

「その雑誌、二号前のやつだよ」「そのマンガ。主人公の名前なんだっけ」（もちろん、分かってて読んでいます）

「大好きだったな、そのマンガ」（それくらいはお願いします）

だが——海外の、しかもクラシカルな小説となると、少しばかり周囲の様子が違った。

大人たちは、へぇ小説を読んでるの、偉いねぇ、というと、すぐにその場から離れた。

ときには、細かい活字の羅列に怯んでいるように見えた。

読んでいないんですか、といい返されたときの対応を嫌がっているようにも見えた。

本屋さんが付けてくれるブックカバーは世紀の大発明だと思う。

きっとあのときの大人たちは、楓の本の内容が「銀河と銀河が正面衝突する場面」であるとか「ナイル川をゆく豪華客船で三人目の被害者が撃ち殺された場面」だとは、露ほども思っていなかったはずだ。

「じゃあおばあちゃんは、故郷が嫌いだったのかな。それで本の世界に遊んでたというか」

「うむ。夏米の故郷《ふるさと》では雪かきを〝雪をかまう〟と表現するらしい。捨てるんじゃない、構ってあげるんだよ、という実に優しい言葉だね。でも彼女は〝雪をかまう〟のが嫌だった。短い柿若葉の季節と米どころの土地柄から名付けられた自分の名前も大嫌いで、早く故郷を捨てたかった。

それですぐに上京して、ぼくと知り合い——まぁいろいろあって、学生結婚したというわけさ。で、卒業旅行と新婚旅行を兼ねて、イギリスに行ったのだがね」

祖父は明らかに照れていた。正直、〝いろいろあって〟のいろいろを聞きたいのだが、今日のところは勘弁してあげることとしよう。

「それにしてもイギリスかぁ……おばあちゃんは喜んだろうね」

「そうだね。たしかに喜んだことには喜んだ。だがね……ぼくが想像していていたような喜び方ではなかったんだ」

「えっ」

「てっきりぼくは、ホームズが活躍していた時代を彷彿《ほうふつ》とさせるロンドンの街並みを喜ぶものだと思い込んでいた。霧の中に浮かぶロンドン塔。今にも二輪馬車が走ってきそうな、朝露に濡れる石畳の道。そして何よりも、かの名探偵が住んでいたとされるベーカー街——。そういったものに喜ぶと思っていたら、まるで違ったんだ」

「まるで——」

「ロンドンから郊外へ貸し切りタクシーを二時間も走らせると、景色はまるで一変する。そこには、一面の緑に覆われた田園風景が広がっている。日がな一日のんびりと草を食《は》む羊や牛たち。なだらかな丘の向こうまで延々と続く放牧地とじゃがいも畑。畑では年老いた女性たちが、芋の苗を植え付けていた。苗から育てると種芋を節約できるのだそうだよ。風が頬を撫で、濃い草の香りがぼくらの鼻をくすぐった。そのときのことだ……妻が突然、泣き出した。そして、思いもかけないことをいい始めたんだ」

「なんて？」

「風景そのものは全然違う――でもここは私の田舎の春に似ているわ、と。イギリスに来て初めて分かったと。私がどれほど故郷が好きだったのか、今になって気付いた、と」

（――おばあちゃん）

「帰国すると、すぐにふたりで春の新潟へ向かった。この碑文谷に住むようになってからも、年に二回は必ず彼女の実家に顔を出していたものさ。やがて、ひと粒種の女の子が生まれた。妻は栗色がかった赤ちゃんの髪の毛を見て、たんぽぽ娘みたい、と喜んでいたよ」

ロバート・F・ヤングの『たんぽぽ娘』は、たんぽぽ色の髪の少女がただ一度の恋のために時空を超える、時間旅行《タイムトラベル》ものの名作だ。楓は、同じく栗色がかった母譲りの髪に思わず手をやった。

「娘の名前はふたりで話し合って決めた。そう、もちろんふたつの国の田園風景から付けたんだ。苗が香ると書いて〝香苗〟――君の母親だよ」

お母さん。

今はいない母。わたしが生まれる直前に胸を刺された母。

「ね、おじいちゃん。ひとつだけ教えてほしいんだけどさ。おかあさんは、どういう感じのひとだったの」

すると――それまで饒舌だった祖父が、ぐぅ、と妙な声を出していい淀んだ。

「楓。それをぼくに訊くのは少し酷だよ」

そして、幾重もの皺をさらに深く刻ませた。

「香苗はね。外見も優しい性格も、何もかもが君と瓜《うり》二つだ」

「おじいちゃん、ごめん」

「いや、瓜二つだった、というべきかな」

「おじいちゃん、ごめんてば」

眼球が痛い。

駄目だ。

だが、祖父のほうが痛いはずだ。

「ごめんね。ほんとごめん」

「いや、謝ることはない。でも楓。それをぼくに訊くのは少し酷だよ」

また、同じ言葉を繰り返した。

「香苗に逢えない今のぼくに訊くのは――少し酷だよ」

そのとき、インターフォンの音が響いた。

いつの間にか、美咲たちが来る時間になっていた。

7

居間に入ってくるやいなや、美咲は肘で突っつくようにご挨拶よ、と促した。

「五年二組のすずといいます」

小柄な美咲よりもわずかに背が低いすずは、おさげ髪の頭をぺこりと下げた。

美咲から事前に事情を聞いていたので、楓はすずの風貌を見ても驚くことはなかった。右のおさげのほうが、左のそれよりもいくぶん毛量が少なく見える。ストレスからか、すずは自分で髪の毛を抜いてしまうらしいのだ。

「やぁ、いらっしゃい」

頼りにされるのが嬉しいのか、祖父は彼女を見るなり相好を崩した。

祖父にも事情を伝えているから、すずの外見に戸惑う様子はない。

「すずちゃんって呼んでもいいのかな。それとも〝すずさん〟のほうがしっくりくるかな」

すずでいいです、と答えながら、すずは行儀よく足を揃えて椅子に座った。

「あ、でも最近すずちゃんって呼ばれてないからそっちのほうが嬉しいかな」

「分かったよ、すずちゃん。紅茶が好きなんだってね。用意してあるが飲むかね」

「ありがとうございます、いただきます」

立とうとする楓を制し、私がやるから、と美咲が気を利かせてキッチンに向かった。

すずが祖父に、あのぉ、と話し掛ける。

「で……あなたが名探偵さんですか。名探偵さんって呼んでもいいですか」

「うん、すずちゃんが好きなように呼んでくれてもいいよ。しかし実際にそう呼ばれてみると、意外と気分のいいものだね」祖父は余計に目尻を下げた。

「じゃあすずちゃん。さっそく聞かせてもらいたいのだけれど——学校のことで悩みがあるのだそうだね」

「うーん。というよりも」

すずは右のおさげの根元のあたりを右手で引っ掻いた。

「これは事件なんです、名探偵さん。しかも、私自身が関わっている事件なんです」

「ほう。どういう事件なのかね」

すずはあたりを窺うように見回してから、少しだけ声を潜めた。

「うちの学校の階段は、どこもがすべて十二段なんです。でも……私の教室の前の階段だけが、ときどき、十三段になっているんです。死刑台の階段って、十三段なんでしょう。だから私、死刑になるんでしょう」

8

それぞれのカップに紅茶を注いだあと、美咲が楓の耳元で囁いた。

「私、廊下にいるね」

「そんな、部屋にいなよ。廊下はちょっと寒いよ」

「ううん。ひょっとしたら私がいると――少し彼女が話し辛いかも」

あるいはこのことで、すずと揉めたのだろうか。

美咲はどこか哀しそうな笑みを浮かべてから部屋を出ていった。

「紅茶はどうだい、すずちゃん。熱すぎたら遠慮せずいうんだよ」

「いえ、ちょうどいいです。美味しいです」

「では話を戻そう。まず、十三階段の謎は脇に置いておくとして――どうしてすずちゃんは死刑になると思うのかい。何か悪いことをしちゃったのかい」

「そうなんです。私、あの先生にひどいことをしちゃったんです」

すずは、廊下へ続く扉を指さした。

大きな両目に涙が溢れている。今にも泣き出しそうだ。

こんなとき、「泣かないで」というのは禁物だ。逆に泣いてしまうからだ。

祖父は優しく声を掛ける。

「平気だよ、すずちゃん。泣きたかったら泣いていいんだよ」

「いえ……いえ、大丈夫です」

すずはハンカチーフで一度目を押さえただけで、なんとか踏みとどまった。

「で、すずちゃんは先生にどんなひどいことをしちゃったのかな」

「図画の授業で、先生を描いたんです。途中まで、とても上手に描けていました。自分でいうのもなんですけど、先生の可愛いところがうまく出てると思いました。一番うまく描けていたのは八重歯です。なのに……なのに」

感情が昂《たかぶ》ってまた泣き出しそうだ。

見かねて楓が声を掛ける。

「すずちゃん、落ち着いて」

「描きあがった絵を手に取って眺めてみたら――魔女の絵になっていたんです。八重歯は口から大きくはみ出して、耳まで届く牙《きば》に変わっていたんです。だからやっぱり、私が悪いんです。私が……私が死刑になるしかないんです！」

「いいかい、すずちゃん」

祖父が、校長を務めていた頃からの武器——誰をも落ち着かせずにはおかないバリトン声で優しく語り掛ける。

「たとえ先生のことを魔女のように描いたとしても、この国ではけして死刑になることはないよ。だから安心しなさい」

「いっときますけど私、先生のことは好きなんです。怖いときもあるけど、そこも含めて大好きなんです。先生が嫌いになったことなんて一度もないんです」

「分かるよ、すずちゃん。ぼくはすずちゃんがいってることを信じるよ」

「じゃあ、いったいなぜ——」

「ちょっと目先を変えてみようか。他に学校で何か不思議なことはあったのかい」

「それがもう、不思議なことだらけなんです」

すずは、濡れた目を祖父に向けた。

「月曜日は、誰もいないはずのトイレから小さな女の子が出てきました。火曜日は、給食でお代わりをした男子が〝もうだめよ！〟と先生に叱られたんです。お代わりは大歓迎のはずなのに」

「うん」

「一番怖かったのは水曜日です。音楽室の前を通りかかったら……中で前の校長先生が、ピアノを弾いていたんです」

「そんなに怖い話かな。前の校長先生が、久しぶりに遊びに来たんじゃないかな」

そんなわけないんです、とすずはまたかぶりを振った。

「だって……前の校長先生は、一年前に死んでいるんです」

9

暖房が入っているのに寒気を催したのか、すずは震え始めた。

楓はブランケットをそっとすずの肩から掛けた。

「ね、名探偵さん、不思議でしょ。友だちにいったら、〝すずは嘘つきだ〟っていうんです。でも私は嘘なんかついていないんです」

「うん。すずちゃんは嘘をついていない」

「じゃあこの事件――名探偵さんは、どう解決してくれますか」

「すずちゃん。世の中で起こった出来事に、なんでも原因を求めちゃいけないよ」

「えっ」

祖父は、珍しく論理的ではない〝解決篇〟を語り始めた。

「まだ小学生なのに、そんなに沢山の不思議な出来事に次々と遭遇するなんて実に嬉しいことじゃないか。なんの刺激もない日々を送るよりも、よほど幸せだと思うべきだ」

「私が――幸せ？」

「子供たちはおおいに不思議なことにどきどきして、わくわくするべきだよ。ぼくなんて、すずちゃんのことがうらやましくて仕方がない」

「名探偵さん。私がうらやましいの」

今日初めてすずが、うっすらとだが笑みを見せた。

「どうして私がうらやましいのかな」

「それはだね。君が魔法世界の物語の主人公だからだよ」

「物語の主人公――」

「すずちゃんは、十二段しかない階段を十三段に増やす魔法を知っているんだ。あるいは、先生の絵を一瞬で魔女の絵に変身させてしまう魔法が使えるんだ。さらには」

祖父は、すずに向かってチャーミングな笑みを浮かべてウインクした。

「魔法の国のお友だち――妖精のために、出口を作ってあげる魔法を使ったんだよ」

「あはは。じゃあ私、その出口をトイレに作っちゃったのね」

「妖精はさぞびっくりしただろう。さらにすずちゃんは、ほんのいたずら心で、給食のお代わりが貰えなくなる魔法を使ったんだ。どうだい？　その男子、少しいじわるなんじゃないかな」

「そうなんです」

すずは声に出して笑った。

「よく知ってますね。あの子、ときどき私に向かって〝ババァ〟なんていうんです。だから魔法を使ってやったの」

「そうだろう？　だがなんといっても一番すごいのは、前の校長先生を生き返らせるという大魔法だ。相当な腕を持つ魔法使いじゃないと使えないはずだよ。さすがはすずちゃんだ」

「あはは……あはは」

すずは嬉しそうに笑い続けた。

祖父の心理的誘導が奏功したようだ。

文字どおり魔法のようだった。

柔らかな物腰と、心をとろけさせるバリトンの優しい声が、彼女をその気にさせたのだ。

すずの幸せそうな笑い皺が、顔一杯に広がっていく。

その両の目が——ゆっくりと閉じていった。

傾眠に入ったようだ。

テーブルにゆっくりと頰をつける寸前、楓がそっと枕を差し込んだ。

真っ白なおさげ髪がテーブルの上に垂れる。

楓は、すずの背中に薄いブランケットをもう一枚掛けた。

「見なさい楓。可愛い寝顔じゃないか」

「本当ね」

廊下の向こうから、美咲がすすり泣く声が聞こえてきた。

気の強い美咲の泣き声を聞いたのは初めてだった。

楓が廊下への扉を開け、美咲、と小さく声を掛ける。

「だいぶ落ち着いたみたいだよ。これでしばらくの間は眠れるようになるんじゃないかな」

美咲は声にならない。

えぐっ、えぐっと子供のような嗚咽を漏らしてから、ようやく言葉を絞り出した。

「——ありがと。本当にありがとう。うちのおばあちゃんのために」

そう――すずは、美咲の祖母だったのだ。

そして、祖父と同じく、やはりレビー小体型認知症を患っていたのだ。

祖父の見立てどおり、すべての〝不思議で怖い出来事〟は、病気の産物だった。

すずは、孫の美咲のことを担任の先生と思い込んでいるのだ。

美咲が電話してきたとき、すずは美咲の自宅にいた――。

だが、すずが本当に美咲が担当するクラスの児童なら、あんな深夜に家にいるはずがない。

本来はひとり住まいだが、調子を崩して泊まりに来ていたのだ。

そして、美咲のことを孫だと信じられず、あの夜も〝担任の先生〟と信じ切っていたのだ。

だから美咲も電話口では諍《いさか》いにならぬよう、祖母に話を合わせていたのだろう。

すずは、デイサービス施設での出来事を〝学校での出来事〟と思い込んでいたのだった。

〝先生〟は実際には職員のことだった。

図画の授業で描いた絵は、付き添いの美咲を描いたものだった。

それが幻視によりたちまち魔女の絵に変化してしまったのだ。

ピアノを弾いていた人物は存在せず、やはり幻視の産物だった。

給食でお代わりを頼んで叱られていた〝男子〟は、満腹を自覚できずに何度も食事をしてしまう老人だった。

そして階段の段数が見るたびに変わるのは、まさにＤＬＢの典型的症状――。

しばしの間——

楓と祖父と美咲は、すずの幸せそうな寝顔をスイーツ代わりに紅茶を飲んでいた。

そのとき、楓のスマートフォンが鳴った。

「ちょっとごめんね」

廊下に出て画面を見ると——愛するひとの名前だった。

後ろ手に扉を静かに閉めてから、そっとスワイプする。

〈もしもし、楓先生〉

「はい」

〈すいません、やっぱり我慢できなくて。いや、逢いたいとかそういうんじゃないんです。どうしても……ひと言だけいいたくて〉

「——はい」

〈楓先生。メリー・クリスマス〉

電話の向こうで、仔猫が甘える声がした。


火照《ほて》る頬を手で押さえながら居間の扉を開けると、すずがうっすらと目を開けていた。

「目が覚めたかい、すずちゃん」

祖父が柔和な顔付きで声を掛ける。

「あぁ、名探偵さん。なんだか私……失礼なことをいっちゃったかも」

すずは、はっとしたように周りを見渡す。

その目には、先ほどまでとはまるで違う知性の光が宿っていた。

「名探偵さん。私、病気なの」

美咲が口を手で押さえた。

そして小さな声で、二か月ぶりだわ、二か月ぶりにおばあちゃんが戻ってきた、と呟いた。

すずがまた祖父を見た。

「私ね……孫娘のことがときどき分からなくなってしまうの。頭の片隅では美咲だって分かってるのよ。だけど自分ではどうしようもないの。昔、大好きだった小学校の先生……美咲に似ていた先生の顔に見えてくるの。そしたら、もう止まらない。先生のつもりで話し掛けてしまうの」

すずの両の目に、また涙が溜まり始めた。

「そんな私に合わせて、美咲は演技をしてくれるの。そのことも分かってるの。朝、迎えに来た車が学校からものじゃなくて、施設の送迎車だってことも分かってる。学校からわざわざ迎えのバンが来るはずがないってことも分かってるの。学校での不思議な出来事の数々も、現実じゃなくてデイサービス先で私が見てるまぼろしなんだって……頭のどこかでは分かってるのよ」

楓は固唾を呑みながら、すずの話を聞いていた。

驚くべきことに、彼女にも病識《びょうしき》があったのだ。

自分が病気であることに、はっきりと気が付いていたのだ。

祖父同様、ＤＬＢ患者の場合、けして珍しくはない話だ。

だがそうした自覚は、寄せては返す波のように、現れたり消えていったりもする――。

「ね、名探偵さん」

すずは祖父に訴えた。

「まぼろしを気にしないようにするには、どうしたらいいのかな。美咲に心配をかけないようにするには、どうしたらいいのかな」

「非常に難しい問題だ」

祖父は眉間に皺を寄せた。

「実をいうとぼくも、君と同じ病気だったのだがね」

すずは目を丸くした。

「そうなんですか」

「うむ。ごく最近まで毎日のように君のような症状に見舞われていたものさ。いるはずのないものが見えたり、実在する人間の顔に愛する別人の顔を投影してしまう、ということがね」

祖父の口調はどこまでも優しく柔らかい。

「だが……残酷なようだが結局は病気の話だからね。自力でまぼろしを消そうとしても、そうはうまくいくものではない。つまりはぼくのように、治療の結果として薬剤が効くのが一番いいのだがね」

「はい。でもそれがなかなかお薬が合わなくて……。ね、美咲」

美咲は無言で頷いた。

「まぁ、三人寄れば文殊の知恵ともいう。ここはぼくだけじゃなく、まずは若い人たちの意見も訊いてみることにしようじゃないか」

祖父は片方の眉を上げ、部屋の一隅をじっと見た。

「我妻くんはどう思うかい」

（えっ）

「そこの四季くんはどうだ」

楓は扉口で立ちすくんだ。

「岩田くんはどんな物語を紡ぐかね」

時のみならず、碑文谷の街が凍り付いたようだった。


（あぁ――）

もちろん三人の姿はどこにもない。

美咲は、驚いた顔を隠さないまま口に手を当てている。


（分かってた。分かってはいたけど）

祖父の病気は――治ってなどいなかった。

ここのところ幻視を見なかったのは、単に調子がいいだけのことに過ぎなかったのだ。

祖父は改めて周りを見回してから、病気に詳しくない以上は無理もないね、といった。

「あいにく今のところはみんな、これといった意見がないようだ。だがね、すずちゃん――何ごとも気の持ちようだよ。悩みがあったら、いつでもこの碑文谷に来てくれたまえ。ここはいつだって、恥ずかしいくらいに賑やかだ。岩田先生もいる。四季くんもいる。教え子の我妻くんもしょっちゅう顔を出してくれている。必ずみんな、親身になって君の相談に乗ってくれるはずだ」

(そうだ、そうよね)

うちはいつだって……賑やかだもんね。

「そしてここには、いつも妻がいる。娘がいる。飲みたくなったら、義理の息子がいつでも付き

合ってくれる。孫の楓は優しくて気立てが良くて、珈琲を淹れるのが抜群に上手なんだ」

しばしの間、沈黙が居間を支配した。

利那、すずの様子がまた変わった。

〝戻ってきた〟のは、ほんの束の間のことだった。

いつの間にか上の空の様子となっており、祖父の話は耳に入っていなかったようだ。

とろんとした目付きで美咲を見る——それでも、嬉しそうに歯を見せた。

「ね、先生。今まで黙ってたけどさ。実は私ね、魔法使いなんだよ」

「——そうなの。すごいんだね、すずちゃんって」

「私さ、先生が大好きでしょ。だからね、魔法をかけてあげる」

「えっ」

美咲が演技を続ける。

「すずちゃん、どんな魔法なの。先生に教えてくれるかな」

「あのね……まったく歳を取らない魔法」

「おばぁちゃ——すずちゃん。うん、あはは。お願いね。先生、嬉しいよ」

美咲は俯いたまま、もう一度「嬉しいよ」と、震える声で小さくいった。

10

また小学生に戻ったすずが、玄関口で微笑んだ。

「名探偵さんに伝えといて。また遊びに来ていいかって」

「もちろんよ、すずちゃん。いつでも来てね」

美咲たちを送り出したあと楓が居間に戻ると、祖父は椅子に座ったまま顔を少し上のほうに向け、瞼《まぶた》を半分ほど閉じていた。

楓はそっと近寄り、様子を探るように話し掛ける。

「ね、おじいちゃん。イギリス旅行だけど、いつにしよっか」

だが――返事はない。

傾眠に入り掛けているようだ。

アームレストに置いた右手が、小刻みに震えている。

振戦か。

いや――違う。

祖父はまたいつかのように、見えないピアノの鍵盤を叩いているのだった。

（ミファソーソー　ラシドード）

（「あなたから　メリー・クリスマス」）

（ミファソソソ　ラソファーファ）

（「わたしから　メリー・クリスマス」）

（ミソドミ　レファーシードー）

（「サンタクロース・イズ・カミング・トゥ・タウン」）

（『サンタが街にやってくる』だ――）

祖父は何やら呟いている。

楓は耳をそばだてた。

祖父は少しだけ右を向く。

「楓。無理しないで、人差し指だけでいいからね」

幼い頃の自分が、祖父の右側でピアノを弾いている。

祖父は今度は左に目をやって、かすかな笑みを浮かべた。

「夏米。少しは楓に合わせてあげなさい」

（おじいちゃん――）

祖父は、祖母と幼い自分の三人でピアノに向かい、アンサンブルを奏でているのだった。

楓にも、祖父を真ん中にした祖母と自分の三連弾の光景が見えるような気がした。

うっすらと覚えている。

祖父は、二十年以上も前の居間にいるのだった。

壁に、介護用具の手摺が一本もなかった頃の居間に。

大黒柱の「かえで」の背丈の傷が、はるか下のほうにしかなかった頃の居間に。

やがて祖父は、見えない鍵盤を叩く手を止めた。

「そういえば楓はもう四歳だろ。そろそろサンタさんに自分の欲しいものをおねだりしていいんじゃないのかな」

そして、細く開いた両目のうちの右の瞼だけを細かく震わせた。

ウインクのつもりなのだろう。

「実はぼくはね、サンタの村のグランサンタの親友なんだ。なんでもいいからいってごらん」

祖父の目に、四歳の自分はどう映っているのだろうか。

「どうした、楓。決められないのかい。じゃあ夏米はどうだ。欲しいものはあるかね」

祖母は、交通事故で亡くなったという。

だが、今の祖父の中では違う。

断じて違う。

そしておそらくは——

いや、間違いなく、母も生きているのだ。

楓の脳裏に、いつか医師がいった言葉がよぎった。

（「ＤＬＢはね……あらゆる病気の中で、唯一、時間旅行《タイムトラベル》が可能な病気なんです」）

そうだ、と祖父は声を弾ませた。

「今すぐにというわけにはいかないが、ひとつ奮発して――いや、サンタに奮発してもらって、もう一度イギリス旅行というのはどうだ。今度は、家族みんなで」


わぁ。

行きたかった。

いや――行きたい。

行こうよ、みんなで。


おじいちゃん。

名探偵じゃなくていい。

何があったって尊敬してる。

何があったって、大好きだよ。


「駄目なのかい。どうしたんだね、ふたりとも。なんで答えないんだ」

多くの場合、ＤＬＢに幻聴は伴わない。

幻視の中のひとは、何も答えないのだ。

「そうか、クリスマスプレゼントが未来の旅行というのも無粋だね」

困惑したような口調で右手を高い鼻に添える。

「じゃあ別のものにしよう。しかし……妻と孫娘へのプレゼントをぼくが選ぶのか。あはは、弱ったぞ」

祖父は、嬉しそうな困り果てたような複雑な表情を浮かべた。

「これは大変な難事件だ」

やがて、祖父の両の瞼がゆっくりと開いていった。

楓を見上げる。

迷いのない、まっすぐな目で。

人を惹きつけずにはおかない、とびきりの笑顔で。

「あぁ、そこにいたのかい」と祖父はいった。

眼《め》が痛くなった。

その凝りがほぐれ――熱いものが一気に溢れだした。

祖父が続けて紡ぎ出す言葉が分かっていたからだ。

祖父はまた目を細めた。

今度は幸せそうに。

そして楓の顔をじっと見つめながら――

やはり、〝今も生きている〟母の名前を口にした。

「香苗。煙草を一本くれないか」

本書は書き下ろしです。

この物語はフィクションです。作中に同一の名称があった場合でも、実在する人物、団体等とは一切関係ありません。

《参考文献》

松野晋太郎『認知症　笑顔がよみがえる治し方』主婦の友社（２０２１）
樋口直美『誤作動する脳』医学書院（２０２０）
小野賢二郎・三橋昭『麒麟模様の馬を見た　目覚めは瞬間の幻視から』メディア・ケアプラス（２０２０）
森透匡『元刑事が教えるウソと心理の見抜き方』明日香出版社（２０１６）

小西マサテル（こにし まさてる）
1965年生まれ。香川県高松市出身、東京都在住。明治大学在学中より放送作家として活躍。
第21回『このミステリーがすごい！』大賞を受賞し、2023年に『名探偵のままでいて』(宝島社)でデビュー。
現在、ラジオ番組『ナインティナインのオールナイトニッポン』『徳光和夫 とくモリ！歌謡サタデー』『笑福亭鶴光のオールナイトニッポン.TV@J:COM』『明石家さんま オールニッポンお願い！リクエスト』や単独ライブ『南原清隆のつれづれ発表会』などのメイン構成を担当。

『このミステリーがすごい！』大賞　https://konomys.jp

名探偵《めいたんてい》じゃなくても

2023年12月22日　第1刷発行
2024年4月17日　第3刷発行

著　者：小西マサテル
発行人：関川 誠
発行所：株式会社宝島社
〒102-8388 東京都千代田区一番町25番地
電話：営業03(3234)4621／編集03(3239)0599
https://tkj.jp
組版：株式会社明昌堂
印刷・製本：中央精版印刷株式会社

Printed in Japan
ISBN 978-4-299-04877-6